신장기룡

최약무패의

바하무트

룡

티르파 릴루미트

모습은──?"

녹트 리플렛

"무, 무무무무무뭐 하는 거야 요루카?!"

CONTENTS

UNDEFEATED
BAHAMUT
CHRONICLE

© 2013 Ayumu Kasuga

최약무패의 신장기룡 9권
발매 기념 특별 부록
[NOT FOR SALE]

최약무패의 신장기룡 바하무트

9

아카츠키 센리 지음
카스가 아유무 일러스트
원성민 옮김

Character

룩스 아카디아

멸망한 아카디아 제국의 왕자.
『무패의 최약』이라고 불리는 기룡사.

리즈샤르테 아티스마타

아티스마타 신왕국의 왕녀. 붉은 전희(戰姬)라고 불린다.
신장기룡 《티아마트》의 파일럿.

피르히 아인그람

아인그람 재벌의 차녀. 룩스의 소꿉친구이며 학원장의 여동생.
신장기룡 《티폰》의 파일럿.

크루루시퍼 에인폴크

북쪽의 대국, 유미르 교국에서 온 유학생 클래스메이트
신장기룡 《파프니르》의 파일럿.

아이리 아카디아

구제국 황족의 생존자.
1학년이며 룩스의 친여동생.

세리스티아 라르그리스

『기사단_{시바레스}』의 기사단장인 3학년. 학원 최강이라고 불린다.
사대귀족인 공작가 영애이며, 신장기룡 《린드부름》의 파일럿.

키리히메 요루카

『제국의 흉인』이라고 불리던 암살자 소녀.
룩스를 주인으로 인정하고 섬기고 있다.
신장기룡 《야토노카미》의 파일럿.

후길 아카디아

구 아카디아 제국의 제1 황자.
《창조주》측 사람으로서 다시 룩스 앞에 나타난다.

World

장갑기룡《드래곤 라이드》

유적에서 발굴된 고대병기.
그중에서도 희소종이며, 높은 성능을 보유한 것은 신장기룡이라고 부른다.
또한, 장갑기룡의 파일럿은 기룡사《드래곤 나이트》라고 부른다.

유적《루인》

전 세계에서 발견된 일곱 개의 고대유적. 장갑기룡《드래곤 라이드》이 발굴
된 이후, 국력을 좌우하는 중요한 거점으로써 각국 간에 세력 다툼이 일어
나고 있다.

환신수《어비스》

유적에서 나타나는 수수께끼의 환수. 인류를 위협하는 존재이며, 기룡사만
이 대항할 수 있다.

종언신수《라그라뢰크》

하나의 유적에 대해 한 마리만 존재한다는 초상의 힘을 숨기고 있는 7마리
의 환신수.

『검은 영웅』

정체불명의 장갑기룡《드래곤 라이드》을 사용하여 단신으로 약 1,200기에
달하는 제국 장갑기룡을 쓰러뜨렸다고 하는 전설의 영웅.

아티스마타 신왕국

리즈샤르테의 아버지인 아티스마타 백작이 아카디아 제국에 대항하여 일으
킨 쿠데타가 성공하며 5년 전에 건국된 나라.

아카디아 구제국

세계의 5분의 1을 지배했던 대국. 세계최강이라고 일컬어지던 압도적인 군사
력을 바탕으로 압정을 펼쳤으나, 쿠데타로 인해 멸망하였다.
룩스와 아이리는, 이 제국 황족의 생존자.

칠용기성

갈수록 늘어나는 환신수의 위협에 대항하여, 세계협정의 가맹국에서 선출
한 대표 기룡사들.

이 이야기는— 나와 그녀들의 일상에 대한 것이다.

어딘지 모르게 답답한 궁정에서 쫓겨나 왕도 밖에서 살아 온 나의 과거.

황족으로서 자신의 사명을 찾아내 무언가를 이루려고 했지만, 끝내 해내지 못한 기억.

그런 내가 바랐던 친구나 동료와 지내는 생활은 정말로 즐거웠다.

처음에만 해도 놀랐지만, 리샤 님이 무척 고마울 따름이었다.

내가 학원에 들어갈 수 있도록 도와주셨으니까…….

다른 모두도, 나를 받아들여 주었으니까…….

이것은 그런— 얻기 힘들며 무엇보다도 소중한 나날의 기록.

이 세계가 앞으로 반년 뒤에 끝난다는 예언을 『창조주(로드)』들에게 들은 이후, 10일 남짓한 기간 동안 학원에서 있었던 일이다.

내가 다시 한 번 목숨을 바쳐서라도 지키고 싶다고 생각하게 된 장소.

이제 타국으로 여행을 떠나기 전에 일기에 간략하게 기록해 둔다.

반드시 무사히 돌아올 수 있기를……. 사명을 완수할 수 있기를…….

리샤 님과 신왕국을, 앞으로도 지켜낼 수 있기를 바라면서―.

†

"……됐다. 여행 준비는 이 정도면 되겠지."

심야, 여자 기숙사.

룩스의 개인실에 있는 램프가 주위를 부드럽게 밝히고 있다.

드디어 그에게 배정된 개인실 안에는 짐이 잔뜩 들어차 있었다.

앞으로 시작될 여행 준비는 전부 끝냈다.

여동생이나 친구인 소녀들과도 시간을 보내며 제대로 인사를 나누었다.

한숨을 돌리며 침대에 앉은 룩스는 그대로 천천히 드러누웠다.

천장의 나뭇결을 바라보면서 룩스는 10일 남짓한 시간 동안의 기억을 되새겼다.

잠에 빠지기 전까지, 그 따스한 기억의 실을 더듬어보았다.

Episode 1

아이리 편·어느 날 다과회에서 나눈 사랑 이야기

"─다들 모였어? 홍차랑 과자도 다 준비됐고? 목욕이랑 숙제는 제대로 마쳤겠지? ……그래. 그럼, 오늘 밤 다과회를 시작하자."

"네에!"

어느 날 밤.

성채 도시의 왕립 사관 학원[크로스 피드]에 있는 여자 기숙사[아카데미] 식당.

총무를 맡은 소녀가 선언하자, 램프 여러 개가 은은하게 빛나고 있는 그 장소에서 작은 환호성이 일어났다.

"……."

한 달에 한 번, 동급생들 사이에서 열리는 밤의 다과회는 거의 모든 학생이 참가하는 정기적인 행사였다.

오늘 밤에는 우리 1학년이 통째로 빌렸다고 했다.

달콤한 과자와 부드러운 밤바람이 연출하는 평온한 시간.

정보 교환, 일상적인 장갑기룡[드래곤 라이드] 훈련으로 인한 피로 풀기, 그리고 무엇보다도─ 학생간의 우정을 다지는 것이 이 모임의 주된 목적이었다.

소녀들의 담소가 정신없이 오가고 홍차를 채운 잔이 작은 소리를 내는 그 공간에서, 나— 아이리 아카디아는 구석에 앉아 책을 읽는 중이었다.

"아이리, 조금 전부터 뭘 읽고 있나요?"

옆에서 말을 건 흑발 소녀는 내 동급생이자 친우이며, 여자 기숙사 룸메이트— 녹트 리플렛이다.

학원의 명물 삼인조, 삼화음[트라이어드]의 일원이기도 하다.

"생물학자가 쓴 책이에요. 가끔은 유적의 고문서나 학술서가 아닌 책도 읽지 않으면 지식이 한쪽으로 치우치고 마니까요[루인]."

나는 책에 시선을 둔 채 덤덤히 대답했다.

이 대답의 반은 사실이었으며, 반은 거짓이었다.

"Yes. 그 생각 자체는 저도 동의합니다만, 그런 어려운 책을 읽으면 오히려 피곤해지지 않나요?"

녹트는 담담하게 지적하면서도 여느 때처럼 차분한 태도로 내 옆에 있어주었다.

귀족인 동시에 종자 가문의 딸이기도 한 이 소녀는 누구에게든 겸손하게 대하며 알맞게 상대방을 배려해준다.

그런 친구의 존재가 지금의 내게는 자그마한 구원이었다.

솔직히 말하자면— 나는 지금 이 시간이 거북했다.

내 입으로 말하기도 좀 그렇지만, 나는 학원에서는 사교적인 편이다.

—아니, 정확하게 표현하자면 사교적으로 보이게 연기하고 있었다.

한 달에 한 번 모두가 모이는 다과회에서 굳이 혼자 동떨어져서 어려운 책을 읽는, 그 자리의 분위기에 맞지 않는 행동도 하지 않았다.

—내 오빠가 이 **귀족 여성을 위한 학원**에 편입하기 전까지는.

"얘, 아이리. 오빠는 잘 지내? 듣기로는 얼마 전 학원에 나타난 엄청난 환신수^어비스를 해치웠다던데—."

급우가 질문하자 나는 부드럽게 웃으며 대답했다.

"살짝 다치고 지쳤을 뿐이에요. 이젠 거의 다 나았어요."

인간형 종언신수^라그나뢰크『성식』의 존재와 얼마 전에 일어난 사건을 학생들 대부분은 정확하게 알고 있지 않았다.

혼란을 피하기 위한 조치인 것인지 『용비적』의 습격과 환신수의 소행으로 알려져 있었다.

"그런가, 다행이다아⋯⋯. 그럼, 나중에 내 의뢰도 받아줄 수 있겠지?"

⋯⋯아아, 올 것이 왔구나.

이것이 바로 내가 학원에서 사교적으로 행동하기를 그만둔 이유였다.

나는 과거 수백 년에 걸쳐 압정과 남존여비 풍조를 펼쳐온 아카디아 구제국의 생존자다.

쿠데타로 제국이 멸망한 후 신왕국 여왕 폐하의 은사를 받아 『죄인』의 신분이긴 하지만 석방된 몸이었다.

그렇게 복잡한 처지인 만큼 모두가 내게 편견을 갖지 않도록, 대인관계에 관한 노력을 게을리 하지 않으며 학원에서 하루하루를 보내고 있었지만—

"맞아, 맞아. 저번에 룩스 선배한테 의뢰해서 장갑기룡 지도를 받은 애가, 승격시험에 합격했다고 하더라구—."

"으엑— 그런 건 학원에서 하는 연습만으로도 충분해—. 모처럼의 기회이니까, 밖에서 쇼핑 같은 걸 하면 좋잖아?"

'역시, 이런 화제로 변하는군요…….'

한숨이 나오려는 것을 참으면서, 나는 주위의 소녀들을 향해 어색하게 웃었다.

오빠가 학원에 입학한 이후로 여러 사건이 연달아 일어났다.

신왕국의 공주인 리샤 님과의 결투, 학원 편입.

유미르 교국에서 온 유학생 크루루시퍼 씨가 의뢰한 『연인』 사건.

학원 최강의 3학년, 사대 귀족인 세리스 선배에게 인정받아 『기사단』에 정식 입단.
시바레스

그리고 그 사이사이에, 거듭되는 위기로부터 학원을 지켜낸 실적.

그렇지 않아도 구제국의 황족이라는 입장이나 『날품팔이 왕자』라는 특별한 사정까지 있는데, 시간이 지날수록 잠잠해지기는커녕 많은 의미에서 화제가 끊기질 않는 인물이 되고 말았다.

그러니까 이렇게 된 이상 내가 먼저 다가가 밝게 말을 걸며 소녀들에게서 이야기를 듣는다는 자세는 의미 없는 짓이나 다름없었다.

내가 적극적으로 이야기에 참여한다 싶으면, 달갑지 않게도

「오빠의 취미는 뭐야?」라든지 「어떤 타입의 여자를 좋아해?」
같은 오빠에 관한 질문의 집중포화를 받게 되니까.

그래서 나는 어려운 책에 몰두하는 척 하며 피해를 최소한
으로 줄이고 있었다.

'……뭐, 현실을 받아들이면 그럭저럭 편해질 테지만요.'

내 옆에 있는 녹트는 본디 과묵한 성격이라, 그녀와 함께 있
을 때는 조용히 있어도 특이하게 보이지 않는다.

그렇게 여느 때의 다과회처럼 떠들썩한 시간이 흘렀다.

그나저나 이런 자리에서 오빠가 인기를 끄는 모습을 보고
있으니 꽤 복잡한 기분이 들었다.

오빠가 학원 사람들에게 인정받아 믿음직스러운 인물이 된
것은 분명 좋은 일일 것이다.

그런데— 무엇일까, 이 부글거리는 감각은…….

'오빠가 모두의 것이 되어버린 것 같다고— 그렇게 느끼는
걸까요?'

그런 초조함을 억누르려는 것처럼 책으로 시선을 떨어뜨렸다.

생물의 생태나 본능에 관해서 기록된 학술서의 내용.

생물의 새끼 중에 사랑스럽게 생긴 개체가 많은 이유는 보
호받기 쉬운 외모를 선택하여 생존율을 높이기 위한 것이라
는 고찰에 대해 기술되어 있었다.

그리고 갓 태어난 동물이 부모를 따르는 모습을 보이는 이
유 또한 거기에서 비롯된 것이라는 견해였다.

아직 약하고 미숙한 생물이기 때문에 본능적으로 다른 존

재에게 매달리고 의지하여, 자기 자신을 지키기 위해 따르는 거라고…….

"있잖아— 아이리는 누구 없어?"

"……네?"

눈앞의 급우가 꺼낸 갑작스러운 질문에 나는 어벙하게 반응했다.

완전히 대화의 흐름에서 벗어나 있던 나를 위해 옆에 있던 녹트가 보충설명 해주었다.

"현재 대화의 테마는 『첫사랑 이야기』인 것 같습니다, 아이리."

하지만 대답하기 곤란한 질문이었다.

"첫사랑이라……. 그러니까— 아쉽게도, 아직까지는 없어요."

"에이……."

내 대답을 듣자 이미 이야기를 마친 아이들 사이에서 불만스러운 소리가 튀어 나왔다.

"뭐야— 그럼 녹트랑 똑같잖아. 주위에 관심 가는 사람도 없어? 이를테면— 아이리네 오빠라거나."

"……윽?!"

누군가 갑자기 목덜미를 쓰다듬기라도 한 것처럼 등줄기에 소름이 쫙 돋았다.

반사적으로 얼굴에 열이 올라 나는 살짝 고개를 숙였다.

'……어, 어째서, 이런 반응을 보이는 걸까요.'

슬쩍 주위를 둘러보자, 다들 내 동요를 눈치채지 못한 것 같아 조금 안심했다.

"애도 참, 금단의 사랑에 아이리를 끌어들이지 말라구. 그래서 어때? 관심 가는 사람 한둘 정도는—."

"어, 없어요. 그게…… 아직 학업이 더 중요하기도 하고, 제 형편도 있으니까요."

평정을 가장하면서 다시 한 번 간신히 부정했다.

쳇~ 하고 불만스럽게 혀를 차는 동급생들의 질문을 피해 어찌어찌 발뺌했다.

"어쩔 수 없죠. 그렇다면 아이리 이야기는 다음 다과회 때 듣기로 하고, 다음 사람—."

'후우…… 살았네요.'

위기를 모면한 것에 안심하면서, 나는 다음 학생의 이야기에 귀를 기울였다.

그녀의 첫사랑은 남자 가정교사였다.

엄격한 부모님과는 다르게 자신에게는 다정하게 대해준 그를 의지할 수 있었기에 좋아하게 되었다고 했지만—.

"하지만, 결국 단순한 착각이었어. 어렸을 때야 뭐든지 할 줄 아는 굉장한 사람인 줄 알았지만…… 나중에 생각해보니까, 부모님에게 고용돼서 다정하게 대해줬을 뿐이라는 걸 깨달았거든."

"……"

하지만 결국은 어린 학생인 자신을 열심히 가르치는 모습을 보고 착각했을 뿐이다. ─결말은 그게 전부인 모양이었다.

"슬프네요. 그런데 그런 일은 자주 있잖아요? 자기를 돌봐준 사람을, 그렇게 생각하는 이야기."

"어……? 나는 평범하게, 장갑기룡 교관도 꽤 타입인데. 그 있잖아, 가끔 왕도에서 찾아오는─."

"그 교관, 너보다 나이가 세 배는 많은데……? 수염이 덥수룩한데다 처자식까지 있고……."

첫사랑 이야기는 어느덧 실없는 우스갯소리로 발전했다.

평소 같았으면 나도 웃으면서 그 이야기에 끼어들지만, 어째서인지 오늘만큼은 진지한 얼굴로 펼친 책에 실린 글자를 쫓을 뿐이었다.

『아직 연약한 생물이 자신을 보호해주는 가까운 생물을 따르는 것은 일종의 방어본능이다.』

조금 전부터 읽고 있던 학술서의 결론이 적혀 있었다.

"……."

읽던 책을 덮은 나는 천천히 자리에서 일어났다.

그러자 옆에 있던 녹트가 고개를 살짝 갸우뚱하며 나를 보았다.

"아이리, 왜 그러시죠?"

"할 일이 좀 생각났거든요. 오늘은 먼저 실례할게요. 다들 느긋하게 즐기다 가세요."

웃는 얼굴로 그렇게 말하며 나는 식당 밖으로 나갔다.

성큼성큼 복도를 따라 걷다가 불만스러운 표정을 짓고 있음을 자각했다.

"왜 이러는 걸까요, 정말."

정말이지 전혀 이해할 수 없었다.

소녀들의 이야기가 아니라, 느닷없이 불쾌해진 내 감정을 말이다.

조금 전 여자애가 꺼낸 것은 특별할 것 없는 흔하디흔한 이야기였다.

자신의 감정이 그저 착각에 지나지 않았을 뿐이라는, 그런 실패담.

웃으면서 들으면 되는데, 왠지는 몰라도 괜히 그 자리에 있고 싶지 않아 이렇게 식당에서 나오고 말았다.

"이럴 때는 역시 다른 사람한테 화풀이 하는 게 제일이죠."

곧장 방으로 돌아가기도 좀 그래서 오빠를 보러 의무실에 가기로 했다.

며칠 전 『성식』과 싸운 오빠는 안정을 위해 그곳에서 머물고 있었다.

"오빠— 주무세요?"

똑똑, 가볍게 문을 노크하며 물어보았다.

"……아이리? 응, 아직 안 자. 들어와."

부드러운 목소리가 돌아오자 안심한 나는 문을 열었다.

의무실 특유의 약냄새와 꽃향기가 코끝을 살짝 간질였다.

"이런 밤중에 웬일이야? 무슨 일 있었어?"

다행히 문병하러 온 여학생은 없었는지 방에는 오빠 한 사람 뿐이었다.

"괜찮으니까 그냥 누워 계세요."

나는 일어나려 하는 오빠를 부드럽게 제지했다.

얼굴을 보자마자 나를 배려해주는 모습에 갑자기 페이스가
무너질 뻔했다.

"……아무 일도 없어요. 또 무리하고 있는 게 아닌지 상태를
보러 왔을 뿐이에요. 오빠의 상처나 피로에 비하면, 어지간한
문제는 사소한 수준이니까요."

"아, 아하하……."

내가 체념 섞인 한숨을 내쉬자, 아픈 부분을 찔린 것처럼
오빠가 쓴웃음을 지었다.

"당연히 알고 있을 테지만, 몸이 나은 뒤에도 잡일 의뢰는
당분간 받으면 안 된답니다?"

"어……?! 어, 그게, 그러니까―. ……알았어."

"제 눈을 보고 대답하세요. 벌써 받았나요? 받은 거군요."

내가 눈을 흘기며 물어보자 오빠는 당황한 표정으로 변명
했다.

"아니 그게, 아직 말로만 약속한 정도인데……. 몸은 이제
괜찮다니까."

"하아……."

기가 막혔다. 늘 이렇다니까.

매번 그렇게 호된 꼴을 겪는 주제에……. 오빠는 역시 어딘
가 이상하다.

"오빠는 다른 사람을 위해서라면 괜찮다는 감각으로 행동하는 모양이지만, 자기 몸은 안중에도 없이 경솔하게 떠맡는 건 도리어 무책임하다고 보는데요?"

"윽……."

오빠는 정곡을 찔린 표정으로 굳어버렸다.

사소한 우월감이 내 마음을 기분 좋게 간지럽혔다.

"보아하니 평소에는 거의 의뢰를 하지 않는 1학년 여자아이인가 보네요? 오빠는 어린 소녀한테는 정말 잘해주는군요. 속 보여요."

"아, 아니, 진짜로 사소한 의뢰라니까. 재활하는 감각으로—"

"무슨 의뢰인데요?"

나는 누워있는 오빠 곁으로 바짝 다가가 질문했다.

자초지종을 들어보니, 아무래도 밖으로 쇼핑하러 갈 때 짐을 좀 들어달라는 의뢰인 것 같았다.

"당분간은 받지 마세요. 언제 외출하는 건지 시간도 모호하고, 들어야 할 짐의 무게에 따라서는 병석에서 막 일어난 몸에 부담될 테니까, 제가 사과하고 취소해달라고 할게요."

"아니, 나는 괜찮으니까—"

"제게는 걱정하지 말라는 주제에, 항상 사지로 뛰어드는 사람이 누구였죠?"

내가 생긋 웃으며 그렇게 말하자 오빠는 입을 다물어버렸다.

"저기, 미안해 아이리……. 염치없는 부탁이지만, 그녀에게 대신 사과해줬으면—"

그리고 내 동급생의 신상에 대해 자세히 이야기해주었다.

"네, 그렇게 할게요. —이것으로 107전 107승이네요. 제가 오빠에게 지는 날은 언제 올까요?"

속이 후련해졌다.

'역시 오빠랑 이야기하면 기분이 풀리는군요.'

나는 처음과는 의미가 다른 미소를 지으며 의무실을 뒤로 했다.

두 건물을 잇는 연결 복도를 지나 교사에서 여자 기숙사로 돌아가자, 마침 다과회가 끝났는지 여학생들이 식당에서 여자 기숙사 쪽으로 이동하고 있었다.

오빠에게 의뢰를 예약한 여학생을 찾아간 나는 조금 전 의무실에서 나눈 이야기를 전달하기로 했다.

"그렇게 됐으니, 의뢰 쪽은 조금만 기다려 줄 수 없을까요? 오빠의 컨디션이 회복되면 알려줄게요."

"그럴게요. 아쉽지만, 어쩔 수 없죠. 아이리 양도 오빠가 걱 정되는 모양이고—."

"네……?"

소녀는 쓴웃음을 지으며 부탁을 받아들여 주었다. 하지만 갑자기 가슴속을 찔린 것 같은 기분이 든 나는 무심코 정색 하고 말았다.

소녀들이 담소를 나누며 복도를 걸어가는 동안 나는 멍하 니 그 자리에 서 있었다.

"……."

그녀들은 『성식』 사건의 진상을 자세히 모른다.

오빠가 이번에도 세리스 선배와 학원을 구하기 위해 상처 입고 지쳤다는 사실을—.

지금까지 그녀들의 눈길이 미치지 않는 곳에서 자신의 몸을 위험에 내던져왔다는 사실을—.

밝힐 수 없는 정보가 포함되어 있기 때문에 나는 모두에게 사실대로 말할 수 없었다.

그래서 그녀들의 오해까지도 이해했다.

내가 오빠를 필요 이상으로 걱정하고, 독점하려 하는 것처럼 보일지도 모른다는 것을……

『어쩔 수 없죠. 아이리 양도 오빠가 걱정되는 모양이고—.』

'……아뇨, 기분 탓이에요.'

그 아이들은 딱히 저를 비꼰 것은 아닐 거예요.

제가 저만을 위해 오빠를 독점하려 한다는, 그런 뜻으로 한 말이 아닐 거예요.

"아이리, 이런 데서 뭐하세요? 조금 전에 말한 용건은 다 끝난 건가요?"

때마침 복도를 걷던 녹트가 내 쪽으로 다가와 멈춰서며 얼굴을 보았다.

가슴이 괜스레 답답했다.

내가 이미지하는, 평소의 아가씨다운 연기를 할 수 없었다.

이 근질거리는 감정이 무엇인지 스스로도 잘 알 수 없었다.

"저기, 녹트……. 무리라는 건 알지만, 그래도 부탁하고 싶은 게 있어요."

그저 솟구치는 강한 충동에 휘둘리듯 말했다.

"저한테, 장갑기룡을 다루는 법을 가르쳐 줄래요?"

—약간의 의지와 각오를 담은 목소리로.

†

다음날 이른 아침.

"여기서 장갑기룡 훈련을 하는 건가요?"

"Yes. 연습장 정도로 훈련에 적합한 장소는 아니지만, 어쩔 수 없어요."

아직 해도 뜨지 않은 시간. 나와 녹트는 연습장 뒤쪽에 있는, 나무로 에워싸인 공터로 향했다.

원래 장갑기룡의 시운전은 연습할 때 사용하는 전용 연습장에서 해야 한다.

하지만 이번에 한해서는 다른 누구의 눈에 띄지 않는 것이 목적인만큼 부지 내의 공터에서 훈련하기로 했다.

학원장 렐리 씨에게 허가를 받아 미리 기공각검과 범용기룡 《와이번》을 빌려두었다.

"장갑기룡의 인증은 조금 전에 끝냈으니 이번에는 장의로 갈아입으세요, 아이리."

"알겠습니다."

녹트의 지시를 순순히 따라 나는 장의— 장갑기룡을 사용할 때 착용하는 전용 복장으로 갈아입었다.

드디어 실제로, 내가 장갑기룡을 사용할 때가 왔다.

'……어쩐지, 가슴이 뛰네요.'

왕립 사관 학원에 입학할 당시에 나 역시 장갑기룡의 『인증』과 『계약』을 테스트했다.

주변에는 그다지 알려지지 않았지만 장갑기룡 적성치는 학년 내에서 최상급이었으니, 그런 의미에서 약간 기대하긴 했다.

……지금까지 이론교육밖에 받아본 적 없는 내가 장갑기룡을 사용하는 것은 어려울 테지만.

"―그런데 이 차림은 뭔가요?! 이거, 굉장히 부끄러운데……."

장의를 입은 나는 반사적으로 가슴과 하복부를 가리며 푸념하고 말았다.

일단 나도 문관 지망생이긴 해도, 학원에서 보낸 시간이 시간이니만큼 다른 학생의 장의 차림은 익숙했지만―.

"Yes. 금방 익숙해질 겁니다. 그런 물건이니까요."

녹트는 여느 때처럼 담담한 표정으로 대답했다.

속옷도 입지 않은 데다 몸에 딱 달라붙는 독특한 소재인 탓에, 실제로 입어보니 너무 창피한 나머지 얼굴이 빨갛게 달아올랐다.

"용케도, 이런 옷을 평소에도 태연하게 입고 다니네요……."

무엇보다도 신체의 굴곡이 그대로 드러나는 탓에 남의 시선이 무척 신경 쓰였다.

그리고 지금 같은 차림을 하고 눈앞에 서 있는 녹트의 모습도 조금 의식하게 되었다.

'……역시 나는, 그—.'

"아이리, 제 가슴을 신경 쓸 필요는 없습니다. 그 크기는 그 크기대로 일부 남성에게 강한 수요가 있다고 들었어요."

"그런 위로는 듣기 싫어요!"

얼굴이 빨갛게 달아올라 무심코 소리치자, 녹트는 「실례했습니다. 하지만, 잘 어울려요」라고 평소처럼 냉정하게 받아넘겼다.

"그러면 즉시 장갑기룡을 장착해보시겠습니까?"

"……네."

마음을 가다듬고 심호흡을 한 차례 했다.

긴장 탓에 떨리는 목소리로, 나는 녹트의 지시를 따라 기공각검을 뽑았다.

표면에 기묘한 은색 선이 새겨진 장갑기룡의 조종간.

그 자루에 있는 버튼을 누르며 소환 의사를 담았다.

"—오라, 힘을 상징하는 문장의 익룡. 나의 검을 따라 비상하라, 《와이번》."

영창부를 읊조린 직후, 빛의 입자가 고속으로 모이며 비행형 범용기룡—《와이번》이 소환되었다.
_{패스 코드}

"접속 개시."
_{커넥트 온}

이어서 연결조작을 시행하자, 기룡은 순식간에 무수한 장갑으로 전개되더니 눈 깜빡할 사이에 내 몸을 뒤덮었다.

중량감이 느껴지는 금속 장갑의 감각에 무심코 숨을 들이쉬었다.

일단 여기까지는, 이상적으로 진행되었지만—.

"……윽?! 이, 이게 뭐죠? 굉장히…… 무거운데요……?!"

막상 몸을 움직이려고 하자 거의 움직일 수 없다는 사실을 깨달았다.

뻑뻑하고— 무거웠다.

쇳덩이에 온몸이 파묻힌 것만 같은 기분이었다.

"Yes. 정상입니다. 장갑기룡의 움직임과 사용자의 육체를 연동하지 않으면 그렇게 되므로, 익숙해지기 전까지는 장착하고 있기만 해도 제법 피로하죠."

"그, 그런가요……?"

장갑기룡의 동력은 환창기핵^{포스 코어}이라는 이름의 특수한 보옥에서 나온다.

그러니 사용자는 분명 무게로 인한 부담을 느끼지 못할 줄 알았지만— 얕은 생각이었다.

"그럼, 아이리. 기본적인 동작부터 가르쳐드릴까 합니다만, 준비는 되셨나요?"

"……네, 넵!"

녹트의 질문에 대답한 나는 기초 중의 기초인 기본동작에 도전했다.

이렇게 전혀 나답지 않은 시간이 시작되었다.

✝

"하아, 하아…… 하악……!"

─몇 분 후.

나는 한심하게도, 기본동작조차 제대로 수행하지 못하고 장갑을 해제한 후 나무그늘 밑에 주저앉았다.

"이제야 생각났네요……. 왜 제가 무관이 아니라, 문관 지망생으로 입학했는지─."

약 반년 전 입학 절차 중에 받은 시험 결과를 보면, 장갑기룡 적성치는 분명 두드러지게 높았다.

그런데 정작 중요한 조작기술과 운동신경, 체력 등이 현저히 낮았기 때문에 그 길은 이른 단계에서 단념해야 했다.

"Yes. 확실히 아이리의 기룡 적성치는 높습니다만, 그것만으로는 장갑기룡을 다룰 수 없어요. 물속에서 오래 숨을 참을 수 있는 소질이 있다고 해서, 수영을 잘 할 수 있다고 장담할 수 없는 것과 같습니다."

"……그렇군요, 잘 알았어요."

나는 땀에 흠뻑 젖은 채 숨을 거칠게 몰아쉬면서 대답했다.

어쩌면 나도 기룡사(드래곤 나이트)가 되어 싸울 수 있을지도 모른다는 희망은 무너지고 말았다.

그래도─.

"하지만 기본조작 정도는 마스터 해보겠어요. 적어도 혼자 남았을 때, 자력으로 안전한 곳까지 피신할 수준까지는─."

"No. 그러지 마세요, 아이리."

그 즉시 녹트에게 부정당한 나는 되물었다.

"……어째서죠?"

눈앞에 있는 녹트는 평소와 크게 다를 것 없는 냉정한 표정을 짓고 있었다.

"아이리는 현명하니 이미 알고 있을 겁니다. 어중간한 실력으로 장갑기룡을 다루려 하는 것이, 얼마나 위험한 행동인지를."

"……."

녹트의 담담한 지적에 나는 바로 대답할 수 없었다.

알고 있었다.

알고 있었지만, 나는 모르는 척 했다.

장갑기룡을 조작하려면 적절한 지식과 기술이 필수적이며, 잘못된 방식으로 다루면 외려 큰 위험을 초래하게 된다.

그야말로 자기 한 사람만이 아니라, 다른 사람들까지 사고에 끌어들일 수도 있는 것이다.

하지만—.

"미안해요. 조금만 더 해도 괜찮을까요?"

나는 꾹 참으며 그렇게 요청했다.

"하오나—."

"부탁할게요. 조금만 더, 몇 시간만이라도 좋아요. 그래도 기본동작을 제대로 수행하지 못한다면, 포기할 테니까……."

"……."

학원에는 내가 이번에 장갑기룡을 빌린 목적이 어디까지나 기체를 조정하기 위한 것이라고 일러두었다.

무단으로 장갑기룡을 사용한 사실이 학원에 발각되면, 나뿐만이 아니라 녹트까지 징계를 받게 될지도 모른다.

무리한 부탁이라는 건 알고 있었다.

그래서 이 이상 부정한다면 단념할 생각이었다.

"Yes. 알겠습니다."

"……네?"

살짝 눈을 내리깐 녹트는 장착 중인 《드레이크》를 내 《와이번》에 기대더니, 어깨의 기계장치에서 코드를 뽑아내 연결시켰다.

그 직후, 내 《와이번》의 머리 위에 빛의 문자열이 떠올랐다.

"제 《드레이크》를 이용한 외부조정을 당신의 기공각검으로 허가해주세요. 기본동작을 제외한 명령에는 반응하지 않도록 제어하겠습니다."

"……부탁할게요."

내가 큰 실수를 저지르지 않게끔 최저한으로 제한을 걸어두려는 것 같았다.

이것으로 미숙한 조작으로 인한 폭주 같은 큰 위험 요소는 사라진 모양이었다.

"이 공터에서 훈련하는 한 이삼일 정도는 남의 눈에 띌 확률이 낮다고 봅니다. 저도 몰래 살펴보러 올 테니까요."

"미안해요, 녹트."

"신경 쓰지 마세요. 그건 그렇고 아이리는 역시 룩스 씨의 여동생이군요."

"네—?"

항상 과묵하고 담담한 녹트가 웬일로 입가에 미소를 살짝 머금으며 말했다.

"의외로 고집스럽고, 누군가를 위해 무리하는 점이 무척 닮았어요."

"……."

《드레이크》의 장갑을 해제한 녹트는 그 말을 끝으로 그 자리에서 떠났다.

"—좋아."

각오를 다진 나는 중간 중간 쉬는 시간을 가지며 장갑기룡 훈련을 재개했다.

그리고— 약간의 시간이 흘렀다.

'그나저나, 최악이네요.'

곤란하게도, 훈련을 하면 할수록 내게는 재능이 없다는 사실을 알게 될 뿐이었다.

정신조작은 적성치가 높은 덕분인지 하기 쉬웠다. 하지만 그것에 의지하면 결국 몸이 따라가질 못했으며, 육체조작은 말해봐야 입만 아플 수준이었다.

장갑 손발 안쪽에 장치된 스위치를 행동에 맞춰서 정확한 순서와 타이밍으로 기동하여 출력이나 각도를 조정하려면 어느 정도 힘이 필요하며, 정밀한 동작은 격이 다르게 어렵다.

장갑의 동작과 몸뚱이의 움직임이 높은 정확도로 맞물리지 않으면, 그저 몸에 부담이 갈 뿐이다.

가뜩이나 약한 내 체력은 순식간에 바닥나고 말았다.

확실히 이런 느림보 기룡사가 눈에 띈다면 적의 표적이 될 뿐이겠지.

무기를 드는 것은 곧 적의 목표물이 된다는 뜻이기도 하니까.

"큭, 하아……."

땀에 흠뻑 젖은 장의가 불쾌했다.

그래도 나는 녹트가 알려준 기본동작을 우직하게 연습했다.

어렸을 때는 적으로 가득한 구제국 궁정에서 병약한 몸을 이끌고 생활하던 나는, 신뢰할 수 있는 유일한 가족인 오빠에게 기댈 따름이었다.

성장한 지금은 문관 지망생으로서 지식을 쌓아 유적의 고문서도 해독할 실력을 갖추었으며, 학원에서 일거리도 받게 되었다.

하지만─.

『어쩔 수 없죠. 아이리 양도 오빠가 걱정되는 모양이고─.』

『아직 연약한 생물이 자신을 보호해주는 가까운 생물을 따르는 것은 일종의 방어본능이다.』

동급생에게서 들은 그 한마디, 그리고 그때 마침 읽고 있던 책의 내용이 머릿속에서 겹쳐졌다.

……어쩌면, 변하지 않았을지도 모른다.

나는 예전부터 병약했던 자신을 지키고자 오빠에게 의존해 왔을 뿐일지도 모른다.

지금도 여동생이라는 자리를 이용해서, 그저 자신의 사랑스러움을 위해 오빠를 독점하려 하는 것일지도 모른다.

내 가슴속에 있는 가족으로서의 애정과 감정도, 단순한 착각일 뿐―.

"그럴 리가, 없어요……!"

그것이 분해서, 허용할 수 없어서―. 그래서 자신의 몸을 지킬 수 있는 힘이 조금이라도 있으면 좋겠다는 생각에 이런 행동을 하고 말았다.

"어린애 취급 받기 싫다고, 생각하는 걸까요……."

나는 자조 섞인 미소를 지으며 계속해서 장갑기룡을 움직였다.

"응……? 앗 차가워?!"

목덜미에 물방울이 떨어지는 감촉에 나는 반사적으로 하늘을 올려다보았다.

나무에 에워싸인 탓에 원형으로 보이는 잔뜩 찌푸린 하늘에서 투둑투둑 비가 쏟아지기 시작했다.

에취.

작은 재채기가 나왔다.

가을비는 차갑고 싸늘했다.

빗줄기는 이내 더욱 거세지기 시작했다.

이 공터 근처에는 마땅히 비를 피할 만한 곳이 없었다.

"……."

몸이 식지 않게끔 휴식을 중단하고 기본동작 훈련을 속행했다.

보행, 저공비행, 블레이드 휘두르기.

역시, 잘 되지 않았다.

맨몸 동작과 어느 정도 동조가 필요한 까닭에, 검을 휘두르는 최선의 동작도 익혀야 했다.

기초체력도 꽤 받쳐줘야 했다.

무엇 때문에 무관 지망생의 수업에 검술이나 궁술, 달리기 등의 훈련이 포함되어 있는지 이제야 알 수 있었다.

『기사단』 단장인 세리스 선배가 그렇게나 강한 이유도 이해됐다.

내 능력으로는— 무리였다.

피로의 무게가 전신에 달라붙고, 근육은 통증마저 느끼기 시작했다.

"오빠, 저는……."

그래도 우직하게 검을 계속 휘둘렀지만, 한계는 맥없이 찾아왔다.

"윽……?!"

장착 중이던 장갑기룡의 머리 부분이 번쩍 빛나더니 온몸을 뒤덮은 장갑이 내 몸에서 떨어져 나갔다.

사용자의 체력이 한계에 다다랐음을 알리는 강제 해제.

심한 현기증과 함께 몸에서 힘이 빠져나가더니, 바닥이 기울어지며 의식이 멀어졌다.

"우, 아······."

휘청거리는 내 몸조차 가눌 수가 없어서 나는 그대로 주저앉고 말았다.

차츰 강해지는 비가 내 몸을 무자비하게 적셨다.

"······추, 워요."

몸의 감각이 무뎌지고 약해지기 시작했다.

궁정에서 드러누워 지내야 했던 과거의 날들처럼.

내 체질이 원망스러웠다.

하지만 사실은 이런 것일지도 모른다.

나는 결국, 그저 오빠에게 매달리고 의존할 뿐—.

"—여기 있었구나, 아이리."

"어······?"

불현듯 귓속에 들어온 목소리에 나는 고개를 들었다.

나와 같은 은발과 잿빛 눈동자를 지닌 부드러운 인상의 남자.

다름 아닌 나의 오빠가, 어느새 눈앞에 서 있었다.

말도 안 되는 광경이 눈앞에 펼쳐져서 나는 잠시 넋을 잃고 말았다.

내가 제대로 대답하지 못하자, 오빠는 조금 곤란하다는 표정을 지으며 머리를 긁적였다.

"아이리가 여기 있다고 녹트가 그러더라고. 저기— 항상 걱정 끼쳐서 미안해. 하지만 나는 괜찮아. 앞으로는 절대로 아이리가 걱정하지 않게 노력할 테니까……."

나를 안심시키려고 하는, 미안함이 느껴지는 미소.

궁정 생활이 힘에 부칠 때, 오빠는 그런 표정을 내게 자주 보여주었다.

─아아, 역시.

이 세계에서 첫 번째로, 내가 진심으로 안심할 수 있는 사람.

"……무리한 적 없어요. 전 멀쩡해요."

하지만 지금의 나는, 퉁명스럽게 대답했다.

"저는 그냥, 장갑기룡에 관한 정보를 얻고 싶었을 뿐이니까요. 기록과 조사와 정보수집이, 제가 할 수 있는 일이니까요."

"……그러니."

오빠는 쓴웃음을 짓더니, 바닥에 주저앉은 채 일어나지 못하는 내게 손을 내밀었다.

"윽……?!"

내가 그 손을 붙잡고 일어서려다가 휘청거리자, 오빠는 내 쪽으로 등을 돌리며 허리를 굽혔다.

"잠깐…… 뭐하는 거예요?! 저는 괜찮─."

그건 아무리 그래도 창피했다.

이 나이가 되어서 오빠의 등에 업히다니…….

"여기서 기숙사까지는 거리가 꽤 되고, 비도 더 심해질 것 같으니까. 얼른 돌아가자."

하지만 오빠는 전혀 개의치 않는다는 표정으로 내 저항을 받아들이지 않았다.

애초에 내 응석에서 비롯된 일인 만큼, 몇 초 정도 갈등한 끝에 나는 결국 고집을 꺾었다.

"괜찮다니까, 아무도 보는 사람 없으니까. 창피해할 것 없어."

"그런 문제가 아니에요……"

나는 아직 장의 차림이었다.

비와 땀에 흠뻑 젖은 데다 피부 노출도 심하고…… 여러모로 좀 그랬다.

부끄러움 탓에 얼굴이 달아오르는 것을 느끼면서 나는 오빠의 등에 업혔다.

몇 년 만에 업히는 오빠의 등은 기분 탓인지 넓어진 것만 같았지만— 옛날과 똑같이 따스했다.

"좀 서두를 테니까 꽉 잡아."

오빠는 빠른 걸음으로 나무 사이를 빠져나갔다.

"뭔가, 그리운 기분인걸."

졸린 듯한, 꿈결 속을 거니는 듯한 의식 속에서 오빠의 목소리가 들렸다.

"……걱정 끼쳐드려서 미안해요, 오빠."

허세를 부리던 마음이 풀린 나는 솔직하게 중얼거렸다.

그런 내게 다정한 목소리가 돌아왔다.

"나는 무리한 적 없어."

온화하고 따뜻한 오빠의 목소리가—.

"아이리 덕분에, 단 하나뿐인 가족이 곁에 있는 덕분에 힘이 나거든."

"……알아요."

—저도 똑같으니까.

학원에서 열심히 공부하는 것도, 높은 사람들과 만나는 것도, 전부 오빠를 위한 거니까요.

단 하나뿐인 가족인, 오빠를 위해서…….

그 생각을 입 밖으로는 내지 않고, 나는 오빠의 어깨를 붙잡은 팔에 가만히 힘을 주었다.

그리고 나의 나답지 않은 도전— 장갑기룡 훈련은, 녹트와 오빠를 제외한 그 누구에게도 알려지지 않고 조용히 막을 내렸다.

†

십여 분 뒤, 학원 건물 안.

"……오빠, 이제 돌아가셔도 돼요. 대체 언제까지 이 방에 있을 생각이에요?"

나는 의무실 침대에 앉아 질린 표정으로 말했다.

여자 기숙사로 돌아온 나는 녹트의 도움을 받아 장의를 사복으로 갈아입고, 물기를 닦은 다음 몸을 데웠다.

그 뒤에 감기에 걸렸을지도 몰라 의사에게 진찰을 받고서, 만일에 대비해 하룻밤 이곳에서 묵기로 했는데—.

"아니, 걱정이 좀 돼서 말야. 의사도 이미 퇴근했고—."

"하아……."

한숨을 푹 내쉰 나는 녹트가 준비해준 생강을 곁들인 따뜻한 꿀물을 마셨다.

취향을 좀 타는 맛이긴 했지만 따뜻하고 맛있었다.

종자의 가문인 리플렛 가문의 비전이라는 모양이다.

평소처럼 여유를 되찾은 나는 기막히다는 느낌을 담아 오빠를 흘겨보았다.

"얼마 전까지 안정을 취하라는 권고를 받은 오빠가, 끽해야 감기 기운이 있는 저를 돌봐주다뇨. 됐으니까 얼른 돌아가세요."

"아, 그, 그렇지. 아이리는 이제, 이 정도는 혼자서도 괜찮지? 그럼 무슨 일 있으면 바로 불러줘."

"그럴게요. 부를게요. 의지할게요. 이럼 됐나요?"

"으, 응. 그럼 잘 자, 아이리."

"오빠도 안녕히 주무세요."

인사를 끝으로 오빠는 순순히 의무실에서 나갔다.

나는 한숨을 작게 쉬고서 침대에 누워 천장을 보았다.

"……막상 나가버리니까, 조금 외롭네요."

솔직하게 말하자면 나는 이미 몸을 일으키지도 못할 정도로 지쳤으며, 온몸의 근육이란 근육은 쑤셔댔다.

"하지만 분명, 이렇게 하면 되는 거겠죠."

그렇게 중얼거리고 웃으면서 나는 눈을 감았다.

옛날과 다르긴 하지만, 지금은 지금대로 의지하는 방식이 있다.

어렸을 때처럼 그저 오빠에게 응석부리기만 하는 것이 아니라, 내가 할 수 있는 일을 최대한 해보고, 안 될 때만 오빠에게 도움을 요청한다.

"그것이, 성장한 저와 오빠가 가져야 할 관계인 거겠죠. 분명……."

어느덧 의식이 어둠 속으로 가라앉기 시작했다.

나와 오빠가 어렸을 적 꿈을 꾸면 좋겠다고, 살짝 그렇게 생각하며 잠에 빠져 들었다.

†

"후암……."

다음날. 눈을 뜬 나는 잠에 취한 눈을 비비며 침대에서 기어 나왔다.

커튼 사이로 들어오는 눈부신 햇살이 가을 아침임을 알려 주었다.

"윽……?! 온몸이 쑤셔요. 녹트에게 부축 받고 싶은 심정이네요."

예상대로 지독한 결과였다.

그나마 뼈나 힘줄은 다치지 않았으니, 운이 좋았다고 해야 할까.

나는 여자 기숙사로 돌아가려고 일단 천천히 일어났다.

그러자—.

"—앗?!"

칸막이용 커튼 한 장을 사이에 둔 침대 너머에—.

아직 학원 전담 의사선생님도 출근하지 않았을 실내에, 사람이 있었다.

"쿨— 쿨……."

오빠였다.

어제랑 똑같은 교복 차림으로, 두꺼운 이불 한 장을 덮고 곁에 앉은 채로 잠들어 있었다.

내가 멍하니 굳어 있으니, 기척을 느꼈는지 오빠가 천천히 눈을 떴다.

"음, 으음……. ……앗, 아이리. 잘 잤어?"

"잘 못 잤어요. 거기서 뭐 하는 거예요? 바보예요?"

"우와, 너무해?! 그, 그게, 원래 새벽에는 돌아가려고 했거든— 그런데 깜빡 잠들었지 뭐야."

미묘하게 부끄러워하면서 오빠는 그렇게 변명했다.

역시 내가 걱정돼서 간밤에 함께 있어준 모양이다.

어렸을 적, 열에 시달리던 내 곁에서 하룻밤 내내 돌봐줬을 때처럼…….

……결국, 이렇게 되는구나.

나도 오빠도, 이런 부분은 조금도 변하지 않았다.

"……하아. 오빠가 저를 돌봐주다 쓰러지기라도 하면 곤란하니까, 녹트를 불러주실래요? 이 시간이면 분명 일어났을 테니까요."

"아, 어, 웅. 알았어! 조금만 기다려!"

내가 괜찮아 보이자 한시름 놓았는지 오빠는 쓴웃음을 지으며 급하게 방에서 나갔다.

눈에 익은 그 뒷모습을, 나는 미소 지으며 배웅했다.

"분명, 그런 거겠죠."

가슴에 손을 얹고, 나는 편안한 마음으로 중얼거렸다.

병약하던 시절에 각인된 것도, 생물의 본능도, 하물며 사춘기의 착각이나 변덕 같은 것도 아니라는…….

나의 이 마음은, 그런 게 아니라는 사실을 깨달았다.

"이제 와서 변할 리가 없죠. 오빠를 향한 제 마음은, 옛날부터 한결같았으니까."

커튼과 창문을 열고서 나는 아침의 고요한 공기를 들이마셨다.

따뜻한 햇살과 화창한 가을 하늘—.

성채 도시 왕립 사관 학원에서의 하루가 오늘도 시작된다.

Episode 2　리샤 편·공주님의 요리 분투기

　나, 리즈샤르테 아티스마타의 아침은 늦다.

　딱히 왕녀의 권력을 내세워 게으름을 피우는 것은 아니다.

　밤이 늦기에 아침도 늦는다. 그저 그뿐인, 지극히 당연한 이야기다.

　수업이 있으면 억지로라도 일어나지만, 그렇지 않은 휴일이나 국경일에는 해가 중천에 뜰 때까지 자는 습관이 있었다.

　"후아암……."

　성채 도시 크로스 피드의 1번 지구, 왕립 사관 학원 부지 내.

　그곳에 있는 장갑기룡 공방에서 나는 눈을 비비며 하품했다.

　금속과 기름 냄새. 해체된 무수한 부품과 설계도가 널브러져 있는 나의 작업장.

　내 전용 하얀 가운을 교복 위에 걸쳐 입은 채, 어느새 잠들어버린 모양이다.

　오늘은 공방에 없을 거라고 미리 말해두었기 때문에 룩스도 깨우러 오지 않는 날이건만…….

　"으— 목이 칼칼하군……."

　역시 새벽까지 작업을 하는 게 아니었다.

하지만 말은 그래도 작업에 한 번 불이 붙으면 도중에 관두기 어렵다.

세공사든 대장장이든 자신만의 고집이 있는 녀석이라면 내 마음을 분명 이해해주겠지.

다만— 오늘 만큼은 상태가 좀 심각했다.

"……이대로 감기에 걸렸다간, 아무래도 타격이 크겠지."

귀찮았지만 어쩔 수 없었다.

나는 나른한 몸을 이끌고 근처에 있는 학원 의무실에 들르기로 했다.

†

"으아, 역시 이 시기에는 쌀쌀하구나……."

늦가을 바깥은 으스스해서 나는 어깨를 떨었다.

안뜰에서는 휴일임에도 불구하고, 여학생 몇 명이 화단에 물을 주는 모습이 보였다.

"안녕하세요, 리샤 님. 오늘도 쌀쌀하네요."

"응, 잘 잤어? 물어볼 게 좀 있는데, 학원 의사는 출근했나?"

"의사선생님이요……? 어디 보자, 조금 전에 지나가면서 인사를 하셨으니 아마 계시지 않을까요—."

"그러냐, 다행이군. 고맙다."

나는 후배와 미묘하게 시차가 느껴지는 인사를 나눈 후 의무실로 향했다.

가는 길에 벽에 걸린 거울 앞에 서서 내 얼굴을 보았다.

붉은 눈동자, 옆으로 묶은 벌꿀 색 머리카락.

그리고 교복을 걸친 자그마한 체구.

이것이 이 신왕국의 왕녀인 나, 리즈샤르테 아티스마타의 모습이다.

약간 졸려 보이는 얼굴이 좀 그랬지만……. 지금은 어쩔 수 없지.

"의사 선생, 안에 있나? 목이 좀 아파서 약을 받으러 왔는데……."

가볍게 노크한 다음 나는 의무실에 들어갔다.

깔끔하게 정돈된 새하얀 방에서는 꽃과 약의 독특한 향기가 풍겼다.

"어머, 왕녀님. 당신께서 오시다니 별일도 다 있네요?"

학원 전속 여의사가 웃으면서 나를 맞아주었다.

아직 의사치고는 젊었으며, 상당한 미인이라는 이야기가 학생들 사이에서 오르내리는 모양이었다.

"앗……. 그, 그럼 선생님, 전 이만 실례할게요!"

먼저 와 있던 학생이 조금 당황한 모습으로 내 옆을 달려 지나갔다.

어쩐지 어색해 보이는 반응이었지만 크게 신경 쓰지 않았다.

나는 의사 앞에 준비된 의자에 앉아, 만일에 대비하여 목을 봐달라고 했다.

"학원제도 이제 막 끝났을 참인데 다친 사람이 있나? 다들 고생이 많아."

"다친 게 아니에요. 잠시 그녀와 상담했을 뿐이죠. 학생들의 멘탈을 케어 하는 것도 제 일이니까. —자, 입을 벌려볼래요?"

의사가 의미심장하게 웃으며 내 입 안을 진찰했다.

눈에 띄는 문제는 없었는지, 약을 약간 처방받는 선에서 치료는 끝났다.

"목은 아직 괜찮아 보이네요. 다만— 과도한 밤샘은 여러모로 안 좋은 행동이랍니다? 몸의 면역력이 약해지는 것도 문제이지만, 그 예쁜 피부와 머리카락이 아깝잖아요."

"지금은 개발 막바지야. 새롭게 해독된 기룡 관련 고문서와 합쳐서, 누구도 본 적 없는 일을 할 수 있게 되지. 그렇게 되면, 그 녀석도 분명 기뻐하며—"

"그 녀석이라니, 혹시 룩스 군인가요?"

"하왓……?!"

살짝 미소 지은 여의사가 정곡을 찌르자 나는 동요했다.

룩스 아카디아.

과거에 압정을 펼치던 구제국의 왕자이자, 신왕국 설립과 함께 날품팔이 왕자라는 책무를 짊어진 죄인이며, 『무패의 최약』.

그 실력과 의지에 매력을 느낀 내가 학원에 편입시켜서, 유일한 남학생으로서 재적 중이다.

"미안해요. 좀 들은 이야기가 있거든요. 그가 당신의 요청을 받아들여서, 당신의 전속 기사가 되었다죠—. 젊음이란 좋군요."

"……치, 치료가 끝났다면, 나는 이만 돌아가겠다."

창피해진 내가 도망치려는 것처럼 자리에서 일어서자—.

"하지만 안타깝군요. 기껏 그를 손에 넣으려고 노력하고 있는데, 방법이 잘못되었으니—."

그 목소리를 듣고, 나가려던 나는 그 자리에 멈춰서 뒤돌아보았다.

"……무슨 뜻이지?"

여의사는 의미심장한 미소를 띤 채 나를 바라보고 있었다.

"방금까지 여기에 있었던 학생의 상담 말인데, 동급생 친구와 사이가 틀어진 것에 관한 이야기였어요. 자기 학업에만 몰두한 탓에 관계가 소원해졌다고 하더군요."

"세상일에는 한도라는 게 있으니까."

내가 그렇게 맞장구를 치자, 여의사는 앉으라고 재촉하는 것처럼 말없이 옆에 있는 의자에 손가락을 두었다.

"……."

내가 고개를 갸웃하며 거기에 앉자, 이어서 뒷이야기를 하기 시작했다.

"그렇죠. 확실히 그녀는 한도를 넘어섰어요. 하지만 남녀 사이는 좀 더 복잡하답니? 여러분의 지도 교관인 라이글리 발하트도, 기룡사 임무에만 몰두한 나머지 혼기를 놓치고— 연인이 떠나버린 전적이 있어요."

"그, 그런 일이 있었나……?"

처음 듣는 이야기였지만, 그런 이야기를 알고 있는 이 여의사도 조금 놀라웠다.

라이글리 교관이라고 하면, 구제국 시절부터 여자임에도 불구하고 활약해온 기룡사로서 지금도 학생들의 선망의 대상인데……

"따, 딱한 이야기이긴 하지만, 남자 운이 없었나보군."

"당신이 그— 룩스 군을 전속 기사로 임명한 건 무척 좋은 선택이라고 생각해요. 하지만 지금은 그 계약을 믿고 안심해서, 엇나간 노력을 하고 있는 것처럼 보이는군요."

"……홋."

부드럽게 설득하는 투로 말하는 여의사를 향해 나는 쓴웃음을 지으며 고개를 들었다.

"명색이 왕녀인 내게 심심풀이로 으름장을 놓으려 하다니. 싫어하진 않아, 그런 배짱. —다만, 나는 지금 바빠서 말이지. 장갑기룡 연구는 룩스를 위한 것이기도 하지만, 앞으로 벌어질 전투에서 내게도 필요하다. 이만 가봐야겠군."

"어머나, 너무 그러지 마시고 조금만 들어보지 않으실래요? 학생에게 조언해주는 건 직업병에 가까운 것이거든요. 물론 강요할 생각은 없지만— 어때요?"

여의사는 내 반론에도 눈썹 하나 까딱하지 않으며 어른스러운 말투로 계속 말했다.

무시해도 상관없었지만, 이대로 퇴짜를 놓는 것도 조금 마음에 걸렸다.

"한 번 들어나 볼까. 전문 분야는 다르지만, 같은 직업병 환자로서 말이지."

"고마워요. 그러면 거두절미하고 가르쳐드리죠. 당신은 무척 중대한 실수를 범하고 있어요. 한 여자로서 그를 자기 것으로 만드는 게 목적이라면, 치명적이라고도 할 수 있는 실수를 말이죠."

"뭣⋯⋯?!"

기습적인 말에 나는 당황했다.

방 벽에 걸린 거울에 비친 나는 새빨간 홍당무가 되어 있었다.

"당신은 이 신왕국에서도 중요한 위치에 선 인물이자, 무척 희귀한 재능을 지니고 있어요. 왕녀로서 이 학원의 『기사단』에서 싸우는 것도, 장갑기룡 개발도, 왕녀로서 맡아야 할 공무도 조만간 시작하시겠죠. 그리고 당신은 그 모든 분야에서 전력을 다하고 있어요. 그것이야말로 그를 위한 행동이라고 생각하면서⋯⋯. 하지만—."

거기서 여의사는 말을 한 차례 끊더니 내게 얼굴을 가까이 가져왔다.

"당신의 노력은 대단하지만— 어차피 사람은 동물이에요. 특히 『남자』라는 생물은 더욱 그렇죠."

"⋯⋯무슨 말을 하고 싶은 거지?"

"당신의 방식으로는 그를 함락시키기 어렵다는 말이죠."

여의사는 그렇게 단언하며 쓴웃음을 지었다.

"고결한 목표나 이상을 탐구하는 모습 같은 것을 보여줘 봐야 남자는 여자에게 끌리지 않아요. 그런 것보다는 좀 더 본능적인 감정으로, 그들은 여자를 좋아하게 된답니다. 그러니 이대로 가다간 실패할거예요. 특히 당신 주위에는 강력한 경쟁자가 많잖아요?"

"……."

그렇지 않다, 라고는 대답할 수 없었다.

그녀의 말을 듣고 짚이는 점 몇 가지가 떠올랐으니까.

요즘 들어 이상하게 강하게 밀어붙이는 크루루시퍼, 룩스에게 찰싹 붙어 다니는 소꿉친구 피르히, 학원제를 핑계 삼아 끈적하게 키스를 나눈 『기사단』 단장 세리스.

그리고 최근에는 그 음란녀까지 룩스에게 달라붙어 있었다.

"당신의 노력 자체는 아주 바람직해요. 하지만— 그것이 그에게 『여자』로서 인정받는 노력으로 이어질 거라고 생각하는 건 큰 오산입니다. 그런 방법을 고수하는 한 당신은 그가 『기사로서 모시는 주군』이나 『유능한 정비사』 신세를 벗어날 수 없을 겁니다."

"……."

여의사의 말이 가슴에 푹푹 박혔다.

확실히 룩스를 전속 기사로 삼은 것 자체는 좋았지만, 그렇다고 해서 나와 개인적인 관계가 딱히 깊어진 것은 아니니…… 그럴지도 모른다.

"……아, 알았다고. 하, 하지만— 그렇다면 뭘 어떻게 하면 되는 거지?"

나는 남자와 인연이 거의 없는 생활을 보내온지라, 동년배 남자인 룩스를 기쁘게 해줄 방법을 잘 모른다.

그래서 솔직하게 물어보니 여의사가 대답해주었다.

"어디 보자. 마음에 둔 남자를 함락시키려면, 먼저 당신이 가진 무기를 확인하는 것이 중요합니다."

"내가 가진, 무기……?"

"네. 무엇이 됐든 사람에게는 잘하고 못하는 것이 있는 것처럼, 우선 자신의 장점을 인식하고 그것을 살려서 공략하는 것이 견실한 방법입니다. ―그러니, 일단 그 겉옷을 벗어보시겠어요?"

미소를 지으며 여의사는 그렇게 지시했다.

어째 이 여자가 갑자기 흥분한 것처럼 보여서 다소 불안했지만, 여기까지 와서 물러설 수는 없는 노릇이었다.

내가 작업용 가운을 벗자, 여의사는 머리 꼭대기부터 발끝까지 핥는 것처럼 훑어보았다.

잠시 시간이 흐르자 내가 지닌 『무기』의 파악을 끝낸 듯했다.

"자, 결점부터 지적하겠습니다. 일단 그 차림새가 문제군요. 머리가 좀 뻗쳐있고, 장갑기름과 밤새도록 부대낀 탓에 금속과 기름 냄새가 풍기는 점도 마이너스예요."

"으윽……?!"

무자비하게 마음을 후벼 파는 평가에 나는 무심코 신음하고 말았다.

사, 사람이 미묘하게 신경 쓰는 부분을……

어쩔 수 없지 않은가. 그런 점을 따지다간 개발이나 정비를 할 수가 없으니까……

"그와 만나기 전에 꼼꼼하게 목욕해서 냄새를 씻어내고, 향수를 좀 뿌려야겠어요. 그리고— 모처럼 공주님이라는 지위에 있으니 귀여운 옷을 입는 것도 중요합니다."

"그, 그러냐……"

교복을 제외한 옷은 거의 가진 게 없다고 대답하기가 그랬다.

아무래도 내가 차려 입을 때라고 해봐야 왕도의 성으로 돌아갔을 때 정도뿐인데, 그때는 시녀들이 준비한 드레스를 입기만 하면 되니까.

"……하여간, 내 콧대를 꺾어놓는 말은 슬슬 끝난 건가?"

"네. 그럼 이번에는 조언을 시작하겠습니다."

원망스러운 눈초리로 바라보고 있을 나를 보고 쓴웃음을 지으며 여의사는 계속해서 말했다.

"우선 예쁜 머리카락과 눈동자 색이 인상적이군요. 날씬하고 작은 체구는 무척 소녀다워서 귀여워요. 가슴도 몸집에 어울리지 않을 정도로 크니까, 잘 활용하면 어떤 남자든 정신을 못 차릴 거예요."

"으, 아우……"

아무리 동성이라고 해도 얼굴이나 몸매를 평가 받으니 무척 부끄러웠다.

내가 얼굴의 열기를 자각하고 있으니, 그 모습을 본 여의사는 히죽히죽 더욱 짙은 웃음을 지었다.

"그 부끄러워하는 표정도 아주 좋네요. 그런 반응이 자연스럽게 나오는 게 당신의 강점이에요."

"……그, 그렇다면, 룩스 앞에서는 옷차림만 신경 쓰면 되는 건가?"

"아뇨— 그것만으로는, 50점 밖에 되지 않습니다."

"뭐……?"

의미심장하게 웃으면서 여의사는 얼굴을 바짝 가져다 댔다.

"다른 경쟁자들과 차이를 두려면, 좀 더 남자의 본능적인 욕구를 충족시켜주는 게 중요해요. 지금부터 그 구체적인 방법을 특별히 전수해드릴게요."

"나, 남자의 본능적인 욕구……라고?"

처음 보는 여의사의 요염한 표정에 나는 침을 꼴깍 삼켰다.

남자를 사로잡기 위한 구체적인 책략.

나는 그 방법을 새겨듣고서 그대로 실행할 것을 약속했다.

†

"그러니까— 남자애가 좋아하는 음식……이요?"

십여 분 후. 교사에서 여자 기숙사로 이동한 나는 학원의 명물 삼인조가 모여 있는 방을 찾아갔다.

과묵한 1학년 녹트.

수다스러운 2학년 티르파.

그리고 리더인 3학년 샤리스로 구성된 삼인조에게 일단 이야기를 들어보기로 했다.

—의무실에서 떠나기 전에 여의사에게서 『남자의 본능적인 욕구를 충족시켜주는 방법』을 배운 나는, 룩스의 마음을 꽉 붙잡기 위해 그대로 실천해보기로 결심했다.

『남자아이의 본능적인 욕구— 그것은 식욕입니다. 성장기의 남자아이는 언제나 배가 고프죠. 어때요, 당신도 할 수 있을 것 같나요?』

『무, 물론이지! 이래봬도 최근에는 요리 연습도 조금씩 하고 있으니까. 그럭저럭 할 수 있게 돼서—.』

여의사의 말에 나는 힘차게 고개를 끄덕이며 미소를 지었다.

그러나 여의사는 조금 곤란한 것처럼 쓴웃음을 지으며 계속해서 이야기했다.

『그건 아주 좋아요. 하지만 아직 부족하군요. 당신보다 요리를 잘 하는 아이는 그밖에도 있지 않나요?』

『으…….』

확실히 그건 그렇다.

일단 남몰래 연습하고 있긴 하지만, 리예스 섬 합숙 때 준비된 요리를 보건대 그 자리에 있는 재료만으로 그럴싸하게 만들어내는 크루루시퍼는 도저히 이길 수 없겠지.

그뿐만이 아니라 잡일 생활이 긴 룩스에게조차 아직은 이기지 못할 것 같은 기분이 든다.

『그래서 중요한 포인트가 하나 있습니다. 그 아이가 좋아하는 음식을 연습하면 돼요. 그가 좋아하는 것만 누구보다도 잘 만들 수 있게 된다면, 기술이나 경험의 벽을 넘어설 수 있겠죠.』

『……그렇군! 그럼 그렇게 해야겠어!』

전략이 정해지면, 그 다음은 실행하기만 하면 된다.

여의사의 가르침을 받은 나는 즉시 룩스가 좋아하는 요리를 연습해야겠다고 생각했다가― 불현듯 깨달았다.

……잠깐만?

그러고 보니, 룩스가 뭘 좋아하더라?

근본적인 정보가 부족함을 인식한 나는, 먼저 그것을 알아내고자 조사를 개시한 것이었다.

조금 뜸을 들이고서 티르파가 내 질문에 대답했다.

"글쎄요~ 역시 남자애라면, 채소보다는 고기 종류를 좋아하지 않을까요?"

확 와닿는 대답은 아니었지만, 내 질문도 모호했으니 어쩔 수 없다.

내 작전을 간파당하면 곤란하니까, 룩스의 이름을 낼 수도 없는 노릇이고.

"흠, 고기 요리……. 다른 두 사람의 생각은 어떤가?"

작은 종이에 깃털 펜으로 메모하면서 샤리스와 녹트에게도 물어보았다.

"아쉽게도 내 친족 중에 남자는 적어서 말이지, 도움 될만

한 대답은 해줄 수가 없겠군."

샤리스는 곤란한 것처럼 쓴웃음을 지으며 대답했고, 녹트는 여느 때처럼 냉정한 표정으로 고개를 끄덕였다.

"Yes. 저도 같습니다……만, 굳이 개인적인 인상을 말씀드리자면, 크게 가리는 음식은 없어 보였습니다."

"과연, 싫어하는 음식은 거의 없는 것 같다……. 응?"

메모를 하던 나는 돌아온 대답에서 걸리는 부분이 있음을 깨닫고 고개를 갸웃했다.

"……잠깐, 그 대답은 뭐지? 내가 뭘 하려 하는지 알고 있는 거냐?"

"어, 루크찌에게 뭔가 먹을 것을 만들어주려고 하는 거 아니신가요? 리샤 님."

"으악……?!"

티르파가 진지한 표정으로 꺼낸 대답에 나는 무심코 당황했다.

"그, 그걸 어떻게 알아차린 거냐?! 나는 아직, 그렇게 자세히 질문하지도 않았는데?!"

반사적으로 튀어나온 나의 질문에 샤리스가 씨익 미소를 지었다.

"리샤 공주. 괜한 참견일지도 모르겠지만, 자기 자신은 모르더라도 옆에서 보면 일목요연한 것이 세상에는 꽤 있는 법이야."

"사실, 그런 레벨이 아니라 훤히 보이지만요……."

"Yes. 애초에 학원에는, 관계자를 포함해도 남성이 거의 없으니까요."

"……."

뭐, 됐어.

이 세 사람에게 들킨 정도라면 큰 문제가 없을 것이다.

결국 세 사람 다 룩스의 입맛은 모르는 것 같아 다음 조사로 넘어가기로 했다.

직접 룩스에게 물어보면 빠를지도 모르지만, 그건 최후의 수단으로 남겨두고 싶었다.

가능한 한 몰래 연습하고 싶었으며, 주변 사람들에게 들키는 것도 곤란했다.

어디까지나 내가 리드해야만 하는 일이었으니.

"처음에 리샤 공주가 연 환영회 때는, 어떤 음식이든 맛있게 먹었던 것 같은데. 그런 상황이라도 관찰해보는 게 어떨까?"

"음……?! 그렇군, 그런 방법이 있었나!"

샤리스의 말에 눈이 번쩍 뜨인 다음 작전을 결정했다.

"고맙다, 삼인조! 그럼 이번 일은 다른 사람들한테는 비밀로 해달라고!"

트라이어드에게 그렇게 당부한 나는 기회를 기다리기로 했다.

†

"수고하셨습니다, 리샤 님."

"그, 그래……. 어서 와라. 그럼, 먹을까."

"오늘은 다른 사람들이 없는 게 허전하지만, 잘 먹겠습니다."

다음날 점심시간. 우연하게도 나는 룩스와 단둘이 있을 기회를 얻었다.

평소에는 크루루시퍼나 소꿉친구인 천연 아가씨, 그밖에도 온갖 여자가 룩스와 동석 하고싶어 하는 만큼 이 상황이 금방 찾아온 건 행운이었다.

안뜰의 갓돌에 앉아 식당에서 목제 쟁반에 담아 가져온 요리를 먹었다.

올리브 오일과 후추를 뿌린 샐러드, 닭 육수와 채소로 만든 짭짤한 수프, 갓 구운 빵, 향초를 곁들여 구운 치킨, 오렌지 1/4조각. 그리고 홍차가 오늘의 메뉴였다.

크게 호화로운 메뉴는 아니었지만, 나름대로 균형 잡힌 식사라는 것은 확실했다.

구제국 시절에 룩스의 식생활이 어땠는지는 잘 모르지만, 적어도 이 점심밥은 무척 맛있게 먹었다.

딱히 기피하는 음식은 없어보였지만, 그런 만큼 무엇을 좋아하는지 알아내기도 어려웠다.

"……어라? 리샤 님, 제 얼굴에 뭔가 묻었나요?"

"아, 아니, 아무 것도 아니다."

유심히 살펴본 탓인지 오해받을 뻔했다.

하지만 룩스가 식사하는 모습을 허투루 볼 수는 없었으므로 나는 힐끔힐끔 훔쳐보았다.

그나저나 여기 요리는 맛있군.

이런 수준의 맛을 낼 자신은 전혀 없지만, 메뉴를 룩스가 좋아하는 음식으로 한정하면 어떻게든 해낼 수 있을까?

그런 생각을 하면서 쟁반 위의 음식과 룩스의 입가를 살펴보고 있는데, 갑자기 룩스가 포크로 치킨을 꽂아 내 쪽으로 내밀었다.

"드세요, 리샤 님."

"어……?"

"배고프시죠? 저는 병석에서 나온지 얼마 안 된 참이라 그렇게 많이는 못 먹거든요."

내가 느닷없는 제안에 당황하자, 룩스가 갑자기 흐뭇한 표정으로 그런 말을 했다.

"아, 아니라니까?! 네가 식사하는 모습을 지켜보는 건, 딱히 먹고싶어서 그런 게 아니라— 그냥……."

"사양하실 것 없답니다? 어서 드세요."

평온하게 미소 짓는 룩스에게 밀려서 나는 결국 고기를 받아먹고 말았다.

'이, 이게 무슨 일이냐……! 이래서야 마치, 내가 식탐을 부리는 여자 같잖아!'

충격을 받으면서 하는 수 없이 로스트 치킨을 먹었다.

맛은 좋았지만, 이렇게 내게 넘겨주는 걸 보면 아마도 룩스가 좋아하는 음식은 아닌 거겠지.

"리샤 님, 맛있으세요?"

"아, 응……."

하지만 왠지 모르게 기뻐하는 룩스를 보고 있으니 뭐랄까, 이런 것도 나쁘지 않다는 생각마저 들었다.

"괜찮다면 그, 그대로 직접, 먹여줬으면 했는데……."

"네……?"

무심결에 입밖으로 꺼낸 말에 내 얼굴이 반사적으로 뜨거워졌다.

"아, 아무 것도 아니다?! 그, 그럼 나는 일이 있어서!"

고기를 재빨리 삼킨 나는 서둘러서 그 자리를 떠났다.

✝

수업이 끝난 방과 후.

"후우, 실패했군……. 대체 룩스는 뭘 좋아하는 거지?"

나는 다시 교사 안을 걸으며 계속 그것만을 생각했다.

내가 본의 아니게 치킨을 절반 빼앗아먹었으니 어디선가 군것질이라도 할까 싶어서 룩스의 동향을 지켜보았지만, 그 녀석은 태연하게 잡일 의뢰를 수행하고 있었다.

"하는 수 없군. 비상수단이지만, 좀 더 잘 알 것 같은 사람한테 캐낼 수밖에 없나……."

그렇게 생각해서 교사 안을 돌아다니던 나는 식당에서 겨우 그 녀석의 모습을 발견했다.

"……? 공주님, 무슨 일?"

내가 자리 옆에 서자 한 여학생이 멍한 표정으로 나를 바라보았다.

대재벌 집안의 아가씨이자 학원장의 여동생, 피르히 아인그람이라는 천연 아가씨다.

"단도직입적으로 물어보겠다. 룩스가 어떤 음식을 좋아하는지 아나?"

명색이 룩스의 소꿉친구인 이 녀석이라면 분명 좋아하는 음식 한두 가지 쯤은 알고 있을 것이다.

내 작전이 들통날지도 모르는 만큼 별로 물어보고 싶진 않았지만…… 뭐, 이 여자는 그런 것에 둔감한 것 같으니 괜찮겠지. 아마도.

"루우는, 핫케이크 같은 거, 좋아하는데?"

"그, 그래? 뜻밖인걸……."

즉시 대답이 돌아와 나는 평정을 가장하면서 급하게 메모했다.

남자치고는 희한하다는 생각도 들었지만, 의외로 특별한 것은 아닐지도 모른다.

"그리고 도넛이나 쿠키, 파이랑 케이크 같은 것도— 분명."

"……잠깐만?! 그러고 보니 너 전에, 말이 안 나오게 거대한 핫케이크의 산을 룩스에게 먹이려고 했지?! 네가 좋아하는 음식을 말하는 거 아니냐?!"

대화의 흐름에서 무언가 수상함을 느낀 나는 메모를 관두고 추궁했다.

"……그렇긴 하지만. 내가 만들어주면, 루우도 기꺼이 먹어주었으니까. 맞을 거라고, 생각하는걸?"

"……"

나는 속으로 탄식하면서 막 적은 메모지를 구겼다.

이건 꽝이라는 냄새가 났다.

룩스가 이 음식들을 싫어하진 않을 테지만, 이 천연 아가씨의 발언을 곧이곧대로 받아들이는 것은 위험하다.

"……좋아. 이렇게 된 이상, 가장 잘 알고 있을 후보한테 물어봐야겠어!"

나는 각오를 다지고, 고개를 갸웃거리는 천연 아가씨를 놔둔 채 어떤 장소로 향했다.

†

"오빠가 좋아하는 음식이요? 저도 모르겠는데요?"

"그럴 리가 있나?! 됐고, 얼른 가르쳐다오!"

무심결에 버럭 소리지르자 주위에 있는 학생들이 내 쪽으로 힐끗 눈길을 주었고, 눈앞의 소녀는 어이없다는 것처럼 도끼눈을 뜨며 흘겨보았다.

"리샤 님. 이곳은 도서관이니, 조금만 조용히 해주시겠어요?"

"아, 알았다고. 아무튼 무슨 소리야? 아무리 그래도 알 거 아니냐, 여동생이니까."

그렇다. 나는 룩스의 여동생이자 문관을 지망하는 학생—아이리 아카디아를 찾아, 학원 부지 안에 있는 도서관까지 왔다.

누가 뭐래도 친여동생인 그녀라면 룩스가 무엇을 좋아하는지 확실히 알 거라고 생각했지만—.

"진짜예요. 거짓말 해봐야 아무 의미 없는걸요. 어렸을 때부터 웬만한 음식은 맛있다고 했던 것 같네요. 다만, 눈이 튀어나오게 호화로운 요리보다는 가정적이고 평범한 요리를 좋아하지 않을까요?"

"⋯⋯그런, 가?"

여동생의 담담한 대답에 나는 곤혹스러움을 느꼈다.

"네. 그러니까, 이 이상 다른 분들께는 묻지 않으셔도 괜찮아요."

"뭣⋯⋯?! 따, 딱히 생각나는 사람들한테 물어보며 돌아다닌 건 아니다만?!"

여동생에게 정곡을 찔린 나는 도망치듯 물러났다.

그나저나 이를 어쩐다.

여동생조차 모르는 걸 보면, 정말로 크게 가리는 음식이 없는 걸까?

그렇다면 역시 이미 요리 해본 경험이 있는 크루루시퍼 같은 녀석이, 완전히 유리한 고지를 점하게 되는데—.

"역시, 내 힘으론 안 되는 걸까⋯⋯ ."

그 뒤로도 몇 사람에게 지나가는 투로 물어보았지만, 이렇다 할 정보는 얻을 수 없었다.

†

그날 밤.

"―좋아."

목욕 시간이 지난, 거의 모든 학생들이 잠자리에 들기 전의 시간대.

나는 조용한 여자 기숙사를 걸으며 룩스를 찾아다녔다.

그다지 스마트한 수단은 아니지만, 이렇게 된 이상 룩스에게 직접 물어볼 수밖에 없다.

사실은 룩스 모르게 요리를 연습하고 싶었지만, 더는 방법이 없었다.

그래서 오늘은 일과인 장갑기룡 개발을 쉬고 룩스의 행동을 살폈다.

"그나저나 그 녀석은 정말로 어떤 의뢰도 가리지 않는군……. 학원제가 끝난지도 얼마 안 됐거늘."

룩스가 말하길, 일단 육체적 피로는 풀렸으니 할 수 있을 때 여러 일을 끝내두고 싶다고 했다.

여학생들의 의뢰는 장갑기룡의 무장 선택에 관한 상담이나 기술지도 등의 번듯한 것에서부터 인생 상담이라는 명목의 단순한 다과회.

심지어 사복 선택 상담 등, 명백히 남자인 룩스가 곤란해할만한 것도 포함되어 있었다.

학원 쪽에서는 교재 운반이나 청소 도우미, 서류 정리.

게다가 기숙사에서도 쓰레기 버리기나 자재 관리 등, 많은 일을 돕고 있었다.

"후우, 오늘 의뢰는 꽤 많이 끝냈구나……."

대욕탕에서 나온 룩스는 한시름 놓은 표정으로 중얼거렸다.

역시 날품팔이 생활을 5년이나 해온 경력은 무시할 수 없 달까? 그 일솜씨에는 감탄이 나왔다.

'앞으로 의뢰할 때는, 난이도를 좀 조절해줘야 겠어…….'

머리 한쪽으로 그런 생각을 하면서, 마음을 굳히고 룩스에 게 말을 걸려고 했을 때―

"자 그럼, 슬슬 시작해볼까."

룩스가 급하게 걸어가버린 바람에 나는 나오려던 목소리를 도로 삼켰다.

이상하다.

일은 끝났다는 투로 말했으면서, 그 걸음은 어딜 보나 룩스 에게 새롭게 배정된 기숙사의 개인실로 가는 것 같지 않았다.

한순간 다른 여자 방으로 가는 줄 알았지만, 의외로 그 행 선지는 기숙사에 부설된 식당이었다.

저녁시간은 진작 지났으니 전속 요리사는 전부 퇴근한지 오 래다.

그러나 룩스가 자물쇠를 열고 주방에 들어가는 모습을 보 면 허가는 확실히 받은 것 같았다.

'그런데 뭘 하려는 거지? 룩스도 저녁은 먹었고, 오늘 의뢰는 끝났을 텐데—'

눈치채지 못하게끔 나도 살금살금 식당에 들어가 그늘에 숨었다.

내심 두근대는 마음으로 상황을 살펴보자, 룩스는 식자재를 늘어놓고 작은 냄비를 손에 들었다.

가늘게 썬 고기와 양파, 버섯 등의 재료를 올리브 오일로 볶고, 남아있던 수프를 소량 부은 다음 냄비로 뭉근하게 끓였다.

차츰 좋은 향기가 주위에 풍기기 시작해서 나도 모르게 침을 꼴깍 삼켰다.

저녁을 먹은 뒤로 얼마 되지 않은 데다 평소에는 식사에 별반 흥미도 없는 나였지만 향신료 향기가 식욕을 자극했다.

"오랜만에 만들어 봤는데, 잘 됐나 모르겠네."

룩스는 작은 냄비의 내용물을 접시에 옮겨 담고 식사를 시작했다.

맛을 음미하듯 숟가락을 몇 차례 입가에 옮긴 그는, 이윽고 안심한 것처럼 표정을 편히 풀었다.

"응. 역시 밖에서 일하던 때보다 실력이 죽긴 했지만— 조금만 더 연습하면 되겠다."

그렇게 뭔가 납득한 것처럼 고개를 끄덕이더니, 다 먹은 냄비를 설거지하고 정리하기 시작했다.

"......으."

룩스가 이쪽으로 돌아오기 전에 나는 재빨리 식당을 빠져

나왔다.

그리고 확신을 담아 중얼거렸다.

"……바로, 이거야."

알아냈다.

심야에 혼자서, 아무도 모르게 요리를 만들어 먹었다.

참으로 룩스다운 행동은 아니었지만, 바로 그렇기 때문에 틀림없을 것이다.

그 요리야말로, 분명히 룩스가 좋아하는 음식이다.

여동생이 언급한 『호화롭지 않은 평범한 요리』에도 부합하는 메뉴였다.

나는 룩스의 거동과 조리 순서를 기록한 메모를 전리품 삼아 오늘은 물러나기로 했다.

그리고 요리 이름과 만드는 방법을 지인과 상담해서 메뉴를 재현해보았다.

아무래도 구제국 시절부터 존재해온 전통적인 스튜 요리인 것 같았으며, 조리법은 크게 어렵지 않은 것 같았다.

나 같은 사람이 너무 야단스럽게 요리를 연습하면 눈에 띌 테지만, 최소한 룩스가 직접 만드는 것보다는 잘 만들고 싶었다.

'역시 이건— 전문가에 물어볼 수밖에 없겠지.'

휴일에 쓰레기를 내놓고 있던 지긋한 나이의 요리사가 눈에 들어온 나는 눈 딱 감고 물어보았다.

"브라운 스튜를 만드는 요령이요? 하하핫, 공주님께서 친히 말을 거시다니, 이 일도 해보고 볼 노릇입니다그려."

"됐으니까 어서 가르쳐줘! 내겐 시간이 없어……. 가뜩이나 실력이 좋은 편도 아니니까."

별일도 다 있다는 것처럼 웃는 중년 요리사를 다그치며 나는 요리 연습을 하고 싶다는 의사를 밝혔다.

이 이야기는 절대로 발설해서는 안 된다고 신신당부한 후, 요리사를 설득해서 며칠 동안 구제국이 발상지인 브라운 스튜를 만드는 연습을 시작하게 되었다.

수프를 처음부터 만드는 건 초심자에게는 어렵다고 하길래, 점심 메뉴로 만든 것을 미리 조금 얻어두기로 했다.

룩스는 밤에 이것저것 하고 있으므로 나는 아침 일찍 시간을 내서 날마다 연습했다.

처음에는 꽤 고생했지만, 어떻게든 그럭저럭 맛을 내는 것까지는 성공했다.

"오오 공주님, 솜씨가 좋아지셨구려. 우리 식당에서도 충분히 한 몫 하실 수 있겠어요. 이 정도면 제가 더 가르쳐드릴 건 없겠습니다."

"솜씨가 좋아지긴 무슨?! 지금 나를 놀리는 건가?!"

며칠간 나를 가르쳐준 식당 요리사에게 무심코 태클을 걸자, 중년 남자는 난감하다는 것처럼 머리를 긁었다.

"이거 참, 그건 오해십니다. 이 이상은 조리의 숙련도와 세세한 기술에 숙달되는 것이 맛으로 이어지는 법이거든요. 공주님네가 타는 기룡도 그렇잖습니까? 공주님께는 이것도 중요한 일일지는 모르겠습니다마는, 그렇다고 공주님께서 본업까지 소홀히 하시게 되면 위쪽에서 저를 자를지도 몰라요."

쓴웃음을 머금고 대답하면서 중년 요리사는 자신의 수염을 어루만졌다.

그 대답에 나도 이해하고, 납득할 수 있었다.

"……그런가. 그렇군. 신세를 졌네, 고맙다."

나는 요리사의 이야기를 이해하고 감사 인사를 한 다음 물러났다.

어쩌다 보니 최근 들어 요리 연습에 매달리게 되었지만, 내게는 그밖에도 해야 할 일이 많다.

그러니 이제는 두려워하지 말고, 일단 룩스에게 맛을 보여주자.

"좋아!"

기합을 넣고서 나는 준비에 착수했다.

그리고 오늘 승부수를 던지기로 했다.

†

폐문 시각이 지나고, 저녁 식사도 입욕 시간도 끝난— 밤.

"룩스. 저기— 오늘밤에 이야기를 좀 했으면 하는데, 시간은 괜찮나?"

나는 기숙사 대욕탕에서 청소 중이던 룩스를 찾아가 그렇게 말을 걸었다.

"괜찮아요. 의뢰가 아직 남아 있어서 조금 늦어질 것 같지만— 이번에도 장갑기룡 공방으로 가면 될까요?"

"아, 아니, 이번에는 아냐. 그, 그러니까— 늦어지는 건 괜찮다. 나도 일이 좀 있거든. 다만 약속 장소는 네 방으로 하고 싶은데……."

"제 방…… 말씀이시죠? 알겠습니다. 그럼 일이 끝나는 대로 돌아갈게요."

"아, 응……. 부탁하마."

잠시 고개를 갸웃했지만 바로 생각을 가다듬은 것처럼 웃는 룩스를 보고, 혹시 들통 났나 싶어서 불안했다.

내가 생각하기에도 이럴 때 거짓말을 참 못 한다 싶었지만, 어쩔 수 없었다.

나는 각오를 다지고 공방 일을 마무리 지은 다음, 이미 문이 닫힌 식당으로 약속 시간보다 일찍 이동했다.

허가는 미리 받아두었기에 문 자물쇠를 열고 안쪽 주방으로 향했다.

점심시간에 수프를 남겨달라고 부탁했으니 평소대로 만들기만 하면 된다.

하지 그때— 안쪽에서 희미한 불빛이 보였다.

예상치 못한 사태에 내가 고개를 갸웃하며 확인하자, 그곳에는 어떤 인물이 있었다.

"어라? 리샤, 님?"

"룩스…… 아니, 네가 왜 여기에 있는 거냐?! 아직 부르지도 않았는데!"

그렇다. 내가 요리를 만든 뒤에 불러낼 예정이었던 룩스가, 무슨 영문인지 식당에 먼저 와 있었다.

이게 대체 무슨 조화람……?

"저, 저기, 어째서 리샤 님도 주방에 계신 건가요? 저는 영락없이—"

"아, 아무렴 어떠냐. 하여간 이야기는 나중에 하자."

미묘하게 맞물리지 않는 대화를 나눈 후, 나는 예정대로 주방에 들어가 조리 순서를 따라 스튜를 만들기 시작했다.

룩스도 옆에서 무언가 조리하기 시작했고, 몇 분 뒤에는 그것을 접시에 담아 테이블 위로 날랐다.

그리고—.

"저기, 이건…… 같은 음식, 맞죠?"

"……그런 것 같구나."

룩스가 뭐라고 표현할 길 없는 표정을 지으며 묻자, 나도 곤혹스러운 표정으로 대답했다.

겉보기엔 거의 다를 것이 없는 스튜 두 접시가 테이블 위에 나란히 놓여 있었다.

……이게 뭐야.

이상하다. 어째서 이렇게 된 거지……?

설마, 룩스까지 자기가 좋아하는 음식을 만드는 연습을 했을 리는—.

"여봐라, 이게 어떻게 된 거냐? 왜 여기서 나랑 같은 음식을 만든 거지?!"

"저, 저기, 그건— 요즘 리샤 님께서 노동량이 늘어나면서 시장하신 것 같길래, 야식용으로 괜찮을 것 같은 요리를 배웠는데요……."

"……자, 잠깐만! 대체 왜 그런 생각을 한 거야?!"

어색하게 웃는 룩스를 향해 나는 무심코 되물었다.

"그게, 트라이어드 세 사람한테서 리샤 님이 요리에 흥미를 보이신다는 이야기를 듣고— 뭔가 만들어드려야겠다고 생각했거든요. 오랜만에 만드는 거라 연습 좀 해봤어요."

"넌 무슨 단세포냐?!"

이게 무슨 일이람……

내가 요리에 흥미를 보인다는 이야기를 듣고, 단순히 배가 고파서 그런가보다고 생각하다니…….

"잠깐만? 그렇다는 건, 이건 결국 네가 좋아하는 음식이 아니라는 거냐?"

"아, 맛있게 제대로 완성됐다고 생각하니까, 안심하세요."

"그게 아냐?! 내가 궁금한 건, 그런 게 아니라—."

하아…….

기운이 쫙 빠진 내가 고개를 숙이자, 룩스는 갑자기 나를 빤히 보면서 진지한 표정으로 중얼거렸다.

"혹시 그거, 저를 위해 만드신 건가요?"

뜻밖이라는 듯한 눈길로 바라보는 룩스를 향해 나는 살짝 고개를 끄덕였다.

"……그, 그런 셈이지. 너도 잡일을 재개하지 않았느냐. 그러니 일을 마친 후에 배가 고프지 않을까 싶었거든."

사실은…… 룩스가 좋아하는 음식을 만들 수 있게 되고 싶었던 거지만.

부끄러움 때문에 사실대로 말할 수가 없어서 참 미묘한 거짓말을 하고 말았다.

"고맙습니다. 저를 신경 써주시다니, 정말 기뻐요. 요즘 들어 다른 잡일 쪽이 바빠서, 리샤 님의 기사인데도 본분을 조금 소홀히 하고 말았는데도……."

하지만 룩스가 솔직하게 웃으면서 나를 바라보자 가슴 안쪽이 급속도로 훈훈해져서 나는 무심코 시선을 피하고 말았다.

내가 민망한 기분으로 몸을 배배 꼬자, 룩스는 난처한 듯 웃으면서 말했다.

"저기, 모처럼 이렇게 만들었으니 식기 전에 같이 드실래요?"

하는 수 없이 우리는 서로 요리를 교환하고 스튜를 먹었다.

수프에 녹은 고기와 채소의 감칠맛과 식욕을 돋우는 향신료의 향기가 맛에 깊이를 더했다.

나도 나름대로 연습했다고 자부하지만, 룩스 쪽이 만들어 본 경력이 긴 만큼 역시 조금 더 맛있는 것 같았다.

하지만 어째서일까?

룩스 본인이 만든 것보다 내가 만든 요리가 맛있을 리가 없는데, 룩스는 웃으며 먹어주었다.

그저 나를 향한 배려심인 걸까? 아니면…….

……내 마음이, 닿은 걸까?

'뭐, 아무렴 어때. 가끔은 이런 것도……'

작전은 실패했지만, 룩스가 기쁘게 먹어주는 모습에 도취한 나는 멍한 머리로 그를 정신없이 바라보았다.

"다만 한 가지 정정할 부분이 있는데, 나는 평소에 딱히 굶주려 있는 건 아니니까, 야식은 굳이 필요 없다고."

"네……?! 그, 그러셨어요?"

내가 집게손가락을 세우고 딱 잘라 말하자 룩스는 조금 아쉬워하는 표정을 지었지만, 이것은 작전이었다.

룩스가 훈련이나 기룡 개발 분야에서도 내게 기대하고 있다면, 그쪽을 뒷전으로 미룰 수는 없다.

『성식』과 신왕국에 위기가 닥쳐온 지금, 나는 다가올 싸움에 대비하여 온 힘을 쏟아 부어야만 한다.

그래도— 역시 틈틈이 짬을 내서 연습하면서 룩스보다 솜씨를 향상시키고 싶었다.

싸움이나 장갑기룡, 기사와 공주라는 관계만이 아니라 다른 면에서도 룩스와 이어져있고 싶으니까.

"기대하며 기다리라고, 룩스."

나는 조금 의미심장한 말투로 자신만만하게 선언했다.

룩스는 곤란한 것처럼 웃으면서 받아들였다.

"……뭔지는 잘 모르겠지만, 기대할게요. 그리고 오늘 만드신 요리도 맛있었어요, 리샤 님."

"으아…… 그, ……응."

면전에서 그런 말을 듣고 얼굴이 확 뜨거워진 나는 무심코

시선을 피하면서 웅얼웅얼 대답했다.

　이것이 설령 인사치레에 지나지 않는다 해도, 마음 속 깊은 곳에서 기쁨이 샘솟는 것을 보면 나는 분명 단순한 사람인 것이겠지.

　하지만 그의 말과 웃음만으로 만족하는 한, 내 실력 향상은 요원한 일일지도 모르겠다.

Episode 3
크루루시퍼 편·
위크 포인트

"―어디 보자, 이 근처인가?"

성채 도시 크로스 피드, 한밤중의 학원 부지 안.

폐문 시각도 지나 원래는 잠자리에 들어야하는 그 시간에, 룩스는 홀로 인기척 없는 교사 뒤편으로 갔다.

리샤는 평소처럼 밤늦게까지 작업 중인 것인지, 멀리 보이는 장갑기룡 공방에서는 작은 불빛이 새어나오고 있었다.

의뢰서에 지정된 대로 룩스는 그 장소에서 기다렸다.

학원제 이후로 상황이 급변한 탓에 룩스도 바빴지만, 머지 않아 임무를 수행하기 위해 학원을 떠나야 되는 만큼 학생들의 잡일 의뢰를 끝내두고 싶었다.

"그나저나 역시 이상한데……?"

초가을 밤의 냉기에 부르르 떨면서, 룩스는 고개를 갸우뚱하며 중얼거렸다.

전날 룩스 앞으로 도착한 의뢰서 한 장에는 이런 내용이 적혀 있었다.

【현장】비밀

【의뢰인】 비밀

【의뢰내용】 일단 취침시간 즈음, 교사 뒤편으로 와주세요. 자세한 내용은 그곳에서 말씀드리겠습니다.

반드시, 무슨 일이 있어도 와주세요. 도망치면 당신의 방에 쳐들어갈 거니까.

과거 5년 동안 날품팔이 생활을 하며 맡은 의뢰 중에는 말도 안 되는 것도 몇 개 있었다.

개발 중인 약을 복용해달라는 약사의 의뢰.

룩스보다 배는 나이가 많은 아들을 혼내달라는, 마음 약한 중년 아버지의 의뢰.

달아난 애완 맹수 포획 등, 지금 생각해도 머리가 아팠다.

누드모델이 되어달라는 예술가의 의뢰는 단호하게 거절했다.

그러나 의뢰인이 자신의 이름과 의뢰 내용을 밝히지 않은 적은, 역시 그다지 기억나지 않았다.

적어도 이곳에 와서 학원 의뢰를 전문으로 맡기 시작한 뒤로는 한 번도 없었다.

'장난이나 실수일지도 모르겠다고 생각했지만—.'

의뢰서에 미비한 점이 있는 만큼 원래대로라면 무시해도 괜찮을 내용이었지만…….

『반드시, 무슨 일이 있어도 와주세요. 도망치면 당신의 방에 쳐들어갈 거니까.』

이 부분이 묘하게 무서워서, 룩스는 결국 오고 말았다.

가능성은 낮았지만, 일단 모종의 함정일지도 모르므로 최소한의 경계는 해두었다.

그렇게 조용히 서 있으니 이윽고 등 뒤의 나무그늘에서 공기가 흔들리고, 부스럭 하는 작은 소리가 났다.

"느, 늦어서 죄송해요. 와주신 것을 보면, 의뢰를 맡아주시겠다는, 말씀이신 거죠……?"

"아, 안녕."

교복을 입은 소녀가 나타나자 룩스는 웃으며 인사했다.

눈을 가릴 정도로 머리카락을 기른 소녀의 얼굴이 어렴풋이 기억에 있었다.

반이 다른 탓에 접점은 거의 없었지만, 같은 학년의 문관 지망 여학생이다.

이름은 분명─.

"저기, 저는, 니나……라고, 해요. 긴히, 다, 당신에게 의뢰 상담을 하고 싶은데요……"

낯가림이 심한 성격인지 소녀는 룩스에게서 시선을 돌리고 더듬더듬 입을 열었다.

의뢰서에 이름을 적지 않은 것도, 그냥 부끄러워서 그랬을 뿐일지도 모른다.

'다행이야. 생각보다 평범한 의뢰인 것 같네……'

한시름 놓은 룩스는 소녀를 안심시키기 위해 부드럽게 웃으면서 말했다.

"응. 그건 괜찮은데, 여기는 추우니까 기숙사 안에서 이야기하지 않을래? 그리고, 대체 의뢰 내용이 무엇인지 웬만하면 먼저 적어주었으면—."

"그, 그건 안 돼욧!"

룩스가 물어본 순간 소녀는 사색이 되어 빽 소리쳤다.

"이, 이건 비밀 의뢰예요! 아무한테도 알리지 말아주세요! 이런 인기척 없는 곳으로 당신을 불러낸 것도 그런 이유에서 니까요……!"

"저, 저기……?"

룩스가 당황하자 소녀는 다그치는 것처럼 바짝 다가왔다.

그 앞머리 틈으로 고집스러운 정념의 불꽃이 일렁이는, 어딘지 모르게 어둡게 느껴지는 눈빛이 보였다.

사막에서 며칠이나 물을 마시지 못한 사람처럼, 몹시도 절박한 기척을 풍기며 소녀는 말했다.

"크루루시퍼 씨의 약점을 가르쳐주세요. 그게— 제 의뢰예요!"

"……네?"

몇 초 후에 튀어나온 그 한마디에 룩스는 바보처럼 입을 벌렸다.

그리고 룩스가 학원에서 받은 것 중에서도 가장 기묘한 의뢰가 시작되었다.

†

"그, 그러고 보니 크루루시퍼 씨. 뭔가 못 하는 거라든지 싫어하는 거 있어?"

"……갑자기 왜 그래? 룩스 군 치고는 별 희한한 걸 다 물어보네?"

"아, 아니 그냥, 갑자기 궁금해져서, 말야……."

방과 후— 하루치 잡일 거의 끝낸 밤, 룩스는 학원 부지 내의 도서관에 있었다.

크루루시퍼에게 정기 보충 수업을 받기 위해서다.

왕립 사관 학원에 편입한 룩스는 수업 내용에 따라서는 아직 완전하게 따라잡지 못한 것이 있었다.

어렸을 적 궁정 생활 시절에 받은 교육 덕분에 읽고 쓰기나 기초 지식 쪽은 문제없지만, 장갑기룡에 관련된 기술이나 지식을 제외한 과목에 관해서는 역시 뒤쳐져 있는 것이 현실이었다.

물론 학원 측에서 중간에 입학했음을 고려하여 대우해준 덕분에 지난 몇 개월 동안 거의 다 따라잡았다. 하지만 학문 쪽에서 최고의 성적을 자랑하는 크루루시퍼의 호의를 거절할 이유도 없었기에, 이렇듯 정기적으로 보충 수업을 받고 있었다.

평소에는 잡일 의뢰로 바쁘기 때문에 공부는 짬짬이 했다.

식당, 응접실, 도서관 등 시간이나 상황에 따라 장소도 매번 달라졌다.

바로 그 보충 수업을 받는 동안에 물어보았지만 미꾸라지처럼 빠져나갔다.

"예를 들어서, 크루루시퍼 씨한테도 잘 못하는 과목 같은 게 있을 거 아냐……?"

"없어. 좋아하는 수준에 차이는 있더라도, 못 한다고 할 정도로 성적이 내려간 적은 없거든."

"역시 그렇겠지……."

단칼에 부정당하고 말았다.

급우인 룩스에게 모든 과목을 가르쳐주는 시점에서 그것은 분명한 사실이었다.

적어도 학문에 관련된 약점 따위는 없으리라.

"아니면— 나를 신경 쓰고 있는 거니? 마음에 걸리는 점은 언제든 물어봐도 괜찮다구?"

"어, 아니, 그런 게 아니라……!"

슬쩍 속을 떠보려던 룩스는, 왠지 모르게 의미심장하게 미소 짓는 크루루시퍼를 보고 가슴이 철렁했다.

얼마 전 학원제와 『성식』 사건을 겪으면서 룩스의 마음에도 변화가 생겨, 은근히 소녀들을 의식하게 되었다.

그 덕분에 크루루시퍼가 유혹하는 듯한 몸짓을 보일 때마다 예전보다 더욱 가슴이 콩닥거렸다.

자신을 향한 그녀의 호의 때문에 집중할 수 없게 되는 것이다.

평소 같았으면 어쩐지 낯간지러우면서도 즐거워야 할 시간이다.

그럼에도 불구하고 룩스의 등줄기에는 식은땀이 배어나와 있었다.

"미, 미안해. 제대로 집중할 테니까—."

룩스는 허둥지둥 변명하면서 눈앞의 책과 종이에 의식을 집중했다.

'지금은, 이 정도가, 내 노력의 한계야……'

그녀에게 어필하는 건 이미 끝났다.

웬만하면 이번에는 이 정도로 『그녀』가 납득해줬으면 좋겠는데—.

"……"

등 뒤에서 날카로운 바늘 같은 시선이 느껴졌다.

기분 탓이 아니었다.

조금 전부터 서가에 숨어서 이쪽을 노려보고 있는 니나의 얼굴이 도서관 창문에 반사되어 눈에 들어오고 있었다.

"으……?!"

그것을 눈치채지 못한 척 하면서 룩스는 눈앞의 문제를 풀었다.

'정말, 어쩌다 일이 이렇게 된 거지……?'

필사적으로 공부에 집중하면서 룩스는 고작 하루 전에 있었던 일을 떠올렸다.

"크루루시퍼 씨의, 약점……?!"

학원 부지 내, 한밤중의 교사 뒤편.

인기척 없는 그 장소에서 앞머리로 눈을 가린 2학년 소녀—나나는 그런 말을 꺼냈다.

"……네. 정말 싫어하는 것이나 특별히 기피하는 분야 등 뭐든지 좋아요. 남에게 알려지면 곤란한, 약점이 될 만한 그녀의 비밀을 꼭 좀 가르쳐줬으면 해요."

다급함이 느껴지는 긴장을 띤 목소리.

그리고 번들거리는 빛을 발하는 두 눈에서는 심상찮은 집념이 느껴졌다.

"저기…… 그거, 진심으로 하는 말이야?"

"진심인데요? 안 되는 건가요?"

"아니, 안 된다기 보다는……. 애초에, 그런 게 왜 궁금한데?"

크루루시퍼는 유미르 교국에서 온 유학생이지만 문벌이 좋고 성적도 우수하다.

그야말로 이 학원에서도 손꼽힐 정도로 말이다.

그러니 그녀 자신이 아무리 처신을 잘 한다 해도 누군가의 질투를 사는 것 자체는 신기한 일이 아니다.

그러나 눈앞의 소녀가 벌벌 떠는 모습을 보면 아무래도 원한이 있는 것처럼 보이지는 않았다.

"그건— 그, 그게, 그러니까요, 무척 말하기 껄끄러운 부분인데……. 제, 제가 지은 시……비슷한 것을 들켜버렸거든요. 아, 아무튼 제 비밀을 들킨 이상, 그녀의 비밀도 알아두지 않으면 안심할 수 없다구요!"

심하게 당황한 모습으로 소녀는 손가락을 척 내밀었다.

'뭔가 했더니, 그런 사정이 있었나…….'

아마도 크루루시퍼는 그런 것을 전혀 신경 쓰지 않을 것이다.

룩스는 내심 허탈했지만, 당사자에게는 심각한 문제일지도 모른다.

"하지만 적어도 나는 크루루시퍼 씨의 약점 같은 건 모르고, 상상도 안 되는걸."

룩스는 솔직하게 대답했다.

니나는 납득할 수 없다는 듯한 눈초리로 룩스를 쏘아보았다.

"그러면, 조사해주세요. 저도 혼자 알아봤지만 소득이 전혀 없었거든요……. 한때나마 그녀의 연인이었던 당신이라면 뭔가 알아낼 수 있을지도 몰라요."

그런 말을 해본들 솔직히 곤란할 따름이었다.

'연인 행세 자체가, 애초에 가짜 의뢰였는데…….'

잡일 의뢰를 받았을 때 가장 해서는 안 되는 행동은, 한 가지 의뢰를 수행할 때 『그 의뢰인을 제외한 누군가』의 영역에 침범하는 것이다.

성실하게 의뢰를 수행하려 하다가 불필요한 트러블을 일으켜서 수습하기 힘들어지게 된다.

그런 이유가 아니더라도 소중한 친구인 크루루시퍼에게 폐를 끼칠 만한 짓은 할 수 없었다.

그래서 눈 딱 감고 거절하기로 했다.

"미안하지만, 나는 그런 다른 사람이 곤란해할만한 의뢰는 받지 않아. 이 이야기는 못 들은 걸로 할 테니까, 이만 포기해 줬으면―."

"……그렇다면, 어쩔 수 없네요. 저 혼자 알아서 계속 조사하겠어요. 어떤 수단을 동원해서라도 알아낼 거예요. 그야말로 다소 난폭한 짓을 하게 되더라도―."

"뭣……?!"

어둡게 가라앉은 기운을 풍기는 소녀의 말에, 룩스는 흠칫했다.

"그, 그건 좀 위험하다고나 할까, 그러지 말았으면 좋겠는데…….."

크루루시퍼에게 진짜로 약점이 있는지는 모른다.

그러나 눈에 그것밖에 보이지 않는 소녀의 폭주를 이대로 내버려두는 것은 조금 불안했다.

'안 되겠어. 이대로 내버려뒀다가, 뭔가 문제가 일어나면―.'

초조해진 룩스는 즉시 그녀를 도울 방법을 생각했다.

"으, 응……. 그럼 말야, 하나만 약속해줄 수 있어?"

"……뭐죠?"

눈가에 어두운 그림자가 드리운 눈으로 룩스를 쳐다보며 소녀는 차가운 목소리로 물었다.

"내가 그 의뢰를 받아들이면, 너도 크루루시퍼 씨에게 묘한 짓을 하지 않겠다고."

"의뢰…… 받아주실 건가요?"

"조건을 몇 개 붙여도 좋다면야, 일단은."

룩스는 긴장한 표정으로 물어보았다.

이 질문 자체도 반쯤 도박이었지만 어쩔 수 없었다.

룩스의 얼굴을 빤히 응시하던 소녀는 탄식하고서 이윽고 고개를 끄덕였다.

"……알았어요. 그럼, 그렇게 할게요.

그 후에 이야기를 잠시 나눈 다음 룩스는 소녀와 헤어져 자기 방으로 돌아갔다.

†

결국 소녀와 몇 가지 조건을 건 다음에야 룩스는 의뢰를 받아들이기로 했다.

니나가 내건 조건은 크루루시퍼의 약점을 며칠 내로 알아내는 것.

룩스가 내건 조건은 그 사이에 니나 자신은 크루루시퍼에게 아무 짓도 하지 않는 것.

그리고 룩스가 의뢰를 완수하는 날에는 두 번 다시 비슷한 의뢰를 하지 않으며, 크루루시퍼에게 피해가 갈 만한 짓도 하지 않을 것.

"후우……. 일단 어떻게 잘 풀렸, 나?"

룩스는 자기 방 침대에 엎드려 두 눈을 감고서 중얼거렸다.

소녀와의 교섭은 평상시의 잡일보다 훨씬 힘들었지만, 계약은 성립되었다.

물론 진심으로 크루루시퍼 본인이 남에게 알리고 싶지 않은 약점을 캐낼 수는 없으니, 그럴싸하게 보이는 적당한 약점을 찾아보기로 했다.

그리고 소녀가 그것을 듣고 납득한다면 의뢰는 완료된다.

"그녀가 납득할 만한 크루루시퍼 씨의 약점, 이라……."

말은 쉽지만, 사실 실마리는 전혀 없었다.

그러나 어렵게 생각할 필요는 없다고, 이때의 룩스는 생각했다.

"……."

차츰 수마라는 무게에 짓눌린 룩스는 몸이 침대 속으로 꺼지는 감각을 느꼈다.

그대로 룩스의 의식은 순식간에 멀어졌다.

†

다음날은 평소대로 수업하는 날이었다.

아침에는 일찍 일어나 세면장으로 가서 세수를 하고 교복으로 갈아입었다.

이른 아침의 잡일은 몇 가지 패턴으로 분류되어 있었다.

오늘 할 일은 부지 내의 청소.

공방 주위를 청소하는 날이라, 덤으로 안에서 자고 있을 리샤를 깨우기 위해 홍차를 가지러 주방으로 갔다.

잠에서 깬 리샤와 가볍게 대화를 나눈 다음 주변 청소를 끝내고, 아침밥을 먹으려고 식당으로 이동한 룩스는—.

"앗……!"

식당 구석에 있는 소녀— 니나의 존재를 발견하고서 떠올렸다.

『빨리 크루루시퍼 씨의 약점을 찾아주세요.』

전신에서 뿜어져 나오는 오라를 통해 그렇게 주장하고 있었다.

룩스는 간담이 서늘해짐을 느끼면서 식당에 있던 크루루시퍼 쪽으로 다가갔다.

이미 아침 식사 중이던 그녀는 룩스와 눈이 마주치자 손을 멈추고 친애를 담아 미소 지었다.

"안녕. 오늘도 일찍 일어났구나."

"크루루시퍼 씨도. 저, 저기, 그러고 보니 아침 일찍 일어나는 거, 힘들지 않아?"

의뢰인 소녀의 재촉에 떠밀린 것처럼 룩스는 즉시 탐색에 나섰다.

아침에 잘 못 일어난다.

그런 레벨이라도 니나가 약점으로 인정해준다면 좋을 텐데—.

"괜찮아. 유미르 교국에서 지내던 때는 좀 더 일찍 일어나서 기도를 올려야 했으니까, 일찍 일어나는 건 어렸을 적부터 습관이었거든. 이 학원에서는 오히려 여유롭다는 느낌일까."

"아, 그, 그렇구나······."

첫 번째 탐색은 실패.

'뭐, 아침 식사 시간에 거의 첫 번째로 와 있는 시점에서, 왠지 모르게 그럴 것 같았지만―.'

룩스는 슬쩍 눈알을 굴려서 다시 식당 구석 쪽으로 시선을 보냈다.

역시 니나라는 소녀는 불만스러운 표정으로 룩스를 보고 있었다.

"그, 그리고 보니, 크루루시퍼 씨는 싫어하는 음식 같은 거 있어? 이 식당 음식은 항상 맛있지만, 유미르 교국에서는―."

"크게 가리는 건 없어. 물론 나도 기호 정도는 있지만, 도저히 못 먹겠다든지 보는 것도 냄새를 맡는 것도 싫은 것은 경험해본 적이 없네."

"그, 그렇구나······. 크루루시퍼 씨는 대단하네."

또다시 실패.

이 식사 시간에 찾아낼 수 있는 크루루시퍼의 약점은 이미 없어진 것 같았다.

아침밥 쟁반을 들고 다시 그녀 앞에 앉아 룩스도 식사를 시작했다.

요리 솜씨 쪽도, 날품팔이 생활 중에 술집이나 식당에서 일해본 적 있는 룩스보다 크루루시퍼 쪽이 낫다는 것은 여름 강화 합숙 때 이미 증명되었다.

소리를 내지 않는 우아한 식사예절도 룩스가 보기에는 완벽했다.

이른 아침이라고 해서 잠자리에서 일어나자마자 나온 것이 아니라, 교복이나 머리카락에도 부스스한 느낌은 없었다.

'어쩌지, 그때는 기세에 밀려서 경솔하게 떠맡고 말았지만⋯⋯. 크루루시퍼 씨의 약점을 찾는 건, 어쩌면 엄청 어려울지도—.'

그 사실을 깨닫고서 룩스가 속으로 경악한 그 순간—.

"룩스 군."

"응—?"

갑자기 테이블 맞은편 자리에 앉아 있던 크루루시퍼가 살짝 일어나더니, 몸을 앞으로 내밀어 얼굴을 가까이 가져왔다.

요정처럼 환상적이고 아름다운 소녀의 모습.

그런 얼굴이 눈앞으로 다가와 저도 모르게 가슴이 쿵쾅 뛰었다.

"여기, 조금 묻었어."

크루루시퍼가 손에 든 냅킨으로 룩스의 입가를 부드럽게 닦아주었다.

거기에 묻어 있던 것은 아침 식사에 쓰인 빨간 토마토소스의 잔재였다.

"앗, 어⋯⋯ 고마워."

저도 모르게 부끄러워진 룩스가 얼굴을 빨갛게 물들이자, 크루루시퍼는 평소처럼 쿨하게 웃었다.

"생각에 잠기는 건 좋지만, 식사 할 때 정도는 긴장을 푸는 게 좋은 법이야. 큰일이라는 건 알겠지만, 룩스 군은 그런 부분이 가끔 어설프다구?"

"……아, 응. 조심할게."

룩스는 부끄러워하면서 대답했다.

'……약점을 찾아내기는커녕, 크루루시퍼 씨에게 격려를 받다니?!'

덤으로 무언가를 고민하고 있다는 점까지 간파당한 것 같았다.

'이건, 꽤 위험할지도 모르겠어……'

지금까지 수많은 의뢰를 해결해온 룩스의 감이 장기전의 조짐을 느꼈다.

어쩌면, 드물게도 달성 불가능할지도 모르겠지만—.

"……"

등 뒤로, 앞머리로 눈을 가린 소녀— 의뢰인인 니나의 시선을 느꼈다.

'정말로 해낼 수 있을까? 앞으로 며칠 내에, 크루루시퍼 씨의 약점을 찾아내야 한다니—.'

룩스는 고개를 숙이며 작게 탄식했다.

긴 싸움이 예감되었다.

†

의뢰를 받고서 사흘째 되는 날의 점심시간.

"저기, 빨리 그녀의 약점을 찾아주실 수 없나요……?"

같이 점심을 먹자는 소녀들의 권유를 뿌리치고, 룩스는 인기척 없는 교사 뒤편을 찾아갔다.

이번에도 발신인이 없는 편지로 룩스를 불러낸 사람은, 역시나 니나였다.

용건은 예상대로 그녀의 의뢰인 『크루루시퍼의 약점』 찾기에 대한 것이었다.

처음에 룩스는 크루루시퍼가 크게 심각하지 않은 수준으로 기피할만한 것을 찾아내, 그것을 가르쳐줘서 적당히 납득시킬 생각이었다.

그런데 실제로 해보니까 상당히 어려운 문제라는 것을 알게 되었다.

수업, 백병전, 장갑기룡 조작 실력은 물론이거니와 귀족으로서의 행동거지나 몸가짐, 사생활까지 크루루시퍼에게는 틈이 없었다.

식사나 동물 종류에서조차 싫어하는 것은 없는 것 같았다.

"미안해. 생각처럼 쉽지가 않더라고. 조금만 더 기다려주면—."

"……내일. 저는 학원에 없어요."

"응?"

갑자기 다른 이야기가 나와 룩스는 놀랐다.

"문관 지망 학생들은 2번 지구에서 사회견학 수업을 하느라, 내일은 학원에 없어요."

울화와 초조함이 배인 음침한 목소리로 소녀는 말을 계속했다.

"서두르지 않으면 온 학원에 시의 내용이 퍼질지도 몰라요. 제가 돌아오기 전까지 찾아주세요. 만약 실패한다면, 그때는 제가 직접 크루루시퍼 씨와 결판 낼 테니까."

"겨, 결판을 내겠다니, 무슨 짓을 하려고?"

"의뢰도 제대로 해결 못 하는 당신에게 가르쳐줄 이유는 없어요……."

"아, 알았다고. 어떻게든 해볼 테니까―."

음침한 분위기를 풀풀 풍기는 소녀를 진정시키면서 그렇게 말하자 어떻게든 납득해주었다.

"하아……. 한 번 더, 크루루시퍼 씨한테 가볼까."

의뢰인 소녀와 헤어진 후, 룩스가 힘이 쭉 빠진 표정으로 중얼거렸을 때―.

"어라, 내게 무슨 볼일이라도 있니?"

"우와악……?! 크, 크루루시퍼 씨?!"

갑자기 등 뒤에서 목소리가 들려와 룩스는 펄쩍 뛰어 올랐다.

지금은 방과 후 복도였지만, 설마 뒤에 있을 거라곤 생각지도 못했다.

"그렇게 놀라다니 서운한걸. 그리고 나를 보러 가야겠다면서 한숨을 쉬다니― 룩스 군도 너무하네."

크루루시퍼는 웃으면서 반농담조로 놀렸다.

"아, 미, 미안해. 그게, 하지만 나는 크루루시퍼 씨랑 만나는 게 싫은 게 아니라, 사정이 좀 있어서―."

룩스가 다급히 변명하려 하자, 크루루시퍼는 살짝 웃더니—.

"내 약점을 찾는 건 내키지 않는다— 이거지?"

"엇……?!"

룩스의 고민을 정확하게 짚었다.

"자, 잠깐만. 애초에 나는—."

"굳이 의뢰 내용을 밝힐 필요는 없어. 아까 그 애가 네게 억지를 부리는 모습을 우연히 봤을 뿐이니까. 그거라면 문제없겠지?"

"……."

완전히 간파 당했다.

지난 며칠간 룩스의 언동을 통해 무슨 일이 있음을 예상하고, 몰래 뒤를 밟은 것이리라.

들킨 건 좋지 않았지만, 왠지 모르게 마음이 놓이는 기분마저 들었다.

"옆 반의 문관 지망생이 의뢰했나 보구나. 뭐, 무슨 일인지 대충 짐작 가긴 하는데, 나도 온전히 피해자라고 하긴 어렵겠어."

"결국, 무슨 일이 있었던 거야?"

"그 아이가 시집을 떨어뜨렸거든. 그런데 그걸 서류 종류로 착각해서 살짝 읽어봤을 뿐이야. 아무한테도 말 안하겠다고 약속했지만, 그것만으론 믿을 수가 없었나 봐."

"미안해……. 저기, 걔가 되게 험악하게 나오길래, 무작정 의뢰를 거절하기보단 내가 사이에서 어떻게든 해결하는 게 낫겠다 싶었거든—."

룩스가 자초지종을 설명하자, 크루루시퍼는 어이없다는 것처럼 도끼눈을 뜨고 룩스를 보았다.

"룩스 군, 반성 좀 하렴. 한숨이 나올 정도로 여심을 모르는 네가, 소녀들의 관계를 제대로 중재할 수 있을 리가 없잖니?"

"말이 너무 심한 거 아냐?!"

가차 없는 지적이 가슴에 푹 꽂혔다.

"어차피 평소처럼 눈앞의 문제를 못 본 척 넘어갈 수 없었을 뿐일 테지만, 그런 건 좋지 않아. 적어도 그녀 자신의 감정에서 파생된 문제를, 정식 의뢰로 네가 짊어져서는 안 된다구."

"그건—."

크루루시퍼의 말이 맞을지도 모른다.

이번 일을 의뢰한 니나라는 여학생과 크루루시퍼가 모두 상처입지 않게끔 중재해야겠다고 생각한 결과, 도리어 일이 골치 아프게 변하고 말았다.

"……미안해, 크루루시퍼 씨. 내 생각이 짧았어."

룩스가 고개를 숙이고 중얼거리자, 크루루시퍼가 룩스의 머리를 살며시 쓰다듬었다.

"반성한 것 같으니까, 이번 문제를 어떻게 해결할지 상담해볼까? 그리고 늦게나마 감사 인사를 해야겠네. 날 신경 써줘서 고마워. —무척 기뻐."

부드러운 목소리와 따스한 눈길에 룩스는 한순간 가슴이 뛰었다.

크루루시퍼는 평소 쿨하게 웃을 때가 많지만, 이렇게 친애의 감정을 담아 웃을 때면 참을 수 없을 정도로 귀여워 보였다.

'으, 내가 대체 무슨 생각을……?! 지금은 진지하게, 의뢰에 관해서 상담해야…….'

두근거리는 가슴의 고동을 억누르며 룩스는 자세를 가다듬었다.

"저, 저기, 그럼 어떻게 할까? 이렇게 된 이상 크루루시퍼 씨의 약점을 찾는 건 무리일 것 같은데, 내일 그녀가 돌아오면 직접 얘기해볼래?"

"그러게. 어떻게 할까? 확실히 남에게 얘기할 수 있는 범위 내에서는 들켜서 곤란한 약점 같은 건 없거든."

크루루시퍼는 턱에 손을 대고 생각하는 몸짓을 보였다.

유적 출신이라는 비밀을 밝힐 수는 없지만, 그것 말고는 마땅히 떠오르는 게 없는 것 같았다.

그러나 크루루시퍼는 갑자기 옆에 있는 룩스의 얼굴을 빤히 바라보더니―.

"그래―. 그렇다면 시험해보는 것도 재미있겠어."

―갑자기 키득, 소리를 내며 웃었다.

"그러고 보니 그 아이, 내일은 교외 학습 때문에 외출한다고 했지? 그러면 내일 온종일 찾아보지 않을래? 내 약점을―."

"……응?"

어리둥절해하는 룩스를 보며 크루루시퍼는 의미심장하게 미소 지었다.

그리고 다음날, 원래 의뢰대로 크루루시퍼의 약점 찾기가 시작되었다.

†

―점심시간, 응접실 안에서는 조용한 소리가 들렸다.

원래는 손님용 공간이라 사용이 금지되어 있지만, 다른 소녀들의 눈을 피하기 위해 청소를 마치고 남는 시간을 활용해서 크루루시퍼와 보내고 있었다.

"자. 이것으로 체크메이트. 더 둘만한 수는 있니?"

"졌습니다……."

하아, 하고 한숨을 내쉰 룩스는 고개를 숙이며 항복했다.

"후우, 아쉬운걸. 이번에도 약점은 찾지 못했구나."

"아, 아하하……."

크루루시퍼의 푸념에 룩스는 쓴웃음을 지었다.

하여튼 약점을 찾아내기 위해 다양한 상황― 그야말로 놀이나 취향 영역까지 포함해서 생각해보기로 했다.

『나는 나 자신을 객관적으로 본다고 생각하지만, 실제로는 깨닫지 못한 걸지도 몰라.』

그런고로 생각난 것을 크루루시퍼가 모조리 수행하고, 그 룩스가 상대역을 맡는 작전이었다.

객관적인 시점과 비교상대가 있다는 점.

그 방법이면 새로운 약점이 부각될지도 모른다는 발상이었으나, 이렇게 계속 연패만 하다간 룩스의 마음이 먼저 꺾일 것 같았다.

"이래 봬도, 날품팔이 생활을 하면서 나름대로 경험해본 편인데……."

룩스가 체스판과 말을 정리하며 탄식했다.

체스나 다트 등의 놀이에서 룩스는 전혀 크루루시퍼의 상대가 되지 않았다.

놀이에서조차 크루루시퍼에게는 빈틈이 없었다.

"하지만 이런 놀이에서도 약점이 없다니, 이제 틀린 걸까……."

"어머, 벌써 포기하게? 벽에 맞닥뜨렸을 때는 시점을 바꾸면 돼. 예를 들자면— 육체적인 약점을 들 수 있겠네."

"유, 육체적인 약점…… 이라니, 설마—?"

그 말에 룩스는 크루루시퍼를 관찰했다.

아름답고 반듯한 이목구비, 가냘프지만 여자아이다운 곡선을 그리는 몸매.

잘 어울리는 교복과 그것을 살짝 밀어내는 가슴이—

"……룩스 군. 너, 지금 내 **어디**를 보고 있는 거니? 절대로 화내지 않을 테니, 솔직하게 말해볼래?"

분명히 거짓말이다.

그 증거로 크루루시퍼의 눈은 웃고 있지 않았다.

"따, 딱히 아무데도—?! 그 이전에, 아직 아무 생각도 안 했는데?!"

"괜찮으니까 말해봐. 어차피 내 가슴을 보고 있었던 거 아냐?"

"아, 아니 그건…… 그렇지만."

"그래. 솔직하게 대답해줘서 고마워. 그건 그렇고 전혀 관계 없는 이야기인데, 오늘 밤 룩스 군의 보충수업에서 숙제를 세 배로 늘릴 거야."

"화 안 내겠다며?!"

"그랬지. 하지만 화내지 않겠다고는 했어도, 그것과는 별개 로 룩스 군을 응징하지 않겠다고 한 적은 없다구?"

"너무 치사한 거 아냐?!"

룩스가 울상을 지으며 소리치자 크루루시퍼는 쿨하게 머리 카락을 쓸어 올렸다.

"그런가. 그럼, 그 대신 룩스 군의 약점을 하나 가르쳐주면 용서해줄게."

그녀가 왠지 모르게 즐거운 것처럼 얼굴을 가까이 가져오며 미소 지었다.

솔직히 자기 입으로 자신의 약점을 밝히는 것도 꽤 부끄러 웠지만, 어쩔 수 없다.

크루루시퍼에게 폐를 끼친 주제에, 자기만 아무것도 하지 않을 수는 없었다.

"아, 알았어. 그러면 그, 내가 자각하고 있는 약점은…… 읍?!"

마음을 다진 룩스가 대답하려고 숨을 들이마신 순간, 크루 루시퍼의 집게손가락이 룩스의 입술에 살짝 닿았다.

"그 다음은 지금 말할 필요 없어. 그냥 농담이었으니까."

크루루시퍼는 장난스럽게 웃으며 룩스를 제지했다.

"그리고 자신의 약점을 그렇게 쉽게 남한테 가르쳐주는 거 아니야. 네 약점은, 네가 경계하지 않는 상대에게는 과도하게 솔직하다는 점이야. 걱정되니까 조심하렴. 앞으로 네가 어떤 위험한 임무를 수행하게 될지는 모르지만."

"……"

완전히 그녀의 손 안에서 놀아난 꼴이었다.

그리고— 눈치챈 것 같았다.

이 현명하고 총명한 소녀는 지난 며칠간 룩스가 보인 태도를 통해, 예의 문제에 관한 것도 어렴풋이 파악해낸 모양이었다.

"그 이전에, 내 약점은 아무래도 좋잖아?! 결국 크루루시퍼 씨의 약점은—"

"그러네. 내가 자각 중인 범위 내에는 없지만, 역시 육체적인 약점을 찾아보는 것도 괜찮을 것 같아. 간지럼을 잘 탄다든지, 몸이 뻣뻣하든지, 약점이라면 약점이지 않을까?"

"앗……."

의외로 맹점이었을지도 모른다.

유독 간지럼을 잘 타든 체질이라면, 크루루시퍼처럼 완벽한 소녀 입장에서는 확실히 재미있는 『약점』일지도 모른다.

"그러면— 시험해볼래?"

크루루시퍼는 살짝 머리카락을 쓸어 올려서 한쪽 귀를 드러냈다.

평소는 그 긴 머리카락에 가려져 있는 크루루시퍼의 귀.

그것을 드러낸 것의 의미를 룩스는 한 박자 늦게 파악했다.

"어, 어엇?! 서, 설마 나보고 만지라는 거야?!"

"뭘 그렇게 놀라? 내 손으로 만져봐야 의미 없잖아? ……아
아, 설마 룩스 군은 다른 부위를 만져보고 싶었던 거니?"

크루루시퍼는 갑자기 짓궂은 웃음을 떠올렸다.

'다른 부위라니, 설마—.'

룩스가 당황한 순간—.

"……기대하게 해서 미안해."

"기대 안 했거든?! 날 뭐라고 생각하는 거야?!"

"천하의 룩스 군이니까 조금 아담한 내 가슴을 만지고 싶다
든지, 허벅지 사이에 손을 넣어보고 싶다든지, 분명 그런 음
흉한 생각을 했을 거 아냐?"

"아니, 아직 아무 생각도 안 했다니까?! 깜짝 놀랐을 뿐이
야!"

"하지만 지금은 아직 날도 밝고, 여긴 학원이니까 그건 참
아주겠니? 아무튼— 시험 안 해볼 거야?"

"……."

도발적인 크루루시퍼의 얼굴 옆에, 룩스는 조심스럽게 손을
뻗었다.

그리고 천천히 그녀의 예쁜 귓불을 만졌다.

"앗……."

그 순간 살짝 놀란 것처럼, 크루루시퍼는 불분명한 신음을

흘렸다.

'여자애의 귓불을 만지다니, 어렸을 적에도 거의 안 해봤는데—.'

표면은 매끄러웠고, 말랑말랑 기분 좋은 탄력이 룩스의 손가락을 밀어냈다.

완벽한 실력의 소유자인 크루루시퍼의 몸에서 가장 무방비한 부분이라고 할 수 있는 만큼 어쩐지 가슴이 두근거렸다.

"괘, 괜찮아? 크루루시퍼 씨."

"……으, 으응, 괜찮아. 조, 좀 더 세게 만져도 돼."

"아, 알았어……."

그녀의 지적을 따라 손끝에 살짝 더 힘을 주었다.

부드러운 감촉 속에서 오돌오돌한 심지 같은 단단함이 느껴졌다.

"핫…… 아, 아앗……. 역시, 꽤 간지러운걸……."

'어, 어쩐지 이거, 계속하면 안 될 것 같은데……!'

어딘지 모르게 달콤한 울림마저 섞인 소녀의 숨소리를 들으며 룩스는 묘한 충동에 사로잡혔다.

"이, 이 정도만 하자! 저기— 그렇게까지 알기 쉬운 약점도 아닌 것 같으니까!"

"……그럴지도, 모르겠네. 아쉬운걸, 찾아내지 못해서."

"아, 아하하……."

위험한 순간이었다.

그대로 조금만 더 있었으면 이성이 녹아내릴 뻔했던 룩스는

내심 가슴을 쓸어내렸다.

그 후로도 계속 약점을 찾아보았지만, 결국 날이 저물 때까지 찾아내지 못했다.

†

"하아…… 결국 그럴듯해 보이는 건 못 찾았네."

저녁 식사 후.

룩스와 크루루시퍼는 소등 직전의 도서관 테이블 앞에 앉아 상담하고 있었다.

이번에는 룩스가 아는 소녀들의 약점— 예를 들어 어두운 곳이나 높은 곳에 있는 상황도 시험해보았지만, 어느 것이든 크루루시퍼의 약점은 아니었다.

결국 두 손 들어 올린 룩스는 백계가 다했다고 생각했지만—.

"—그러고 보니, 묘한걸."

"응……?"

크루루시퍼는 시선을 책에 고정한 채 문득 고개를 갸웃했다.

"그 애는 왜 그렇게 화내는 걸까? 확실히 자작시라는 건 창피한 것일지도 몰라. 하지만 남한테 들켰다고 해서 그렇게까지 집착하는 것도 이상한걸."

"그런 성격……인 게 아닐까."

룩스는 쓴웃음을 지으며 의뢰인 소녀를 떠올렸다.

"어라? 잠깐만—?"

처음에는 아무 말도 하지 않았지만, 두 번째로 재촉했을 때, 그녀는— 분명 『서두르지 않으면 온 학원에 시의 내용이 퍼질지도 몰라요』라고 했다.

크루루시퍼에게 그 이야기를 하자—.

"크게 중요한 건 아닐지도 모르지만, 조금 마음에 걸리는 걸. 그러고 보니— 그녀가 쓴 시는 연애에 관련된 내용이었어. 분명 하얀 백합이 인도한다든지, 고결한 음색이 어떻다든지, 연심을 바치겠다든지 하는 구절이……."

"너, 너무 자세하게 떠올리지 않는 게, 좋을 것 같은데—."

룩스가 허둥지둥 말리려고 한 순간 크루루시퍼는 가볍게 한숨을 쉬었다.

"……알았다. 그렇게 된 거였구나."

"뭔가 알아냈어?!"

"응, 막연하긴 하지만, 아마도 틀리진 않을 거야. 룩스 군, 이제 의뢰 쪽은 그만둬도 돼. 내가 그녀랑 둘이서 대화로 해결해볼 테니까."

"……."

그 말을 끝으로 크루루시퍼는 자리에서 일어나 밖으로 나가 버렸다.

도서실에는 멍하니 입을 벌린 룩스만 덩그러니 남겨졌다.

✝

그리고 다음날 아침.

룩스는 내심 의뢰인 소녀 니나가 어떻게 나올지 전전긍긍했지만, 그런 그 앞으로 의뢰서 한 장이 도착했다.

【의뢰내용】의뢰는 취소하겠습니다. 지금까지 도와줘서 고마워요.

내용은 그 한 줄이 전부였다.

"—그래서, 결국 어떻게 된 거야?"

"딱히 뭐 특별한 게 있었던 건 아냐. 그녀랑 직접 대화를 해서 오해를 풀었을 뿐이지."

크루루시퍼는 태연하게 대답했지만, 그렇게 집착이 심하던 의뢰인 소녀가 과연 쉽게 납득해줬을까?

"……."

"내 말을 그렇게 못 믿겠니?"

"아, 아니, 못 믿는 게 아니라, 그냥……."

"그녀가 쓴 사랑의 시가 가리키는 대상은 이 학원의 어떤 선배였어. 그걸 암시하는 내용이었으니까, 만에 하나 본인의 귀에 들어가면 큰일이라고 생각해서 당황했었나 봐."

"엑……?! 자, 잠깐만 크루루시퍼 씨. 어떤 선배라니— 설마."

이 학원에 룩스를 제외하면 남학생은 없을 것이다.

무심코 그렇게 말하려는 순간, 크루루시퍼가 쿨하게 머리카락을 쓸어 올렸다.

"기본적으로는 남자를 막는 여학원이다보니, 간혹 그런 마음을 품는 아이도 나오곤 해. 특히 늠름한 아이도 많으니까."

"그, 그렇구나……."

뜻밖의 이야기였지만, 깊이 파고들지 않는 게 좋을 것 같아 추궁은 관두기로 했다.

"내가 주운 시의 내용을 이해했다고 말해줬어. 그리고 그 내용을 발설하지 않겠다고 약속했을 뿐이야. 『나한테 들켰을지도 모른다』, 『지금 당장에라도 다른 사람한테 말할지도 모른다』라는 불안만 없애주면, 손을 더 써야겠다는 생각도 들지 않겠지?"

"그래서 납득해준 거구나."

"응. 하지만 대신에 나도, 보험 삼아 내 비밀 하나를 가르쳐 줬어. —그녀의 고민이랑 같은, 연애 방면의 비밀을."

"—어?"

크루루시퍼가 의미심장하게 웃으며 말하자 룩스의 목소리가 커졌다.

"서, 설마, 크루루시퍼 씨도 그 선배를—?"

"……하아."

룩스의 질문에 한숨을 내쉬며 굳어버린 크루루시퍼는, 기막히다는 것처럼 도끼눈을 뜨고 흘겨보았다.

"룩스 군, 이제 그만 보충수업을 시작하자. 오늘은 평소의 세 배야."

"뭐어엇……?!"

크루루시퍼의 갑작스러운 선고에 룩스는 소스라치게 놀랐다.

체념하고 잉크와 펜을 준비하는 룩스 옆에서 크루루시퍼가 작게 중얼거렸다.

"……그건 그렇고, 겨우 내 약점을 자각하고 말았어."

"응……?"

룩스가 고개를 갸웃하자, 완벽한 소녀가 미소 지으며 말했다.

"나를 봐주었으면 하는 사람에게는, 절대로 약한 모습을 보여주고 싶지 않다는 점이야."

Episode 4 피르히 편·아인그람 상회에서 하는 일

　룩스가 17년이라는 세월을 살아오면서 잠에서 깨는 장소는 몇 번이나 바뀌어왔다.

　어렸을 적에는 제국 수도의 궁정.

　날품팔이 생활 시절에는 그때그때 달랐다.

　반년 정도 전부터는, 성채 도시의 학원에서 눈을 뜨게 되었다.

　그리고 지금은— 생전 처음 보는 호화 저택에서 눈을 떴다.

　"응, 으응……?"

　졸린 눈을 비비며 룩스는 천천히 상체를 일으켰다.

　"어라……? 여기는—?"

　그가 자고 있던 곳은 캐노피가 설치된 화려한 침대였다.

　하얗게 칠한 천장에는 얼룩 하나 없었고, 매끄러운 커피색 목제 가구가 넓은 개인실에 정연하게 배치되어 있었다.

　유리 세공으로 장식된 램프나 푹신하고 부드러운 깃털 이불이 피부에 닿는 느낌을 통해, 무척 사치스러우며 돈이 많이 든 방이라는 것은 금방 알아차렸다.

　커튼 사이로 들어오는 빛으로 추측하건대, 시각은 아마도 이른 아침.

다만 처음 보는 장소인데도 어쩐지 친숙한 느낌이 들었다.

잠시 멍하니 생각하던 룩스는 조금 늦게 소리쳤다.

"—그래서, 여기가 대체 어디야?!"

입고 있는 의복은 얇은 잠옷 뿐.

어젯밤 어쩌다가 학원장 렐리의 술상대가 되어준 것까지는 기억났지만, 그 뒤로는 기억이 전혀 없었다.

"대체, 내 몸에 무슨 일이……?"

이해할 수 없는 이 상황에 강한 불안감이 솟구쳤다.

주위를 둘러보니 《와이번》과 《바하무트》의 기공각검조차 없었다.

설마, 학원장실에서 방으로 돌아오는 길에 납치라도 당한 걸까?

『용비적』 녀석들이라면 위험하다.

룩스의 표정에 긴장감이 서렸다.

룩스가 납치당한 거라면, 학원 사람들에게도 위기가 닥쳤을지도 모른다.

"한시라도 빨리 상황을 파악하고, 여기서 빠져나가야—."

룩스가 심호흡을 한 다음 일어서려고 침대에 손을 짚은 순간—

"응……."

말캉.

"얼, 레……?"

조금 전까지와는 다른 감촉에 룩스는 고개를 갸웃했다.

푹신푹신한 깃털 이불이나 침대 시트와는 또 조금 다른 감촉.

손가락이 파묻힐 정도로 부드러우면서도 싱싱한 탄력과 따스함이 느껴졌다.

아직 잠이 덜 깬 룩스가 본능을 따라 손을 움직여서 그 기분 좋은 감촉을 주무르자—.

"응. 쿨…… 루……우…….."

"……억, 우어어어억?!"

불분명한 목소리가 이불 밑에서 들려와 룩스는 즉시 튕겨 일어났다.

그 기세에 이불이 뒤집히면서 행복한 표정으로 쌔근쌔근 잠들어 있는 소녀의 얼굴이 드러났다.

"어, 어째서 피르히가 여기에?! 그보다, 지금 그건 역시—."

아직 손에 남아있는 가슴의 감촉에 얼굴을 붉히면서 룩스는 그것을 확인했다.

연한 핑크색 머리카락이 풍성한 소꿉친구 소녀.

어딘지 모르게 어린 느낌이 남아있는 순진무구한 이목구비와 생생함을 주장하는 가슴의 빵빵한 볼륨감이 은연중에 배덕적인 색기를 풍기고 있었다.

게다가 속옷 밑으로 엿보이는 매끈한 살갗의 곡선과 달콤한 우유 같은 소녀의 향기가 어우러져서, 순식간에 룩스의 심장은 펄쩍 뛰더니 격렬하게 고동치기 시작했다.

"게, 게다가, 어째서 속옷 바람……?!"

너무나도 선정적인 그 모습을 직시할 수 없어서 룩스는 재

© 2013 Ayumu Kasuga

빨리 눈을 돌렸다.

일단 두 사람 다 잠옷을 입고 있긴 했으나, 룩스와는 다르게 피르히의 차림은 완전히 속옷이었다.

어깨에 가느다란 끈이 걸친 순백의 뷔스티에.

여기저기 비칠 정도로 얇았으며, 장식처럼 섞인 까만 리본이 고급스러움을 빚어내 가뜩이나 고혹적인 소녀의 육체를 더욱 매력적으로 보이게 해주었다.

게다가 스커트 부분은 없었기 때문에 팬티까지 노골적으로 보였다.

예전에 기숙사에서 같은 방을 썼을 때 본 까만 네글리제에서는 조금 어른스러운 색기가 느껴졌지만, 이쪽은 또 다른 의미로 굉장했다.

귀여운 장식이 있는 속옷인 만큼 오히려 언밸런스한 색기가 흘렀다.

"윽……?!"

새근— 새근— 조용한 숨소리에 연동해서 피르히의 풍만한 가슴이 조용히 위아래로 오르내리자 룩스는 급격히 갈증을 느꼈고, 근질근질한 충동이 솟구쳤다.

그렇다고는 하나 무슨 상황인지 확실하지 않은 이상, 이대로 모르는 척 자게 놔둘 수도 없는 노릇이었다.

"저, 저기, 피이. 좀, 일어나—."

룩스는 조심스럽게 그녀의 어깨를 향해 손을 뻗어 소꿉친구의 어깨를 살짝 흔들었다.

속옷 차림을 똑바로 보지 않게끔 고개를 돌리고 있고 있긴 했지만, 솔직히 어떻게 되어버릴 것만 같았다.

"……응. 어라? ……루, 우?"

무너져내릴 것만 같은 이성을 붙잡고 그 행동을 되풀이하자, 피르히가 겨우 눈꺼풀을 살짝 열었다.

막 일어나서 그런지 평소 이상으로 졸려 보이는 눈을 가볍게 비비고는 룩스를 보았다.

"이, 있잖아 피이. 지금 이게 무슨 상황인지, 나도 모르겠거든—. 그러니까 저, 이건 딱히 이상한 짓을 한 게 아닌……."

같은 침대에서 자고 있었으며, 심지어 피르히만 속옷 바람인 현재 상황을 어떻게 설명해야 좋을지 몰라 룩스는 허둥댔지만—.

"쿨……."

"잠깐만?! 이 상황에서 또 잠들면 어떡해?!"

다시 눈을 감은 피르히를 보고 룩스는 저도 모르게 핀잔을 주었다.

여전히 무방비하달까, 지나치게 마이페이스랄까, 룩스가 한 침대에 있어도 괜찮은 것 같았다.

신뢰를 받는 것 자체는 기뻤지만, 지금은 그게 중요한 게 아니었다.

아무튼, 어떻게든 깨워서 이야기를 들어봐야 해……!

"피이, 일어나라니까?! 아직 묻고 싶은 게—."

다시 열심히 소녀의 몸을 흔들자, 소녀는 드디어 눈가를 문지르며 천천히 상반신을 일으켰다.

"후아암…… 루우, 왜 여기 있어?"

"그건 내가 묻고 싶은 거거든?!"

무심코 큰 소리로 태클을 걸었을 때 똑똑, 갑자기 등 뒤에서 노크하는 소리가 들렸다.

"애들아, 들어간다ㅡ."

"엑, 잠깐……?!"

룩스가 대답할 틈도 없이 방문이 열렸다.

세련된 색조의 사복을 차려입은 사람은, 왕립 사관 학원의 학원장이자 피르히의 언니인 묘령의 여성, 렐리 아인그람이었다.

"레, 렐리 씨?! 어째서 여기에…… 헉?!"

그렇게 물어보려던 룩스의 말이 도중에 멈췄다.

소악마처럼 웃고 있는 렐리의 표정을 보고 직감적으로 어떤 사실을 깨달았기 때문이다.

"설마 이거, 전부 렐리 씨가ㅡ."

"어머머? 얘가 무슨 소리람. 어젯밤에 분명 나랑 합의해서 여기에 왔으면서. 말 했잖니? 『일이 있어서 옆 지구에 갈 건데, 공부삼아 룩스 군도 같이 가지 않을래?』라고."

"아……."

『칠용기성』 대장, 마기알카가 하달한 『배신자 탐색』 특명.

헤이부르그 공화국에서 잠입조사를 할 때 수입 전문 상인으로 위장할 예정이라, 이번에는 그것과 관련된 행동거지를 배운다는 명목으로 룩스는 렐리의 업무에 함께하기로 했으나

—.

'왜 피이까지, 같이 자고 있는 거지?'

어젯밤 렐리와 술자리를 함께 했을 때, 룩스는 과일 주스를 마셨을 텐데.

지금 생각해보면, 그 안에 술이 섞여있었던 게 아닐까?

이런 종류의 『장난』은 렐리의 일상이었지만, 도저히 학원장 씩이나 되는 사람이 할 짓은 아닌 것 같았다.

"그보다 학원은 괜찮은 겁니까?"

오늘 내일은 국경일이라 쉬는 날이긴 하지만, 멋대로 기숙사를 비웠으니 다른 사람들이 걱정하지 않을까?

"여기는 성채 도시 1번 지구에 있는 아인그람 가문의 별장이야. 외출 신청서는 작성해두었으니 괜찮지만— 사소한 문제가 좀 있었어."

렐리가 골치 아프다는 것처럼 앞머리를 쓸어 올리며 쓴웃음을 지었다.

"편입 수속 중인 애 있잖니. 그 요루카라는 아이가— 잠든 룩스 군을 데려가려 하는 우리 앞에 번개처럼 나타났거든. 내가 룩스 군을 납치하려고 한다고 오해하는 바람에, 설득하는데 시간이 좀 걸렸어."

"……저기, 제가 납치당한 건 사실이잖아요?"

룩스는 일단 미묘한 표정으로 지적한 후, 어떤 점에 생각이 미쳤다.

"하지만— 용케도 그녀가, 렐리 씨가 저를 데려가는 것을 인정해줬네요?"

요루카의 성격상 억지로 여기까지 따라올 거라고 생각했는데……

"응, 네 몸을 걱정해서 좀처럼 물러서질 않으니까. 나도 여러모로 생각해봤거든."

렐리는 그렇게 말하면서 흐뭇한 표정으로 멍한 표정의 피르히를 보았다.

"룩스 군과 피이의 2세를 만들기 위해서는 단둘이 있을 필요가 있다고 했더니 흔쾌히 허락해주더라."

"그런 말도 안 되는 이유로 멋대로 설득하시면 어떡합니까?!"

"어머? 무슨 문제라도 있니?"

렐리가 진지한 얼굴로 되묻자 룩스는 힘없이 고개를 숙였다.

"학원에 돌아간 뒤에, 대체 뭐라고 변명해야 하는 거냐고요……?!"

"그래서 이렇게, 자연스럽게 그 행동으로 넘어가기 쉬운 환경을 조성해줬잖니? 아아~ 아까워라. 노크를 조금만 더 늦게 했으면, 변명할 필요가 없어졌을지도 모르는데—."

아무래도 혼자서 무슨 망상을 펼치고 있는지 렐리가 몸을 배배 꼬았다.

"……"

아니나 다를까, 라고 해야 할까. 피르히와 한 침대에 밀어넣은 것은 렐리의 간계였던 모양이다.

"렐리 님. 곧 아침 식사 시간입니다만……."

다시 노크 소리가 들리더니, 이번에는 젊은 여성의 또랑또랑한 목소리가 들렸다.

아마도 아인그람 가문의 고용인 중 하나일 것이다.

"그래그래, 금방 갈게. 그럼 룩스 군, 옷은 옷장에 있으니까 피이를 잘 깨워서 같이 내려와야 한다?"

"자, 잠깐만요?! 저기, 하다못해 피르히의 옷차림만이라도—."

반사적으로 소리쳤지만, 렐리는 못 들은 것처럼 그대로 방에서 나가버렸다.

방에는 아직도 졸린 것처럼 멍한 피르히와 룩스만이 남겨졌다.

"우웅, 어라……?"

간신히 의식이 각성했는지, 피르히는 의아한 표정으로 룩스를 보며 고개를 갸우뚱했다.

"아, 저, 그게 말야. 피르히. 여기에는 사정이 좀 있는데—."

"……아니, 야."

"어?"

갑자기 집게손가락을 룩스의 입에 살짝 대더니, 피르히는 진지한 표정으로 얼굴을 가까이 가져가며 뺨을 약하게 부풀렸다.

"나를 부를 때는 피이, 잖아?"

룩스와 한 침대에서 잠을 잤다는 상황도, 자기가 속옷 바람으로 침대에 있는 상황도 개의치 않으며 순진무구한 표정으로 그렇게 말했다.

가까이 다가온 바람에 그녀의 어리고 귀여운 얼굴과 커다란 가슴이 눈앞으로 다가와 룩스는 자기도 모르게 뺨을 붉혔다.

"아, 미, 미안해. 저기, 자, 잘 잤어? 피이."

룩스가 대답하자 피르히는 여느 때와 다름없는 무표정을 살짝 풀고서 입가를 누그러뜨렸다.

"응. 루우도, 잘 잤어?"

결국 피르히는 평소처럼 마이페이스인 것 같았다.

황급히 시선을 돌린 룩스는 될 수 있는 한 피르히의 속옷 차림을 보지 않게끔 돌아서서 옷을 갈아입은 다음 저택 1층으로 내려갔다.

†

"그래서 말이지, 오늘은 내가 사업과 관련해서 긴밀하게 지내는 거래처를 몇 군데 돌아보려고 해."

아침 식사 자리.

아름다운 광택을 뽐내는 가구가 갖춰진 넓은 거실에서, 렐리는 불쑥 그런 말을 꺼냈다.

세로로 긴 테이블에는 전속 요리사가 만든 것으로 보이는 요리가 가득 준비되어 있었다.

허브를 넣은 반죽으로 구운 빵, 기름진 베이컨을 곁들인 달걀 프라이, 오일과 레몬즙 드레싱을 뿌린 샐러드와 감자 포타주, 오렌지와 나무딸기로 만든 잼.

그리고 시럽으로 조린 서양배까지 디저트로 준비되어 있었다.

룩스는 학원 식당에서 먹는 아침밥도 꽤 충실하다고 생각했지만, 이쪽은 한층 더 호화로웠다.

밖에서 날품팔이 생활을 하던 룩스로서는 도저히 아침 식사로 먹을 수 있는 메뉴가 아니었다.

역시 아인그람 재벌의 일상이라고 해야 할까?

"오늘은 일찍 별장에서 나가야 하니까 아침은 조촐하게 준비했어."

태연하게 말하는 렐리의 모습에 기막혀 하면서 룩스는 아침밥을 먹기 시작했다.

참고로 이곳— 평범한 가옥보다 다섯 배는 넓어 보이는 이 저택은 렐리가 성채 도시에서 지낼 때 사용하는 자택인 모양이었다.

아인그람 가문 전속 요리사가 만든 요리는 어떤 것이든 대단히 맛있었다.

"결국, 이번에는 뭘 하면 되나요?"

"내가 일 할 때 옆에 붙어 있으면 돼. 3번 지구의 대형 상점에서 학원에 필요한 물품을 다양하게 사들이고 있는데, 거기에 오는 거래처와의 사업 관련 이야기가 메인이야. 스케줄의 마지막에는 높으신 분들이랑 회식도 할 거고."

렐리는 품속에서 수첩을 꺼내 술술 읽었다.

비서관으로 보이는 여성이 테이블과 약간 거리를 두고 서 있긴 했지만, 웬만하면 남에게 맡기지 않고 직접 파악해두는 타입인 것 같았다.

"마침 피이한테 내 비서관 겸 경호원 일을 가르치는 참이거든. 룩스 군한테도 상인의 일을 가르치는 김에 피이의 일처리를 평가해보려고 해."

거기까지 듣고 나서야 피르히까지 동행한 이유가 겨우 명백해졌다.

"그, 그런가요……?"

룩스가 대답하면서 묵묵히 아침밥을 먹고 있는 피르히 쪽을 보니, 그녀의 무표정한 얼굴이 보일 듯 말듯 끄덕 움직였다.

'렐리 씨의 비서관 겸, 경호원 일이라…….'

렐리는 많은 상회를 거느린 대재벌의 후계자라는 자리에 있는 만큼 곳곳에 적이 많았다.

피르히는 일류 기룡사이자 무술도 익혔기 때문에 호신용 체술에도 뛰어난 실력을 보였다.

능력만을 보자면 더할 나위 없는 적임자라고 할 수 있었지만, 비서관으로서의 실력은 조금 의문스러웠다.

정말로 괜찮은 걸까……?

전혀 의욕 없어 보이는 피르히를 힐끔힐끔 보면서, 룩스는 호화로운 아침 식사를 계속했다.

†

사업 이야기를 해야 하는 거래처는 오늘만 일곱 곳이나 된다고 했다.

식사가 끝나자 즉시 나가기 위한 준비를 하게 됐다.

룩스가 2층 객실로 돌아가자 시종들이 준비해준 물통이나 잡화 등이 작은 가방에 담겨 있었다.

어느 틈에 치수를 쟀는지 렐리가 룩스 전용 예복을 준비해 두었기 때문에, 피르히와는 다른 방을 빌려 그곳에서 갈아입기로 했다.

"국경일에 이런 옷을 입는 건, 오랜만이네……."

룩스가 거울을 보면서 제대로 입은 게 맞는지 불안해하고 있으니—.

"루우, 있어?"

철컥, 문고리가 돌아가더니 피르히가 불쑥 들어왔다.

"우왓?! 피, 피이?! 무슨 짓이야?!"

"잠깐 상담할 게, 있는데?"

평소처럼 멍한 무표정으로 고개를 살짝 기울였다.

"아니, 그게 아니라, 난 아직 갈아입는 중이라서!"

"……나, 신경 안 쓰는걸?"

"이럴 땐 신경 좀 써줘! 거의 다 입었으니까 조금만 기다려줘!"

피르히까지 옷을 갈아입던 도중이 아닌 게 다행이었지만, 이래서야 방을 나눈 의미가 전혀 없었다.

"……."

말없이 불만을 주장하는 소녀의 기척에 떠밀려, 룩스는 잽싸게 예복으로 갈아입은 다음 겨우 피르히를 향해 돌아섰다.

　"그래서, 무슨 일…… 헙?!"

　물어보려던 룩스의 얼굴이 빠직, 굳어버렸다.

　이미 룩스와 비슷한 색조의 예복으로 갈아입은 피르히의 손에는 각각 다른 색 속옷이 쥐어 있었다.

　하나는 보라색, 다른 하나는 천이 약간 얇은 검은색.

　본의 아니게 몇 번 정도 사고로 여학생들의 속옷을 본 적은 있지만, 그것들과는 다른 어른스러운 분위기의 속옷이었다.

　순간적으로 피르히가 입는 건가, 하고 상상했지만…….

　"언니가 입을 건데, 어떤 게 좋을까?"

　"그걸 왜 나한테 물어봐?!"

　룩스는 흐트러진 목소리로 무심코 태클을 걸었다.

　아무래도 피르히는 렐리와 동행할 때 가져갈 짐을 검토하고 있었던 모양이다.

　물론 그런 것은 기본적으로 고용인이 준비하는 모양이었으나, 아인그람 가문의 관계자가 근처에 없을 때나 며칠이나 걸리는 긴 여행이라면 보좌관인 피르히가 현지에서 조달 또는 주문해서 갖출 때도 있으리라.

　그런 부분까지 포함하여, 피르히는 언니인 렐리를 보좌하기 위해 스스로 생각해서 준비하고 있는 모양이었지만―.

　"……그런데 이 가방, 이거 말고는 과자만 들어 있는데?"

　그녀가 준비한 가방 속을 보았더니, 안에는 쿠키나 벌꿀을

뿌린 도넛, 치즈 타르트, 게다가 통 오렌지 등의 간식거리만
가득했다.

"……. 언니도 일하는 도중에, 배가 고플 것 같아서."

"앞에 뜸은 왜 들이는 거야?!"

룩스가 태클을 걸었지만 피르히는 표정을 전혀 바꾸지 않고
침묵했다.

분명히 피르히가 먹을 생각이다.

그 예상에 한숨을 푹 내쉬며 룩스는 자신의 날품팔이 경험
을 떠올렸다.

다른 사람을 시중들거나, 행군 중에 짐꾼 노릇도 몇 번 해
본 적이 있으므로 그것을 참고해보기로 했다.

"있잖아, 목적지에 따라서 매번 달라지겠지만, 기본적으로
는 기능성이 뛰어난 필수품과 소품을 중심으로 준비하는 게
나을 거야."

방한용 외투와 지갑, 회중시계, 수첩과 펜, 상비약 등 필요
하다 싶은 것을 골라 피르히와 함께 가방에 챙겼다.

5분 쯤 지나자 렐리를 보좌하기 위한 당일용 짐이 완성되었다.

"루우, 대단해."

피르히가 작게 박수를 치면서 진지한 표정으로 칭찬해주었다.

하지만 피르히의 얼굴은 어쩐지 만족하지 못한 것처럼 보이
기도 했다.

엄밀하게 말하자면, 소꿉친구의 시선은 과자 자루에 고정되
어 있었다.

"으음, 이제 빈 공간이 거의 없긴 하지만 과자도 담아볼까?"

"응."

룩스가 물어보자 기다렸다는 것처럼 피르히가 고개를 끄덕였다.

그러나 당연하게도 전부 다 들어가지는 않아, 절반 정도 챙기는 게 고작이었다.

"……유감."

피르히는 평소의 무표정 속에서 아주 살짝 풀죽은 기운을 풍기며 중얼거렸다.

그 모습을 본 룩스는 쓴웃음을 지었다.

과자를 좋아하는 점은 어렸을 적부터 여전했다.

룩스는 다른 자루를 찾아 나머지 과자를 담아서 자기 가방에 챙겼다.

"나머지 반은 내가 가져갈게. 다 먹으면 말해."

"……."

룩스가 말하자 피르히는 진지한 표정으로 눈을 반짝였다.

그리고 다음 순간—.

"우왁?!"

꼬옥— 느릿하지만 최소한의 움직임으로 룩스의 몸을 끌어안았다.

"고마워. 루우, 좋아해."

어쩐지 행복해 보이는 미소를 지으며 피르히가 속삭였다.

찰싹 밀착한 신체의 온기와 밀어붙여대는 풍만한 가슴의

부드러운 감촉에 머리에 피가 확 쏠렸다.

"피, 피이! 좀 떨어져 봐! 내 짐을…… 그, 아직 다 못 쌌으니까."

황급히 그녀에게서 떨어지려고 했지만 생각처럼 잘 되지 않았다.

그렇게 쩔쩔매고 있는데, 다시 문을 노크하는 소리가 났다.

"피르히 아가씨. 룩스 님. 곧 출발할 시각입니다만, 준비는 다 끝나셨는지요?"

아침 식사 자리에도 있었던 렐리의 여비서관의 목소리가 들려왔다.

"저기 그게— 괜찮습니다?!"

허둥대던 룩스는 반사적으로 문을 열지 말라는 의미로 소리쳤지만, 실책이었다.

금방 내려갈 테니 기다려 달라. 그렇게 말해야 했다.

"그렇습니까. 그럼 먼저 건네 드리고 싶은 것이— 헛?! 실례했습니다!"

문을 열고 들어온 여비서관이 무심코 얼굴을 붉히며 깜짝 놀랐다.

그리고 기세 좋게 문을 닫더니 그대로 계단을 뛰어 내려갔다.

"저기, 저기요?! 그런 거 아니거든요?!"

룩스가 다급히 소리쳤지만 이미 늦은 뒤였다.

그 후에 이유 모를 배려심을 발휘한 렐리의 제안을 따라, 출발 시각이 10분가량 미뤄졌다.

†

　별장이라는 이름의 호화 저택에서 나와, 마침내 성채 도시의 3번 지구로 출발했다.

　주 이동 수단은 기본적으로 마차였으나, 포장된 길을 따라가는지라 크게 흔들리진 않았다.

　마차에 동석한 사람은 룩스 일행을 제외하면 여비서관 한 명, 그리고 말을 모는 마부밖에 없었다. 그리고 출발하고서 십여 분 후, 룩스 옆에 앉은 피르히가 졸린 것처럼 금세 꾸벅거리기 시작했다.

　"피이, 자면 안 돼. 제대로 렐리 씨를 지켜드려야지―."

　"……응. 나도, 알아."

　당장에라도 잠에 빠질 듯한 목소리로 대답하면서 피르히는 멍한 얼굴을 들어 올렸다.

　렐리는 평소 외출할 때 최소한 두 명의 경호원을 대동하고 다니는 듯했으나, 오늘은 룩스와 피르히가 그 역할을 대신해야 했다.

　당연히 학원 바깥이긴 하지만 허리에는 기공각검을 차고 있었다.

　여차할 때는 룩스도 싸움에 참가할 각오였다.

　"그건 그렇고, 렐리 씨는 불안하지 않으세요?"

　"어라, 뭐가 말이니? 이래 봬도 상회 사이에서는 수완이 뛰어난 아가씨로 통하고 있단다?”

룩스의 질문에 렐리는 놀리는 듯한 웃음으로 대답했다.

그러니 마음에 걸리는 부분은 그게 아니었다.

“아뇨, 그게 아니라요. 호위 이야기 말인데, 우리만으로 괜찮은 건가 싶어서…….”

아무리 피르히가 강하며, 뛰어난 실력의 기룡사라 해도 실제로 습격당했을 경우 어떻게 될 지는 미지수다.

룩스도 요인 경호는 거의 경험이 없었기 때문에, 만약을 위해 물어본 것이었다.

“룩스 군도 참 걱정이 많다니까. 넌 피이의 들러리이니까 좀 더 힘을 빼고 동행해도 괜찮을 거야.”

“하지만―.”

“그리고 피이라면 걱정할 것 없어. 이래 봬도 타인의 살기나 적의에는 민감하거든.”

“저기, 이미 잠들었는데요……?”

“쿨…….”

조금 전까지만 해도 열심히 졸음에 저항하고 있던 피르히는, 결국 눈꺼풀을 닫고 조용히 새근거리고 있었다.

게다가 약간 자세가 무너져서 옆에 앉은 룩스에게 기대는 바람에, 룩스는 무언가 부드러운 감촉을 느꼈다.

“……역시 피이야. 첫 경험인데도 전혀 겁을 먹지 않는구나. 역시 호위에 재능이 있는 걸까?”

“대체 여동생한테 얼마나 너그러운 겁니까?! 아무튼, 일어나 피이! 이런 곳에서 자면 안 된다니까―."

렐리의 여전한 반응에 허탈해하며, 룩스는 옆자리의 피르히를 가볍게 흔들었다.

"응, 괜찮아. ……제대로, 깨어있어."

"적어도 눈을 뜨고 말하라고?! 비서관님도 조금 전부터 불안한 눈으로 보고 계신다니까?!"

"룩스 군도 참, 왜 이리 호들갑스러울까. 아인그람 재벌의 마차를 노릴 정도로 무모한 사람들은 흔치 않다구. 그러니까 그래도 괜찮아."

"이젠 호위 임무 자체를 부정하시는 겁니까?!"

결국, 렐리는 자신의 심리적인 안정을 위해 피르히를 보좌로 삼으려는 게 아닐까?

그런 의문이 스쳐 지나가는 가운데 마차에서의 시간이 흘러갔다.

†

그러나 룩스의 불안은 결국 기우에 지나지 않았는지, 그 뒤에는 무사히 목적지인 3번 지구에 있는 지점 앞에 도착했다.

"……굉장해."

건물 안에 들어간 룩스는 그 광경에 무심코 탄성을 흘렸다.

아인그람 재벌 산하 상회 중 하나, 웰루에드 상회의 지점.

목재와 벽돌로 지어진 눈에 띄는 건물은 상상 이상으로 컸다.

환신수를 막기 위한 방어 지점인 닫힌 문에서부터 일직선으로 포장된 루트의 연장선상에, 가게의 거대한 반입구가 연결되어 있었다.

그것은 흡사 유적이나 외부에서 반입한 수많은 물품들을, 신속하게 대량으로 사들이려 하는 탐욕의 상징 같았다.

어딘가 고급스러운 분위기가 감도는 상점 내에서는 시장통 같은 번잡함은 느껴지지 않았지만, 여러 탁자에서 상담을 나누는 남녀노소의 눈은 공통적으로 형형한 빛을 띠고 있었다.

룩스도 날품팔이 생활을 하며 이 세계에 몇 번 관여해보긴 했으나, 상인이 가진 독특한 기운은 어디든 다르지 않은 모양이었다.

렐리도 동료로 보이는 상회 지점장과 간단히 인사를 나눈 뒤, 바로 진지한 얼굴로 상품 조사나 거래 이야기, 현장의 시세 등에 관한 이야기를 나누고 있었다.

빈틈없는 미소를 지으며 상담 중인 렐리 옆에서, 그녀를 따라온 여비서관도 진지한 표정으로 메모를 하고 있었다.

"……어, 어라?"

그런데 피르히의 모습이 보이지 않아 의아하게 생각하던 룩스는, 옆에서 누군가가 어깨를 찌르는 감촉을 느꼈다.

평소처럼 무표정한 피르히가 옆에 있었다.

"루우. 같이 물건 구경, 하지 않을래?"

"어……?!"

벌꿀 도넛을 오물거리며 피르히가 제안했다.

이 상점은 3층 건물로, 각 층은 무척 넓었다.

확실히 구경하기에는 나쁘지 않은 장소였지만—.

"아니, 그러면 안 되지?! 우린 일단…… 공부랄까, 호위랄까, 그러려고 온 거잖아!"

"언니가, 이 근처를 견학해도 된다고 했어."

"우리의 호위는 필요 없다는 거야?!"

"그리고, 갖고 싶은 게 있으면 말해. 언니한테 돈 받았으니까."

"심지어 용돈까지 받았어?!"

비서 겸 견습 호위라고 했던 건 대체 뭐였지……?

그리고 나는 나중을 위해 배우지 않아도 되는 걸까?

렐리의 적당주의는 예나 지금이나 다르지 않지만, 아무리 그래도 기운이 쫙 빠졌다.

그래도 성채 도시의 치안은 좋으며, 게다가 이 상점 일대에 펼쳐진 경비는 엄중하다.

무슨 문제가 발생할 가능성은 무척 낮을 터였다.

게다가 룩스의 임무는 어디까지나 정체를 위장하는 것일 뿐, 실제 사업 방법까지 익히기란 어차피 불가능하다.

그렇다면— 이 자리에서 상회의 분위기에 익숙해지는 것도 한 가지 방법일지도 모른다.

"알았어, 피이. 그러면 잠시 구경 좀 해볼까?"

"응. 같이, 가자."

희미하게 미소를 머금은 피르히와 함께 룩스는 상점 안을 견학해보기로 했다.

3층짜리 상점은 각 층이 상당히 넓었으며, 몇 개의 구획으로 나뉘어 있었다.

살아있는 것은 일부밖에 취급하지 않는 듯했지만, 해산물 병조림이나 육포 등은 어디서든 선호하는 보존식이다.

날품팔이 생활 시절에는 룩스도 애용한 물품들인 만큼 그것들을 반가운 마음으로 보고 있으니, 시식해보지 않겠냐면서 담당 점원이 바로 자리를 준비해주었다.

"아, 괜찮아요. 저희는 그저 구경하고 있었을 뿐이니까—."

"이거, 맛있는걸?"

"—벌써 받아먹었어?!"

사양하려 하던 룩스가 태클을 걸었지만, 피르히는 말없이 육포를 씹었다.

"자자, 사양하지 마시고 자유롭게 시식해보세요. 올해는 품질이 아주 괜찮답니다."

"아, 네······."

점원이 미소 지으며 재촉하자 룩스도 육포를 시식해보았다.

과거 날품팔이 생활 시절에 먹었던 짜고 질기기만 하던 고기에 비하면, 향도 좋고 격이 다른 맛이었다.

육포를 꿀꺽 삼킨 피르히가 작게 중얼거렸다.

"이거, 떡갈나무 향이 나네."

그러자 점원이 기쁜 것처럼 반응했다.

"오오, 역시 렐리 님의 동생분이시군요. 그걸 알아차리다니 안목이 높으십니다. 자, 이쪽 건포도도 좀 드셔보시겠습니까?"

"달콤한 거, 좋아해."

"아, 죄송합니다······. 다른 곳도 보고 싶어서 그러니, 오늘
은 이만······."

피르히는 눈을 빛냈지만, 룩스는 이 이상은 내키지 않았다.

상인들 사이에서는 공짜만큼 위험한 것이 없다고 하기 때문
이다.

그 뒤로도 계속해서 커피나 홍차, 호신용 도검, 모피나 의
류 등 다양한 물품을 보며 돌아다녔지만, 아인그람 재벌의 영
애쯤 되면 그 이름도 유명한 것인지 피르히는 어느 곳에서든
환영받았다.

처음에는 그 대우에 불편함을 느꼈지만, 얼마 후에는 익숙
해졌다.

그리고 5년 동안 온갖 잡일을 해온 룩스로서도 눈에 익은
다양한 기구나 상품을 보는 것은 오랜만이라 즐거웠다.

'어쩐지 이런 것도, 오랜만인걸······.'

얼마나 오래 전 일일까?

룩스는 아직 어머니가 살아계셨을 무렵, 피르히와 함께 아
인그람 상회의 본점을 견학해보지 않겠느냐는 이야기가 나왔
었던 기억을 문득 떠올렸다.

그 직후에 할아버지인 웨이드가 압정을 펼치던 황제에게 간
언한 결과, 룩스 가족이 궁정에서 쫓겨나버린 탓에 그때는 결
국 가지 못했지만······.

"아, 이거 꽤 괜찮아 보이는걸—."

룩스가 예전 일을 생각하면서 눈앞에 보이는 나이프에 대한 소감을 중얼거렸다.

품질이 좋은 철을 잘 제련하여 만들었는지, 예리한 끝부분과 도신 두께의 밸런스가 좋았다. 그리고 각종 작업에도 알맞은 길이었다.

그러나 바로 그때, 옆에 있던 젊은 남자 상인이 룩스와 피르히 옆으로 급하게 다가왔다.

"오오, 마음에 드셨습니까? 그건 이웃나라에서 수입한 나이프인데, 솜씨 좋은 대장장이가 만든 놈입니다. 하지만— 여기에 좀 더 좋은 물건이 있지요."

풍채가 좋고 온화하게 생긴 남자는 웰루에드 상회 사람이 아니라 다른 나라에서 온 상인으로 보였다.

피르히의 얼굴을 보자마자, 상인은 자신의 가방에서 화려하게 장식된 가죽 벨트가 딸린 칼집을 꺼냈다.

"이건…… 조금 오래된 물건으로, 약 10년 전에 바암 지방의 명장이 만들었다고 하는 단검입니다. 예리함과 튼튼함은 보증하죠."

"그런— 가요?"

룩스는 그 단검을 받아 살펴보았다.

대장간 일을 도와주던 무렵에 그런 소문을 몇 번 들어보긴 했지만 이런 요란한 장식은 그다지 룩스의 취향이 아니었으며, 비쌀 것 같았다.

"어떠십니까? 이 모피로 만든 벨트는 틀림없는 진품입니다. 지금 사시겠다면, 싸게―."

어쩐다.

아마도 룩스가 살 수 있을 만한 가격은 아닐 텐데, 일단 렐리에게 보여주는 게 좋을까?

"아마도 가짜……일거야, 그거."

"어―?"

룩스와 상인이 멍하니 고개를 갸웃한 순간, 피르히는 단검을 들고 살펴보며 조용히 말했다.

"전에 본 같은 물건보다 냄새가 그다지 오래되지 않았어. 그리고 철의 품질이 안 좋은 것 같아. 그쪽도 냄새로, 알 수 있어."

피르히는 평소와 같은 무표정으로 담담하게 말하며 상인을 빤히 바라보았다.

"아, 아뇨. 그럴 리가요. 그, 그 벨트를 보면 아실 텐데요―."

"가죽은 진품. 하지만 알맹이는 아니라고― 생각하는걸?"

"으헉……?!"

정곡이었던 걸까. 타지에서 왔다는 상인은 갑자기 초조한 기색을 보이며 허둥댔다.

연신 주위를 힐끔거리면서 자신에게 이목이 집중되지는 않았나 확인했다.

무엇이 진실인지는 그것만 보아도 명확했다.

'……놀라운걸―.'

방랑 상인으로 보이는 이 사내는 혼자 멍하니 있는 피르히를 보고 위조품을 팔아치우려고 했지만, 터무니없는 반격에 맞닥뜨리고 말았다는 것일까.

의도적으로 위조품을 팔려고 했다는 사실이 드러나면, 이곳에서 붙잡혀 상인으로서의 인생은 끝나는 거나 다를 게 없다.

"이, 이거 큰 실례를 하고 말았군요. 차, 착오가 있어서 다른 상품이 섞인 모양인데— 부, 부디 이 일은 비밀로……!"

"……."

싹싹 비는 상인의 얼굴을, 피르히는 감정이 느껴지지 않는 표정으로 빤히 바라보았다.

피르히를 모르는 상대에게, 그녀의 이 과묵함은 더욱 무섭게 느껴질지도 모른다.

"아까 그 나이프. 그거 갖고 싶어. 처음에 본 거."

"……네? 네에?! 물론, 지금 사시겠다면 싸게 해드리고 말고요!"

상인이 어색하게 웃으며, 처음에 본 수수한 나이프를 꺼냈다.

"그냥 줘."

"네……?!"

이 나이프 쪽이 품질이 더 좋은 것인지 「아니, 아무리 그래도 그건 좀……」이라며 상인의 얼굴이 완전히 경직됐다.

"공짜로 해줄 거지?"

결국 상인은 소녀의 압력에 밀려 패배하고 말았다.

룩스가 일이 흘러가는 모양을 멍하니 지켜보고 있으니, 피르히는 천에 싸인 나이프를 그에게 건네주었다.

"여기."

"어……?"

피르히의 돌발적인 행동에 룩스가 고개를 갸웃하자―.

"줄게. 아침에, 나를 도와줬으니까. 그 보답."

진지한 표정으로 꾸러미를 계속 내밀었다.

"사양할 것 없어. 공짜니까."

"아하하, 고마워……."

보기와는 다르게 고집이 센 피르히가 이렇게 나오기 시작하면 얌전히 받아들일 수밖에 없다.

룩스가 쓴웃음을 지으며 감사 인사를 했을 때, 갑자기 근처에서 발소리가 들렸다.

"어때, 피이도 의외로 제법이지?"

사업 이야기가 끝났는지, 여비서관과 함께 렐리가 다가왔다.

"식재료라면 냄새로 신선도를 파악할 수 있으니까, 이렇게 보여도 꽤 믿음직스럽단다?"

렐리는 자랑스럽게 가슴을 펴면서 「하지만 시세 파악이나 지식 쪽은 아직 갈 길이 멀지만 말이야」라고 쓴웃음을 지으며 덧붙였다.

"……."

예민한 후각은, 신체에 깃든 환신수의 씨앗 『겨우살이』^{라타토스크}의 영향일지도 모른다. 하지만 피르히는 애초에 멍한 것처럼 보이면서도 본질을 꿰뚫어보는 능력이 뛰어났다.

아무튼 그런 점을 떠나서, 물건을 공짜로 얻어낸 피르히는 의외로 거물일지도 모르겠다는 생각이 들었다.

"다시 봤어?"

"응. 피이는 대단하네."

룩스가 웃으며 대답하자 피르히도 희미하게 미소 지었다.

피르히와 함께 놀며 지냈던 일상의 분위기.

그리우면서도 어딘가 따스한 분위기를 룩스 일행은 공유했다.

†

결국 그 뒤에도 아무런 문제도 일어나지 않았다. 여기저기 돌아보던 룩스 일행은, 그날 밤— 무사히 1번 지구의 별장으로 돌아왔다.

거실에서 향이 좋은 홍차를 마시며 한숨 돌린 후, 룩스는 바람을 쐬러 밖으로 나갔다.

2층 창문에서 발코니로 나오자 서늘한 밤공기가 머리카락을 어루만졌다.

"그나저나, 의외였어."

옛날과 변한 게 없는 것처럼 보이지만, 렐리의 비서 겸 경호원으로서도 약간 성장한 모습을 보인 피르히에 대해 생각했다.

문제없이 잘 해내서 다행이라고 안도하는 마음, 그리고 아주 살짝 쓸쓸한 기분이 들었다.

"하지만, 다들 변해가는 거겠지. 나 역시……."

룩스가 그렇게 혼잣말을 하고 있는데, 문득 등 뒤에서 발소리가 들리더니 피르히가 옆으로 다가왔다.

"수고했어, 피이."

"응."

말수는 여전히 적었지만, 목소리에는 기뻐하는 기색이 은은하게 섞여 있었다.

"오늘, 같이 어울려줘서 고마워."

발코니에서 옆에 앉으며, 피르히는 차분한 목소리로 말했다.

"고맙긴 뭘. 무척 즐거운 일이었어. 처음에는 어떻게 되려나 싶었지만……."

그렇게 대답한 룩스가 짐을 쌀 때나 시식 때를 생각하면서 쓴웃음을 짓자—.

휙—.

뺨을 살짝 부풀린 피르히가 룩스를 외면했다.

"피, 피이……?! 내가 무슨 말실수라도 했어?!"

"……일, 같은 게 아니야."

"—어?"

한순간 의문을 품은 직후, 룩스는 피르히가 말하고자 하는 바를 알아차렸다.

그러고 보니 오늘 하루는, 확실히 일이라는 말은 한마디도 듣지 못했다.

경험삼아 따라와 보라는 렐리의 강권을 따랐을 뿐이었다.

그리고 피르히는 일이나 임무 같은 것은 신경 쓰지 않고,

룩스와 시간을 보냈다.

"나, 루우한테 일 의뢰 같은 거, 한 적 없다구?"

무표정한 와중에도 은근히 불만스러운 기척을 드러내며 피르히가 말했다.

"나는 루우가, 그냥 함께 있어주기를 바랐을 뿐, 이야."

"아……."

피르히의 순진한 눈동자가 룩스의 얼굴을 비추었다.

"그렇, 지. 미안해, 피이."

피르히의 대답을 듣고서 룩스도 부드럽게 미소 지었다.

죄인이라는 족쇄와 날품팔이 생활이 익숙해지고 만 룩스가 **당연하게** 여긴 것.

자신이 성장하면서, 조금씩 변하고 말았다는 감각.

하지만 피르히는 룩스를 구제국의 죄인도, 날품팔이 왕자도 아닌 그저 소중한 소꿉친구로 대해주었다.

'어쩌면—.'

그 옛날, 함께 아인그람의 상점을 구경하자고, 어렸을 적에 나눈 약속을 기억하고 있던 것일지도 모른다.

그렇듯 변하지 않은 그녀의 마음이 룩스는 무척 고마웠다.

"이번에 날 초대해줘서 고마워. 즐거웠어."

"다행이다."

안도의 한숨을 약하게 내쉰 후, 피르히는 순진한 표정으로 살며시 룩스와의 거리를 좁혔다.

"나, 루우한테 의뢰 같은 거 하지 않아. 해줬으면 하는 게 있으면, 언제든 말하고, 부르니까—."

평소처럼 느릿하고도 멍한 말투로—.

하지만 왠지 모르게 피르히치고는 길게, 말을 이었다.

"그러니까 루우도, 나한테 거리감을 느끼면, 안 된다구?"

그리고 항상 그렇듯이, 룩스 외에는 아무도 눈치채지 못하는 희미한 미소를 보여주었다.

아아—.

그런 거였구나…….

룩스는 그녀의 마음을 이해했다.

그녀가 옛날부터 친한 사람을 별명으로 부르는 것도, 거리를 두고 싶지 않으니까.

아인그람 재벌인 자신이든, 왕자이자 죄인인 룩스든 동등하다는, 그런 마음이 담겨 있는 거라고.

"응. 앞으로도 잘 부탁해, 피이."

그래서 룩스는 웃으면서 소녀의 마음에 응해주었지만—.

"그러면 오늘도, 같이 자자?"

"……어?!"

"나는, 의뢰 같은 거 하지 않는다고, 했잖아?"

"자, 잠깐만?! 그, 그건 그런 문제가 아니라—?!"

피르히가 진지한 표정으로 꺼낸 돌발적인 한마디에 룩스가 새빨간 홍당무가 되어 허둥거리자—.

"어머나? 피이는 요즘 외로워한단다. 학원 기숙사에서 룩스 군과 다른 방을 쓰게 되어서—."

"왜 렐리 씨까지 여기 계신 겁니까?!"

결국 그녀들과 함께 있으면 이렇게 흘러가는 것이리라.

"아까 전에, 루우한테 나이프, 선물해 줬잖아?"

무표정하지만, 약간 불만스러운 목소리로 피르히가 압박을 주었다.

"평소에는 장사에 흥미 없어 보이면서, 이럴 때만 계산적으로 구는 게 어디 있어?!"

결국 등쌀에 못 이긴 룩스는 그날 밤 피르히와 함께 캐노피가 달린 침대에서 자게 되었다. 하지만 당연하게도 흥분한 탓에 잠들 수가 없어서, 룩스는 괴로운 밤을 보내야만 했다.

Episode 5

세리스티아 편·
학원 최강의 마음

"후아, 암……."

성채 도시의 왕립 사관 학원.

이 넓은 부지 안의 한 장소에서 룩스는 크게 하품을 했다.

오늘 기상 시각은 평소보다 한 시간 이른 오전 다섯 시.

손에 들고 있는 것은 긴 대나무 빗자루와 걸레 여러 장이 든 커다란 양동이 몇 개.

복장은 평소의 교복 차림이 아니라 짙은 갈색의 작업복이었다.

날씨는 쾌청했지만, 가을 끝자락이라 그런지 공기는 싸늘했다.

그 바람을 맞아 살짝 몸을 떨고서 룩스는 가볍게 기지개를 켰다.

"……엿차. 정신 차리고 제대로 일해야지."

두 손으로 뺨을 가볍게 두드려 기합을 넣고 정신을 차렸다.

흡사 나이테처럼 원이 겹쳐져, 바깥쪽으로 갈수록 차츰 높아지는 형태의 시설.

룩스는 아무도 없는 연습장의 관객석에 있었다.

장갑기룡 연습장의 청소는 학원 측에서 이따금 요청하는

대규모 의뢰 중 하나다.

부지 내에서도 최대급 넓이를 자랑하기 때문에, 청소하려면 많은 노동력과 시간이 들었다.

물론 혼자서 하기에는 무리가 있는 만큼 청소 범위는 어디까지나 일부분이지만, 룩스는 멋대로 기합을 넣고 일찌감치 일어나 성실하게 작업 중이었다.

기본적으로 빗자루로 쓸고, 유독 더러운 부분은 가볍게 물걸레로 닦아내는 청소였다.

찌든 때는 비누를 사용해서 지우지만, 이번에는 많지 않았다.

룩스는 청소를 시작한 후, 거의 무아지경으로 작업에 몰두했다.

"……어라?"

시간이 얼마나 흘렀을까.

할당받은 구역의 반 정도 청소를 끝냈을 때쯤에야 룩스는 그것을 깨달았다.

연습장 중앙, 원으로 둘러싸인 지면 위에 장의를 입은 소녀가 서 있었다.

"……세리스 선배? 이렇게 아침 일찍부터……."

그렇게 중얼거린 동시에 관객석에서 보이는 그녀의 움직임에 눈길을 빼앗겼다.

세리스는 레이피어형 기공각검을 뽑고, 거의 동시에 지면을 박찼다.

한 호흡 만에 십여 ml^(메르) 정도의 거리를 도약하는 동시에 전

방을 향해 매서운 찌르기를 몇 차례 반복.

이어서 고속으로 빛의 입자를 모아 기룡을 형성— 소환했다.

순식간에 황금색 장갑을 착용하고, 특수 무장인 거대한 랜스로 일격을 휘두르는 일련의 동작.

발검에서 장착— 공격까지 3초 만에 끝내는 빠른 동작의 여파로 주위에 소용돌이가 일어났다.

"역시, 대단해……."

기룡사로서 숙련된 솜씨를 보유한 룩스조차 자기도 모르게 넋을 잃고 볼 정도로 뛰어난 기술.

매일 체술과 검술 훈련을 극한까지 갈고 닦으며, 수천 개의 동작을 수행하는 그녀이기에 가능한 기예였다.

세리스티아 라르그리스.

신왕국의 대영주— 라르그리스 가문의 장녀이자, 유격부대 『기사단』의 단장을 역임 중인 소녀.

『학원 최강』으로 이름 높은 그 실력은 물론이거니와, 기품과 엄격함까지 겸비한 늠름한 아름다움에 이끌리지 않는 이는 없었다.

게다가 그녀가 자아내는 자신감과 집중력에서 비롯된 풍격 — 특유의 초연한 분위기는, 사대 귀족에 걸맞은 위용을 갖추고 있었다.

"이렇게 아침 일찍부터, 장갑기룡 훈련을 하시다니……."

학원제와 『성식』과의 사투 이후로 아직 얼마 되지도 않았는데, 훈련의 밀도와 시간은 더욱 늘어났다.

남자 군인이상의 체력을 자랑하며, 의지가 강한 세리스이기에 가능한 일과였다.

'일단, 세리스 선배를 방해하지 않게 조심해⋯⋯.'

룩스는 가능한 한 조용히 청소를 하면서, 곁눈질로 그녀의 훈련을 구경했다.

비행이나 기본 동작 등의 훈련에서부터 무장 사용 훈련.

그리고 신장의 기동과 각 동작을 연계한 복잡한 전술로 발전되었다.

그리고 30분 후. 어지간히 훈련에 집중한 모양인지, 세리스는 훈련을 마칠 때까지 룩스를 눈치채지 못한 모양이었다.

세리스는 몸이 쉴 수 있도록 움직임을 멈추고 장갑을 해제했다.

그리고 링을 한 번 둘러본 다음, 그대로 대기실 쪽으로 걸어갔다.

"아⋯⋯."

마침 룩스도 청소를 마쳤기 때문에 인사만이라도 하려고 했지만, 먼저 가버리고 말았다.

서둘러 그 뒤를 쫓아가자, 연습장에서 조금 떨어진 대기실에 들어가는 세리스가 보였다.

"―아, 맞다?!"

룩스는 문 앞에서 멈춰서며 가슴을 쓸어내렸다.

본의 아니게 이 학원에서 이미 몇 번이나 저지른 짓이긴 하지만, 옷 갈아입는 모습을 또 엿볼 수는 없었다.

세리스가 옷을 다 갈아입고 나오기를 기다리거나, 아니면 노크를 하고 말을 걸자.

그렇게 생각한 룩스가 대기실 근처의 나무에 등을 기댔을 때—.

"하아……. 아쉽지만, 이번에도 실패하고 말았습니다."

"—어라?"

갑자기 대기실 벽 너머로 들린 세리스의 목소리에 룩스는 고개를 갸웃했다.

"……네, 그래요. 2학년 후배 두 사람이 지도를 요청했는데, 저를 의지한다고 생각했더니 오랜만에 들떠서 그저께 아침 연습을 함께 했습니다만……."

누군가에게 말을 거는 듯한 세리스의 목소리.

이른 아침부터 훈련하는 사람은 거의 『기사단』 멤버에 국한되어 있지만, 오늘은 그 『두 번째 멤버』가 없었다.

'대체, 누구지—?'

그래서 의문스럽게 생각한 룩스는…….

"……두 사람은 도중에 도망치고 말았어요. 이상합니다. 비교적 강도를 낮춘 훈련이었을 텐데요. 역시 저를 싫어하는 걸지도 모르겠어요……. 우울합니다."

"저기, 세리스 선배……?"

"으……?!"

룩스가 대기실 창문 부근에서 말을 걸자, 안에서 덜커덩 소리가 들리더니 세리스가 재빨리 대기실에서 뛰쳐나왔다.

다행히 장의에서 교복으로 갈아입은 뒤라 문제는 없었지만, 그녀의 얼굴에는 놀란 기색이 그득했다.

"루, 룩스?! 어째서 당신이 여기 있는 겁니까?!"

웬일로 초조한 모습을 보이며 세리스는 뺨을 붉게 물들였다.

무심코 주위를 둘러본 룩스의 눈에, 때마침 창가에 앉아 있던 작은 새가 날아가는 모습이 들어왔다.

"아앗, 가지 마세요! 제 이야기는 아직—."

"……저기, 방금 전까지 저 새한테 이야기 하시던 겁니까?!"

역시 대기실에는 세리스 말고는 없었던 모양이다.

예전의 그녀와는 다르게 주위에 조금씩 고민을 털어놓고 마음먹은 것 같긴 하지만, 또 혼자 끌어안고 있던 것일까?

평소에는 늠름한 그녀의 뜻밖의 일면을 목격한 룩스가 지적하자—.

"아, 아닙니다. 방금 대화 상대는…… 이, 인형입니다. 방에 장식된 인형에게 말을 걸고 있었을 뿐이에요. 딱히 아무한테도 고민을 밝힐 수가 없어서 자기혐오에 빠져있었다든지, 결코 그런 것은 아니니까—."

"아니, 인형이든 새든 큰 차이 없는데요?! 어떻게 보면 훨씬 애처롭다고요?!"

세리스는 자신의 부끄러운 모습을 무마하려 했지만, 오히려 심화된 것 같은 기분이 들었다.

"……아, 아무튼 못 본 셈 치세요! 추궁은 허가하지 않겠습니다!"

얼굴이 새빨갛게 달아오른 세리스가 외침에 못이겨 룩스는 고개를 끄덕였다.

서로 진정될 때까지 심호흡을 한 다음, 룩스는 자신이 왜 이곳에 있는지 설명했다.

연습장을 청소하다가 세리스를 발견했고, 인사를 하려고 따라왔다는 말을 하자 세리스는 복잡해 보이는 미소를 지었다.

"그렇습니까. 관객석의 기척조차 느끼지 못하다니, 저도 미숙하군요."

그녀는 조금 자학적으로 중얼거렸다.

그 점에 대해서는 룩스도 조금 뜻밖이었다.

아무리 학원 부지 안이라 긴장을 늦추고 있었다고 해도, 세리스 정도의 실력자라면 룩스의 기척 정도는 깨달았을 것이기 때문이다.

"혹시— 무슨 고민거리라도 있으세요?"

"……."

룩스의 질문에 세리스가 몸을 흠칫 떨었다.

"벼, 별로 대단한 문제는…… 아니, 룩스에게는 밝혀야 하겠군요. 지난번에 제가 묵묵부답 한 탓에 폐를 끼친 전례도 있고, 무엇보다도 당신을, 신뢰하니까."

세리스는 뺨을 살짝 물들이며 말했다.

얼마 전 학원제가 끝난 뒤에 진행되었던 벌칙의 기억.

그 정열적인 입맞춤의 느낌이 되살아나 룩스의 몸이 뜨겁게 달아올랐다.

"그, 그러니까— 넵!"

룩스도 창피한 마음이 들어 세리스의 얼굴을 똑바로 볼 수가 없었다.

그런 두근거리는 마음을 숨기려는 것처럼 큰 소리로 대답하자, 세리스는 천천히 이야기를 시작했다.

"그게, 왠지는 몰라도 후배가 저를 피하는 듯한 기분이 듭니다. 모처럼 예전보다 다른 사람들과 허물없이 지낼 수 있게 되었다고 생각했는데, 역시 저는 안 되는 걸까요……?"

어딘지 모르게 무겁고 어두운 느낌이 드는 오라를 퍼뜨리며 세리스가 고개를 숙였다.

'아아…… 평소의 그거였구나.'

룩스는 그 모습을 보며 쓴웃음을 지었다.

세리스가 가진 고지식함과 강한 책임감, 그리고 미묘하게 서투른 점이 합쳐진 결과, 가끔 이렇게 풀죽을 때가 있었다.

"웬일로 그다지 면식이 없었던 후배가 제게 도움을 요청했는데, 제대로 가르치지 못했어요. 제게 부족한 점이 있었던 걸까요? 모르겠어요. 슬픕니다. 또 혼자서 훈련해야 한다니……. 외로워…… 앗, 따, 딱히 쓸쓸해하는 건 아니라고요?! 저는 『기사단』의 단장이니까, 아무렇지도 않아요."

"아니, 이제 숨기실 필요 없다니까요?! 더 보기 힘들어질 뿐이라고요! 그보다— 그 후배들이 세리스 선배와의 훈련을 그만둔 이유…… 그게 궁금하신 거죠?"

자진해서 세리스의 가르침을 받겠다고 지원한 만큼, 그녀들이 바로 그만둔 것은 조금 이상했다.

세리스는 그 이유를 몰라 고민하고 있던 것이겠지만—.

"그건 아마도, 훈련 메뉴가 고되었을 뿐일걸요?"

직감으로 확신한 룩스는 대뜸 직설적으로 지적했다.

여름에 합숙 등을 통해 함께 훈련하면서도 생각한 점이지만, 『기사단』의 멤버조차 숨넘어가는 소리를 내는 연습량인데 평범한 여학생들이 세리스를 따라갈 수 있을 리가 없다.

후배 소녀들은 그것을 이해하고 꼬리를 만 것이리라.

룩스는 속으로 상당한 자신감을 갖고 예상했으나…….

"그, 그럴 리가 없어요! 저도 훈련에 처음 동행하는 그녀들을 배려해서, 연습량을 절반으로 줄였다고요."

"그러니까……."

세리스의 외침에 룩스는 복잡한 표정을 지으며 말끝을 흐렸다.

아마도 그것조차 견딜 수 없었을 것이다.

어렸을 적부터 가혹하다는 말이 과언이 아닐 정도로 단련해온 세리스의 체력은 평범한 사람의 수준을 훨씬 웃돌았다.

"역시, 제 태도나 행동에 문제가 있었던 거라고 봅니다. 저는 어쩌다 이런 성격이 되어버린 걸까요. 하아……."

다시 힘없이 어깨를 늘어뜨리는 세리스를 보며 룩스는 생각했다.

세리스 본인이 자신감을 잃은 이상, 설득해본들 효과가 없을 것 같았다.

룩스의 예상이 맞다면 후배 소녀들은 어디까지나 연습이 힘들었을 뿐, 세리스 본인을 싫어하는 건 아닐 테니—.

"글쎄요, 그럼 이렇게 해보는 건 어떨까요?"

그래서 룩스는 어떤 제안을 했다.

"제가 당분간 세리스 선배의 훈련 메뉴에 어울려드릴게요. 무언가 느껴지는 것이 있다면 의견을 말씀해주세요. 그러면 이번에 뭐가 문제였는지, 세리스 선배 스스로 깨달을 수 있지 않을까요?"

요컨대 룩스가 『세리스의 후배 지도』 연습의 상대역을 맡는다.

그것을 참고해서 후배들이 도망친 이유를, 세리스 스스로 파악할 수 있게끔 도와주는 것을 골자로 한 제안이었다.

잠시 멍하니 그 말을 듣던 세리스는, 이윽고 눈을 반짝반짝 빛내며 룩스의 손을 잡았다.

"그건 묘안이로군요! 제게 부족한 부분을 파악하고 보충하기에 무척 좋은 기회입니다."

룩스는 웃으며 대답했지만, 사실 이 제안에는 숨은 의도가 있었다.

'애초에 거의 틀림없이, 세리스 선배가 이상한 잘못을 했을 리는 없을 테니……'

문제는 지나치게 가혹한 훈련에 있을 뿐임을, 세리스 본인이 깨닫지 못한다는 점이다.

룩스가 지적해본들 그녀가 감각적으로 이해하지 못하는 이상, 과정에서 그 부분을 실감하게 하여 전달하는 것이 좋다.

평소에 함께 훈련하며 본 바로는 세리스의 지도나 태도에 문제는 없었으며, 그녀 자신이 미움받을만한 행동을 하는 것도 아니었다.

체력이 받쳐주는 룩스가 마지막까지 세리스의 훈련을 따라가면 그것을 증명할 수 있다.

"그럼, 바로 내일부터 며칠 동안 부탁해도 괜찮을까요?"

"네. 잡일 시간을 조금 줄이면, 괜찮아요."

룩스가 즉답하자 세리스는 안심한 것처럼 웃으며 말했다.

"알겠습니다. 하지만 룩스는 남자아이니까, 연습은 저와 같은 수준으로 해도 괜찮겠지요?"

"에우윽……?!"

그 말을 들은 순간 룩스의 목에서 이상한 소리가 새어나왔다.

세리스의 체력은 보통이 아닌 탓에, 같은 훈련 메뉴를 소화한다면 룩스라 해도 버틸 재간이 없었다.

"역시, 체력이 받쳐주는 남자아이는 믿음직스럽네요. 그렇지, 좋은 기회니까 룩스에게 맞춰서 평소보다 조금 강한 훈련을―."

"평소처럼 해도 괜찮다고요?! 이, 이번에는 어디까지나 세리스 선배의 지도 방식을 확인하는 게, 제 목적이고―!"

룩스가 다급하게 대답하자 세리스는 잠시 생각에 잠겼다.

"그렇……군요. 하마터면 원래 목적을 깜빡할 뻔했어요. 그녀들이 저를 피하는 원인을 찾는 것이 가장 중요하죠. 룩스와의 훈련— 기대됩니다."

"아, 네……."

룩스는 가슴을 쓸어내리면서, 나중에 훈련메뉴를 듣기로 약속한 후 일단 세리스와 헤어졌다.

"이걸로 괜찮은, 거겠지……?"

내심 울적해하던 세리스에게 자신감을 되찾아주고, 그녀의 성격이나 행동 때문에 기피당하는 것이 아님을 전달한다.

그것을 위해 제안하였지만, 자기도 설마 그 후배들처럼 따라가지 못하는 건 아니겠지?

그러나 그 즐거워 보이는 세리스 앞에서 거절할 수는 없었다.

"일단, 대책은 세워야겠지……."

만일에 대비해 그길로 학원장실과 사감의 방, 그리고 잠시 후에는 학생들의 의뢰를 관리해주는 친구인 티르파를 찾아갔다.

가까운 시일 내에 해결해야 하는 의뢰 중에 손이 많이 가게 생긴 것은 최대한 뒤로 미루거나 취소해달라고 부탁했다.

"이젠, 할 수밖에 없나……."

심호흡을 하고서 룩스는 각오를 다졌다.

"뭐, 어떻게든, 되겠지……?"

그렇다기보다는, 됐으면 좋겠다.

어딘지 모르게 희망적인 관측을 담은 말투로 룩스는 혼잣말했다.

†

"새, 생각이 짧았어……!"

다음날 오전, 수업이 진행 중인 교실.

평소처럼 교관의 강의를 들으면서 룩스는 책상에 엎드리고 싶은 마음을 필사적으로 참고 있었다.

'졸려……. 아니, 너무 피곤해서 잠이 달아날 지경이야…….'

설마, 어제 아침에 목격한 세리스의 훈련이 **사실은 목격 시점에서 한 시간 전부터 하고 있었던 것**이라는 점은 예상 밖이었다.

이른 아침부터 개시하여 학원 부지를 달리고 근력 단련.

그 뒤에는 연습장에서 검술 및 체술 동작을 수행하는 훈련에서 장갑기룡 훈련으로 발전했다.

장갑기룡의 연속 사용은 부담이 가는 탓에 15분마다 5분간 짧은 휴식이라는 명목의 유연체조를 3세트 정도 반복했다.

일곱 시가 지나면 정리를 하고, 땀을 닦고 교복으로 갈아입고서 식당으로 이동했다.

그것으로 간신히 아침 연습 메뉴가 끝난 참이었다.

아침 잡일을 할 여력은 없었다.

"루크찌, 괜찮아? 어째 혼이 빠져나간 것처럼 보이는데……?"

점심시간이 되는 동시에 티르파가 걱정스럽게 물어보았다.

"아직은 살아 있어……."

솔직히 말하자면 한계가 가까웠다.

단순한 양도 양일뿐더러 훈련의 밀도가 꽤 높았다.

건조하게 웃으면서 대답하자, 노크 직후에 교실 문이 열렸다.

"룩스, 점심은 다 먹었나요? 5분 뒤에 가볍게 훈련을 시작하고 싶은데—."

"헉?! 점심에도 하는 거였습니까?!"

룩스는 무심코 본심을 드러내고 소리치고 말았다.

"괜찮습니다. 간단한 정신조작 훈련이니까, 오후 수업 전까지는 끝날 거예요. 걱정할 것 없습니다."

세리스는 생긋, 나쁜 뜻이 없는 웃음을 지으며 단언했다.

"아뇨, 제가 걱정하는 건 시간문제가 아니라—."

"그럼, 실내 연습장에서 기다릴 테니 잘 부탁합니다."

"⋯⋯."

의기양양한 표정으로 그 말만 남기고서 세리스는 발걸음을 돌려 먼저 떠났다.

기다리겠다는 말을 들은 이상 가지 않을 수는 없다.

비틀비틀 자리에서 일어나 그대로 교실 밖으로 나가기로 했다.

솔직히 점심밥도 목구멍으로 넘어가지 않는 상황이었지만, 어떻게든 될 것이다⋯⋯.

"루우. 밥은 제대로 챙겨먹어야, 한다구⋯⋯?"

옆에 있던 피르히에게 도넛을 받아, 어떻게든 점심 훈련에도 참가했다.

그 뒤로는 방과 후에도 당연하다는 것처럼 훈련이 계속되었으며, 해가 완전히 떨어질 때까지 이어졌다.

†

"그래서 룩스, 뭔가 알아차렸나요? 제 태도나 행동에 문제는—."

이틀 뒤, 이른 아침.

두 시간의 훈련을 마치고 대기실에서 휴식을 취할 때 세리스는 긴장을 띤 목소리로 룩스에게 물어보았다.

"……아직까지는, 눈에 띄는 문제는 없는 것 같은, 데요."

솔직히 말하자면 어제 아침에 피로가 한꺼번에 밀려와 관두고 싶어졌지만, 어찌어찌 계속할 수가 있었다.

"뭔가, 제게 문제점이 있었나요? 솔직하게 대답해준다면 좋겠어요."

룩스는 최근 며칠 간 세리스와 함께 한 훈련의 광경을 떠올렸다.

자율 훈련의 강도를 제외하고 마음에 걸린 점이라면—.

"그렇군요. 장갑기룡을 장착하기 전, 맨몸 훈련을 할 때 생각한 건데……."

"……아, 네. 사양하지 말고 제 문제점을 말해주세요!"

"저기, 더위를 식히려고 장의의 가슴 부분을 벌리실 때, 제 눈에 보이지 않게 조금만 더 신경써주셨으면 좋겠어요. 솔직히 그, 눈 둘 곳이 좀 마땅치가 않아서……."

"그걸 지적하는 겁니까?! 제가 기대한 대답과는 다르군요!"

룩스가 겸연스러워하며 지적하자 세리스도 뺨을 살짝 붉혔다.

"나, 남녀 합동 훈련은 거의 해본 경험이 없다보니 깨닫지 못했습니다만— 여, 역시 신경 쓰이나요?"

"저, 저도 참 대답하기 민망한 질문이지만, 그냥 뭐…… 조금은요."

룩스는 말끝을 흐렸지만, 솔직히 말하자면 그냥 신경 쓰이기만 하는 수준이 아니었다.

학원 내에서도 톱클래스로 아름다운 세리스가, 볼록하게 튀어나온 풍만한 가슴께를 무방비하게 풀어헤치고 있다면 싫어도 침을 꼴깍 삼킬 수밖에 없다.

게다가 룩스는 요전번 일을 겪으면서 자신의 마음에 존재하던 벽을 무너뜨려준 세리스가 묘하게 의식되었다.

"아, 알겠습니다. 그것 외에— 다른 건 더 없나요?"

"어디 보자, 그거 말고는 또…… 물통을 깜빡 놓고 온 저한테, 세리스 선배가 자기 것을 건네주셨을 때는 무척 기뻤어요."

룩스가 어제 훈련을 떠올리면서 말하자, 세리스는 자신 있게 가슴을 폈다.

"그 정도는 당연합니다. 훈련 도중에 무리를 하면 몸에 영향이 가기 마련이니까요."

그때도 세리스는 「사양할 것 없어요, 어서 물을 마시세요」라면서 물통에 든 벌꿀과 레몬즙을 섞은 물을 반강제로 마시게 했다.

"다만 그때 사양한 이유는, 같은 물통에 입을 대고 마시는 게 창피해서 그랬던 건데……."

"……."

룩스의 말을 들은 순간 세리스는 딱 굳어버렸다.

"그, 그런 부분까지 신경 쓰지 않아도 괜찮습니다! 그, 그게, 저도 나중에 깨닫고서 의식해버린지라……."

빨갛게 달아오른 얼굴로 횡설수설 고백하는 세리스를 보고 있으니 룩스도 더욱 부끄러운 기분이 들었다.

어딘지 모르게 가슴이 두근거리는 따스한 공기가 두 사람 사이에 흐르고 있었다.

†

몇 분 후.

"……그런가요. 그러면 결국, 제 결점은 아직 찾지 못했다는 거군요."

어딘가 안도한 것처럼, 혹은 안타까운 것처럼 들리는 말투로 세리스가 중얼거렸다.

"걱정 마세요. 세리스 선배는 대단하고 강한 사람이니까. 분명 이 고민도 어떻게든 해결하실 수 있을 거예요."

"제가 대단, 한가요……?"

룩스의 말에 세리스는 조금 놀란 표정을 보였다.

"네. 저도 옛날에는 혼자서 장갑기룡 훈련을 해봤지만, 아무도 보지 않는 곳에서 꾸준히 하는 건 쉬운 일이 아니었어요. 그런 걸 당연한 것처럼 해내는 세리스 선배는 무척 강하고, 대단하다고 생각해요."

그것은 룩스의 본심에서 나온 말이었다.

그러나 세리스는 뭔지 모를 공허함이 느껴지는 미소를 지으며 쓸쓸한 눈초리로 허공을 응시했다.

"—그렇지, 않아요."

"네……?"

"제가 하고 있는 것은, 분명 노력이 필요한 일일지도 모릅니다. 하지만 그보다 좀 더 중요한 것은, 다른 누군가의 힘이 되어주는 것이에요."

왠지 모르게 처연하게 보이는 옆모습으로 세리스는 말을 이었다.

"웨이드 선생님……. 당신의 조부님께 가르침을 받았을 때도, 그것만큼은 서툴렀습니다. 그저 눈앞의 적을 쓰러뜨리고, 그저 누군가를 대신해서 싸운다……. 그런 거라면 알기 쉽지만, 다른 사람을 이해하고 힘이 되어주는 것은 어려우니까요."

"세리스, 선배……."

"제가 약한 소리를 했다는 건, 다른 사람들에게는 비밀로 해주세요. 이래 봬도『기사단』의 단장이니까요. 자, 다음 훈련은 방과 후에 합시다. 오늘 오후에는 성채 도시 근처에 출현한 환신수 토벌을 의뢰받았으니까—."

유적에서 그런대로 떨어져 있는 성채 도시 근처에 환신수가 나타났다.

이것도 앞으로 반년 뒤에 세계에 끝을 가져온다는 『성식』의 영향인 것일까.

"으......?!"

그렇게 생각하며 일어나려는 순간에 룩스의 다리가 휘청거렸다.

"어, 라......?"

하늘이 기울어지는가 싶더니 땅바닥이 옆에서 밀어닥쳤다.

"룩스?!"

세리스의 목소리가 어째선지 멀리서 들려왔다.

괜찮아요. 그렇게 대답했다고 생각한 목소리는 목에서 나오지 못했고, 룩스의 의식은 급속도로 멀어졌다.

†

"응, 으으......?"

룩스가 눈을 뜨자 낯익은 개인실 천장이 눈에 들어왔다.

자주 신세를 지고 있는 의무실이 아니라, 기숙사 개인실 침대에 누워 있었다.

시계바늘은 마침 정오를 막 지나고 있었다.

세리스의 어깨에 의지해서 기숙사까지 돌아온 것은 기억하고 있었지만, 그 뒤로 몇 시간이 경과한 모양이었다.

"룩스, 기분은 어떤가요?"

세리스가 옆에서 불안한 표정으로 내려다보자 룩스는 생긋 웃으며 대답했다.

　"……걱정 끼쳐드려서 죄송해요. 잠이 좀 부족했었나 보네요."

　천천히 몸을 일으키고 몸 상태를 확인했다.

　불편한 부분은 딱히 없었다. 세리스가 학원 의사에게서 듣기로는 가벼운 빈혈과 과로가 원인이라고 했다.

　그래도 컨디션은 돌아온 것 같아 룩스가 수업을 받으려고 교실로 돌아가려 하자—.

　"……미안해요. 이렇게 될 때까지 눈치채지 못하다니."

　세리스가 불쑥 그런 말을 꺼냈다.

　"룩스는 평소에 잡일을 하느라 잠이 부족했던 거군요. 제 배려가 부족했습니다."

　얌전히 고개를 숙이고 그렇게 사과했다.

　'아뇨, 원인은 분명 훈련 쪽이라고 보지만…….'

　어찌 되었든 세리스를 타박하는 구도가 될 것 같아서 말하지는 않았지만 말이다.

　"당신의 간호는 제가 할 테니, 부디 푹 쉬세요. 뭔가 원하는 게 있다면, 뭐든지 사양하지 말고 부탁하세요."

　세리스는 마음을 가다듬은 것처럼 자세를 바로잡으며 말했다.

　세리스 자신의 고민은 해결되지 않았지만, 늠름한 그녀가 그렇게 말하자 그것만으로도 마음이 놓이는 것 같았다.

　"고맙습니다. 그 마음만으로도 기뻐요."

룩스는 그렇게 대답하고 침대 옆에 앉아있는 세리스를 보았다.

그러자 세리스 또한 부드러운 표정을 지으며 다시 드러누운 룩스를 바라보았다.

"그럼, 잠시만 잡담을 해도 될까요? 룩스가 쓰러져 있는 동안에 반성하면서— 살짝 생각난 것이 있어요."

세리스로서는 드물게 조심스러운 말투였지만, 룩스는 말없이 고개를 끄덕였다.

세리스는 「고맙습니다」라는 말로 서두를 열고서 조용히 이야기하기 시작했다.

"제 어머니 이야기입니다. 어머니께서는 지금도 라르그리스 본가에서 건재하십니다만, 5년 전…… 신왕국으로 체제가 바뀔 때까지 공적인 자리에는 거의 나가실 수 없었습니다."

듣자하니 세리스의 어머니는 몸이 약해서, 세리스 한 명을 낳는 것만 해도 힘겨웠다고 했다.

그리고 기사의 명문인 라르그리스 가문의 남자 후계자를 낳지 못한 탓에, 다른 친족들에게서 모진 대우를 받았다고.

당시— 아니, 오랜 세월에 걸쳐 구제국이 펼쳐온 남존여비 문화와 풍조 속에서 세리스가 가문의 후계자로서 인정받으려면 몇 배의 노력이 필요했다.

요컨대 세리스의 그 과도하다고 할 수 있는 훈련과 영재교육은, 전부 자신이 기사가 되어 어머니를 고통에서 해방시켜 드리고 싶다는 일념에서 비롯되었던 것이다.

"하지만 잘 되지 않았습니다. 웨이드 선생님께 폐를 끼쳤고,

그 뒤에는 올바름을 추구하여 더욱 훈련에 몰두했어요…….
달리 어머니를 도와드릴 수단이 있었다면 좋았을 테지만, 저는 제 생각을 이룩하는 것만으로도 버거워서 아무 것도 보이지 않았던 것일지도 모릅니다."

자조가 섞인 세리스의 중얼거림.

그 모습을 보고 룩스는 반사적으로 일어났다.

"그건, 아니라고 생각해요."

"네……?"

룩스가 진지한 얼굴로 말하자 세리스는 눈을 크게 떴다.

"제 어머니는 옛날, 제가 어렸을 적에 돌아가셨어요. 하지만 세리스 선배처럼 살아계셨으면, 어떻게든 지켜드리려고 했을 테니까……."

거기서 한 번 말을 끊고서 다시 세리스를 바라보았다.

"잘못된 행동이 아니에요. 하지만 학원 최강의 기룡사가 된 지금은, 세리스 선배 자신에 대해서 좀 더 생각해봐도 좋지 않나 싶습니다. 적어도 저는 그렇게 생각해요."

"……."

잠깐의 정적이 방을 가득 채웠다.

이윽고 세리스는 살짝 미소 짓고는, 천천히 그 자리에서 심호흡을 했다.

"정말로, 룩스는 신기한 남자아이군요. 그런 말을 해준 사람은, 저를 봐준 사람은 처음입니다. 저는 역시, 당신을—"

세리스는 상반신을 일으킨 룩스 앞으로 슬며시 다가가며 얼굴을 내밀었다.

어쩐지 열기를 띤 것처럼 달아오른 그 아름다운 얼굴이 눈앞으로 다가오며 입술이 닿을 정도로 거리가 줄어들었다.

룩스의 가슴이 세차게 두근거린 순간— 창문 유리가 흔들린 듯한 착각이 들었다.

"윽—?!"

그 직후, 머리가 깨질 것처럼 날카롭고 요란한 금속음이 실내에 들려왔다.

환신수의 습격을 알리는 경종.

그것이 성채 도시 곳곳에 위치한 종루에서 일제히 울리고 있었다.

그것을 깨달은 순간 두 사람 사이에 긴장감이 달렸다.

"—룩스는 여기서 쉬세요. 저는 상황을 확인하고 오겠습니다."

"잠시만요, 세리스 선배! 저도—."

룩스가 침대에서 일어나려고 했을 때, 세리스는 이미 방 밖으로 뛰쳐나가고 있었다.

†

"피리 소리는 들리지 않았으니 누군가의 책략은 아닌 것 같지만…… 뭔가 묘하군요."

신장기룡 《린드부름》을 장착한 세리스는 『기사단』의 일원으로서 환신수가 출현한 2번 지구로 신속하게 이동했다.

적은 유적 『모형 정원』에서 나타난 조류형 환신수— 그리프스.

거대한 날개를 지닌 독수리의 상체와 사자의 하반신을 지닌 이형의 괴물.

그 동체는 밝은 갈색이었으나, 날카로운 맹금류의 안광을 흩뿌리는 얼굴 주변만이 하얀 체모로 뒤덮여 있는 것이 특징이었다.

방어 거점인 관문 안쪽에서 출현한 한 마리가 여기까지 왔다고 했다.

"예전과는 다르게 유적 근처가 아니더라도 환신수가 나타나게 되었군요. 이것도 『성식』의 영향이라고 한다면, 위험한 징조입니다."

원래대로라면 『기사단』 멤버 몇 사람이 맡아야 하는 상대였지만, 지금은 예상치 못한 사태였기에 세리스는 속도를 우선시켰다.

"그아아아아아아아악!"

사나움을 체현하는 듯한 그 괴물은 신왕국의 기룡사에게 쫓긴 탓인지 분노와 적의를 노골적으로 드러내고 있었다.

"역시 혼자서 움직이니 마음이 편하네요. 아무도 말려들 걱정을 하지 않아도 되니까."

환신수의 위협을 태연하게 받아넘기며 세리스는 특수 무장 《뇌광천창》을 들었다.
라이트닝 랜스

그리고 냉정하게 눈앞을 응시하며 충돌할 때를 기다렸다.

겨우 몇 초 간의 정적.

펄럭, 환신수는 날개를 움직이더니 나이프 같은 깃털의 화살을 사출했다.

"ㅡ."

눈앞에 쏟아지는 무수한 깃털을 《라이트닝 랜스》로 쳐냈을 때, 그리프스는 이미 움직이고 있었다.

평범한 사자보다 몇 배는 거대한 다리가 날카로운 궤도를 그리며 세리스를 공격하려는 찰나ㅡ.

"《지배자의 신역》."

순식간에 빛의 영역을 펼친 세리스가 조용히 읊조렸다.

《린드부름》의 신장을 이용한 일정 범위 내의 순간이동.

닥쳐오던 그리프스의 앞다리를 피하고 그 뒤쪽으로 이동한 세리스가 랜스로 등을 찔렀다.

"그, 아아아아아아악……?!"

직후에 일어난 눈부신 뇌광이 그 거대한 몸뚱이를 순식간에 불태웠다.

핵이 꿰뚫리고 불에 탄 환신수는 폭발하며 사방으로 흩어졌다.

"후우……."

그 모습을 지켜본 세리스가 숨을 내쉬며 자세를 풀었다.

그 찰나, 세리스의 뒤쪽에서 대기를 찢는 소리가 울려 퍼졌다.

"크샤아아아아악!"

"……?!"

성채 도시가 한눈에 들어오는 높은 종루의 그늘에 숨어 있던 다른 그리프스 한 마리.

그것이 괴성을 지르며 배후에서 달려들었다.

"······위험해요!"

《와이번》을 장착하고 날아온 룩스가 서둘러 궤도상에 끼어들려던 바로 그 순간—

"—뇌섬."

반전한 세리스가 선보인 찌르기. 창끝에서 발사된 번개가 두 번째 그리프스를 그슬려 움직임을 멈췄다.

"어······?"

완전히 허를 찔렸을 세리스가 보인 대응에 크게 놀라며 룩스는 잠시 머뭇거렸다.

그러나 그때 세리스와 눈이 마주쳤다.

"—추격을 부탁합니다, 룩스."

"네!"

대답과 거의 동시에 그대로 그리프스의 요격에 들어갔다.

세찬 화염에 휩싸인 조류 괴물의 어깨를 노리고 블레이드를 휘둘러 최단거리로 핵을 분쇄했다.

"크갸아아아아앗!"

두 번째 그리프스도 절규를 지르며 소멸했고, 2번 지구의 위기는 사라졌다.

결국 두 번째 그리프스의 존재도 미리 예측한 것인지 아니면 즉시 대응할 수 있었던 것인지는 알 수 없지만, 룩스가 도울 것까지도 없었다.

과연 학원 최강이라고 불릴 만했다.

"아무래도, 무사히 해치운 것 같군요."

"아, 네……."

종루 근처 하늘에서 돌을 깐 공원에 착지하고 장갑을 해제했다.

환신수의 위협에서 거리를 구한 것은 좋았지만, 마땅히 할 말이 없었던 룩스는 말끝을 흐리고 말았다.

"저기……."

"그러니까—."

그대로 몇 초 후, 서로 동시에 입을 열었을 때.

"—어이. 기다리라고, 둘 다."

하늘에서 《와이번》을 장착한 트라이어드의 샤리스, 그리고 큰길에서는 《와이엄》을 착용한 티르파와 《드레이크》를 착용한 녹트가 나타났다.

"여러분도 와주신 건가요?"

"당연하지. 우리도 『기사단』의 일원이잖아? 공주님이나 피르히 아가씨는 장갑기룡 정비 중이라 올 수 없었지만. 뭐, 다만 예상대로 우리가 나설 자리는 없었나 보군……."

그렇게 말하며 샤리스는 쓴웃음을 지었다.

"그러니까 말했잖아—. 이 정도 적이라면 세리스 선배 혼자서도 충분하다고."

"No. 방심은 금물입니다. 아무리 세리스 선배가 강하시다고 해도, 다른 복병이 있을지도 모르니까요. 게다가— 단장 혼자

솔선해서 토벌에 나서면, 우리가 설 자리가 없어지지 않습니까."

녹트는 티르파의 푸념을 부정하고서 《드레이크》의 장갑을 해제했다.

어깨의 레이더를 확인한 것을 보면, 근처에 환신수의 반응이 없음을 확인한 것이리라.

"임무는 종료되었습니다. 체력을 아끼기 위해 장갑기룡을 쓰지 않고 돌아갈까요?"

"그렇게 하자. 나는 마차를 찾아볼 테니까 티르파는 과자 노점이라도 찾아줘."

"오케이~. 그럼 오늘 고생한 두 사람은 여기서 쉬고 있어."

녹트의 제안에 샤리스가 맞장구를 치고 티르파가 이야기를 정리했다.

세 사람이 그 자리에서 한시적으로 떠나자, 긴박했던 상황은 180도로 바뀌어 갑자기 부드러운 무드로 변했다.

"죄송해요. 세리스 선배께서 쉬라고 하셨는데도, 따라와서."

룩스가 쓴웃음을 지으며 머리를 긁자, 세리스는 생긋 웃으면서—.

"아뇨, 도움이 되었어요."

뜻밖에도 진지한 말투로 감사 인사를 꺼냈다.

"그 두 번째 환신수의 존재 자체는 깨닫고 있었지만, 당신 덕분에 여유가 생겼습니다. 트라이어드도 있어주었다면 환신수의 위치나 숫자까지 특정할 수 있었을 테니, 더욱 안전하게 해치울 수 있었겠지요."

"……."

"룩스, 하나 궁금한 게 있어요. 어째서 당신은, 그리고 저세 사람도 제가 괜찮다고 생각하는데도 달려와 준 건가요? 역시, 제가 걱정되었나요? 당신과 마음을 터놓게 된 지금도 여전히……."

"……분명 세리스 선배에게는, 역시 인망이 있어서 그런 게 아닐까요?"

룩스의 장난스러운 대답을 듣고 세리스는 어리둥절한 표정을 지었다.

"선배 곁에서 싸우는 것에 의미가 있으니까, 그래서 그 뒤를 따르고 싶은 동료들이 모이는 거예요. 그러니까 외톨이가 아니에요. 저도, 세리스 선배 곁에 있고 싶은 사람 중 한 명이니까."

"……."

밝게 웃으며 말하는 룩스를 세리스는 멍한 표정으로 바라보았다.

"룩스는, 치사해요."

"네……?"

"원래는 선배인 제가 의지할 수 있는 사람이 되어야 하는데, 당신을 의지하게 됩니다. 기대고 말아요. 하지만 그것이 무척 기분 좋아서, 그대로 받아들이고 싶어지고 말지요."

답답한 모습에서 수줍은 빛을 보이며, 세리스는 얼굴에서 힘을 뺐다.

그리고 살며시 룩스의 손을 잡았다.

"저는 다른 사람과 대화를 통해 알아갈 노력을 피해왔던 거 군요. 당신이나 샤리스를 비롯한 다른 사람들은, 그런 제 성 격을 알고서도 제게 다가왔습니다. 이번에 도망친 그 아이들 의 마음도 좀 더 이해할 수 있도록, 다음에는 제가 그녀들에 게 다가가고 싶어요. 그러니까—"

세리스는 잠시 뜸을 들인 후 맑은 표정으로 룩스를 바라보 았다.

"제가 또 벽에 부딪치게 되면, 상담에 응해주겠어요? 후배 남자아이에게 몇 번이나 도움을 받는, 믿음직스럽지 않은 선 배일지도 모르겠습니다만."

"—언제라도 괜찮아요. 저도 선배에게 기대고 있으니까."

부드럽게 웃으며 대답하자, 세리스는 놀란 것처럼 눈을 동 그랗게 뜨더니 수줍게 시선을 피했다.

"그러면 내일부터는 제 훈련에 참여하지 말고, 평소의 생활 로 돌아갈 것을 명령합니다. 고마웠어요, 룩스."

어쩐지 따뜻하면서도 간지러운 분위기.

세리스와의 사이가 더욱 깊어진 것 같아서 기뻤다.

"저도 모두를 지도할 수 있는 그릇이 되고 싶네요. 어떻게 든 그녀들의 마음을 이해하고, 아침 훈련을—"

"아니, 그러니까 그 지나치게 힘든 훈련만 아니면, 다들 당 장에라도 따라올 거라고 생각하는데요……."

룩스는 저도 모르게 땀을 흘리며 지적했지만, 눈을 반짝이 는 세리스에게는 닿지 않은 것 같았다.

역시 이 고지식함과 서투른 처세술을 보면 그냥 내버려 둘 수 없겠다는 생각이 들었다.

"저, 저기, 하지만 앞으로도 가끔은, 제 훈련에 어울려줄 수 있을까요? 뭐랄까, 룩스와 함께 훈련하는 게 무척 즐거운지라……."

뺨에 홍조를 드리운 채 조금 초조한 모습으로 중얼거리는 세리스를 보며 룩스는 입을 열었다.

"—네. 저 같은 거라도 괜찮다면, 기꺼이."

진심에서 우러나오는 웃음을 보이며 룩스는 흔쾌히 대답했다.

"알겠습니다. 그럼 다음번에는 룩스를 위해 특별히, 제 **전력**을 다한 훈련 메뉴를 준비해두도록 하지요."

"……네, 네에에에엡?!"

전력으로 거부하고 싶었지만, 세리스의 화사한 웃음 앞에서 그런 말을 할 수 있는 룩스가 아니었다.

'역시 나도, 허세가 꽤 심한 성격이구나……'

세리스가 새로운 후배들을 지도할 수 있는 날은, 아직 멀었을지도 모르겠다.

Episode 6

요루카 편·
주인님의 체벌

　성채 도시의 학원에 입학한 이후로 룩스는 잘 지내고 있었다.

　물론 귀족 소녀들로 가득한 환경 속에 남자 혼자라는 상황이니만큼 문제가 있기는 했다.

　구제국의 왕자라는 과거— 게다가 날품팔이로 활동하는 탓에 가끔 여학생들에게서 묘한 의뢰를 받을 때가 있는가 하면, 온갖 소동에 말려들 때도 있었다.

　그래도 룩스의 특수한 처지를 생각하면, 충분히 학원에 녹아들었다고 할 수 있었다.

　그것은 주위에 있는 소녀들 덕분이었다.

　공부를 가르쳐주는 크루루시퍼나 옛날과 같은 태도로 다가오는 피르히.

　싹싹하게 대해주는 트라이어드 삼인조와 학원에서의 평판을 컨트롤해주는 여동생 아이리 등, 많은 동료들이 버팀목이 되어준 덕분에 안식처를 얻었다.

　그러나 최근 룩스에게는 마음에 걸리는 일이 하나 있었다.

　지금은 잘 흘러가는 자신의 학원 생활에 관한 것은 아니었다. 그것은—.

"룩스 아카디아. 잠시 괜찮나? 네게 전달해야 할 사항이 있다."

학원 평일— 오전 수업이 끝난 뒤 주어진 짧은 쉬는 시간.

교실에서 나온 라이글리의 교관의 손짓에, 룩스는 인기척 없는 복도 구석으로 불려나갔다.

온갖 큰 사건에 관여해온 룩스라고 해도 교관의 호출은 조금 긴장되었다.

'뭐지? 최근에는 지적받을 만한 짓은 아무것도 하지 않은 것 같은데—.'

라이글리는 자주적인 여성이라 그녀에게 의뢰를 받은 적은 한 번도 없었다.

주의나 지도가 목적이라면, 좀 더 당당하게 말했을 텐데—.

룩스가 그렇게 경계하고 있으니 평소에 의식하고 있는 건 아니었지만, 어떻게 보면 예상대로의 한마디가 날아왔다.

"원래는 네게 해야 할 말이 아닐지도 모르겠다만, 그 1학년 편입생 소녀는 어떻게 된 거냐?"

"아……."

그 말을 들은 순간 룩스는 복잡 미묘한 표정을 지었다.

구체적인 설명을 듣지 않아도 그 한마디로 모든 것을 이해할 수 있었다.

"네 종자를 자칭하는 고도국의 소녀. 구제국의 암살자였다는 키리히메 요루카 말이다."

과거 그녀는 구제국의 부활을 바라지 않는 룩스와 대립하여 검을 맞댔다.

그러나 그 끝에 서로의 마음을 알고 화해하였으며, 요루카 는 룩스에게 복종할 것을 맹세했다.

그 뒤에는 룩스의 중개— 정확하게는 룩스에게 부탁받은 리샤의 중개로, 그녀의 신병을 신왕국이 관리한다는 명목 하 에 학원에 편입시켰다.

그 이후로 요루카는 왕립 사관 학원 1학년으로서 평온한 일상을 보내고 있을 터였지만······.

"결론부터 말하자면, 룩스. 그 소녀는 전혀 학원에 적응하지 못한 것 같더군."

"역시, 그런가요······."

라이글리의 쓸쓸한 표정으로 말하자 룩스도 복잡한 표정으 로 대답했다.

요루카의 성격은 표표해서 종잡을 수 없었으며, 그 사고방 식과 행동도 상당히 독특하다.

게다가 기룡사로서의 실력도 몹시 뛰어난 만큼, 학급에서도 겉돌고 있으리라는 건 쉽게 예상할 수 있었다.

그러나 같은 반에 여동생 아이리나 트라이어드의 녹트가 함 께 있으니, 아슬아슬하게 서포트를 해줄 거라고 룩스는 생각 했지만······.

"혹시, 요루카가 학원에 익숙해지지 못해서, 곤란해 하고 있 는 건가요?"

"······그렇게 생각하나?"

라이글리 교관의 진지한 미소가 무서웠다.

"아니면 역시, 주위 사람들이 고생하고 있는 건가요?"

어색하게 되묻자, 라이글리 교관이 주머니에서 메모지를 꺼냈다.

룩스는 안 좋은 예감이 들었다.

"수업 중에 너를 호위해야 한다면서 멋대로 교실을 빠져나감. 급우들과 전혀 대화를 하지 않음. 훈련할 때는 메뉴를 무시하고 멋대로 자기 훈련을 함. 모의전에서는 페어 상대를 미끼삼아 상대를 쓰러뜨림. 교관이 하는 말을 듣지 않음. 기상, 취침 규칙을 무시한다. 혼나도 반성하지 않음. 옷을 갈아입을 때 몸에 암기를 휴대 중이며 내놓으려 하지 않음. 옷을 멋대로 벗으며……."

"아, 알겠습니다. 이제 충분히 이해했어요!"

참고로 지적 사항은 아직 반도 이야기하지 않은 모양이었다.

지금까지 같은 반의 아이리가 소동을 커버해주었지만, 결국 그냥 넘어갈 수 없는 지경에 이른 듯했다.

따라서 그 지도 담당으로서 룩스에게 이야기가 온 것 같았다.

"하지만 제가 주의를 줘도 되나요? 확실히 제가 주인인 걸로 되어있긴 하지만, 일단 학원 내의 일이니까 이사장인 렐리 씨나 여타 교관님께서―"

"그 아이가, 네가 아닌 다른 사람의 말을 제대로 들을 거라고 생각하나?"

"죄송합니다……."

학원 안이라는 상황 상 배려를 해보았지만, 라이글리의 굳은 얼굴을 보고 물러났다.

"요루카의 편입 자체를 진언한 사람은 리샤 공주다만, 그걸 부탁한 건 너겠지? 그 소녀의 **주인님으로서** 그녀를 맡은 책임을 져라. 그게 내 첫 의뢰다."

"알겠습니다."

완벽한 정론에 룩스는 고개를 끄덕일 수밖에 없었다.

무기를 맞댄 뒤에 자신의 밑으로 들어온 요루카에게 새로운 안식처를 마련해주고 싶다고 생각한 것.

그녀의 신병을 맡겠다고 결정했으면서, 지도를 제대로 하지 않은 것은 자신의 잘못이다.

학원에서 이 이상 문제가 커지기 전에, 어떻게든 요루카를 지도해야 했다.

"—좋아."

하겠다고 결정했으면, 바로 움직인다.

그렇다고 하지만, 학년도 반도 다른 룩스로서는 아직 모르는 점이 많았다.

따라서 우선은 정확한 정보를 모아야 했다.

라이글리와 헤어진 룩스는 교실로 돌아가 자리에 앉았다.

'오늘 의뢰는 웬만하면 취소할까…….'

그런 생각을 하며 남은 수업에 집중했다.

†

"그래서, 이제야 드디어 저를 찾아왔다는 건가요? 오빠는."

"그게, 응. 뭐……."

어색한 분위기가 좁은 실내를 가득 채웠다.

방과 후 여자 기숙사의 어떤 방.

룩스는 아이리와 녹트가 쓰는 2인실에 있었다.

라이글리는 요루카가 학원 생활에 적응하게끔 지도하라고 의뢰했지만, 그러려면 우선 1학년 교실의 상황을 자세히 알아볼 필요가 있었다.

그렇게 생각해서 요루카의 급우인 아이리의 이야기를 들어보려고 했지만, 사태는 룩스가 생각한 것 이상으로 절박한 모양이었다.

"기쁘네요. 설마 오빠가, 이렇게 저를 조금이라도 신경 써주실 줄은 몰랐어요. 영락없이 요루카 씨에 대한 일은 전부 저한테 떠넘긴 채 아무 것도 할 생각이 없는 줄로만 알았거든요."

아이리는 온화하게 미소 지었지만, 눈만은 웃고 있지 않았다.

그러니까, 여동생은 룩스의 희망에 따라 요루카를 학원에 편입시킨 이후로 상당히 마음고생이 심했음을 주장하고 있었다.

"그 정도만 하지요, 아이리. 룩스 씨에게도 악의는 없었을 테니까요."

아이리에게서 온화하게 협박 받고 있는 룩스에게, 녹트가 도움의 손길을 내밀었다.

그러나 자신의 친구가 말렸음에도 아이리는 여전히 불만스러운 것처럼 뺨을 부풀리고 있었다.

"녹트는 오빠에게 너무 관대해요. 오빠는 옛날부터 뒷일을 생각하지 않으니까, 이럴 때는 확실하게 경고해서 반성하게 해야 해요. 오빠가 빈틈없이 해주지 않으면, 저는 걱정 때문에 어떻게 되어버릴지도 모른다구요."

"……그것도 그럴지도 모르겠군요. 저도 요루카 씨 때문에 골머리를 앓고 있으니까요."

"내 편 들어주는 줄 알았더니?!"

녹트가 순식간에 반대편으로 돌아서자 룩스는 기운이 쫙 빠졌다.

그러나 동시에 그 모습을 본 녹트는 조용히 룩스 옆으로 얼굴을 내밀었다.

"죄송합니다, 룩스 씨. 저도 모르게 놀리고 말았네요. 아이리는 보이는 것만큼 화난 건 아니니 안심하십시오."

"그……래?"

"네. 지금은 저렇게 말하고 있지만, 룩스 씨에게 문제를 알리지 않은 건 아이리의 의지였으니까요. 「지금 오빠에게 괜한 마음고생을 시키고 싶지 않으니까, 학원의 내정 쪽은 제가 어떻게든 하겠어요」라고 말하면서 제게도 요루카 씨에 대한 상담을 요청했을 정도거든요."

녹트가 평소 같은 냉정한 표정 속에서, 아주 살짝 입가를 완만하게 풀며 속삭였다.

그 이야기를 들은 아이리는 순식간에 뺨을 붉히더니 당황해서 언성을 높였다.

"저기요?! 무슨 소릴 하는 건가요, 녹트?! 저는, 그냥—."

그리고 최종적으로는 부정하지 않고 말꼬리를 흐렸다.

최근 룩스에게는 일이 많았다.

평상시의 수업이나 연습은 물론 학원에서 하는 잡일이나 『기사단』으로서의 활동만이 아니라 나라의 대표—『칠용기성』으로서도 눈코 뜰 새 없이 바빴다.

그런 상황에서 요루카와 주위의 알력을 해소하고자, 아이리는 룩스를 위해 예전부터 움직인 모양이었다.

결국, 늘 이랬다.

성장한 뒤로는 룩스를 놀리고, 경솔한 행동을 나무라는 것처럼 말하곤 했지만, 실제로는 줄곧 룩스를 걱정하고 있었다.

"고마워, 아이리. 그리고 녹트도."

"Yes. 알아주시는 것만으로도 기쁩니다. 아이리의 친구로서."

"으……."

룩스의 미소를 보고 아이리는 곤란한 것처럼 도끼눈을 떴다.

그대로 잠시 신음을 흘리다가, 이윽고 한숨을 크게 푹 내쉬었다.

"……하아, 알았어요. 그래서 요루카 씨에 대한 이야기는 대체 어디까지 들으셨나요?"

드디어 구체적인 이야기가 시작되었다.

평소에 같은 반에서 생활 중인 아이리가 본 요루카의 **문제**는, 대체적으로 라이글리 교관에게서 들은 이야기와 크게 다르지 않았다.

요루카는 기본적으로 학원의 교육 방침에는 거스르지 않았지만, 몇몇 부분에서 그녀의 판단을 따라 규칙을 위반했다.

　그리고 그걸 꾸짖더라도 반성하는 태도를 보이지 않았다.

　게다가 학원 동급생들과 보조를 맞추려 하지 않았으며, 친해지려고 하지도 않았다.

　친구가 되려고 말을 거는 학생이 있어도, 「저는 그런 건 잘 모르는지라」라고 대답하며 웃으면서 퇴짜를 놓는 모양이었다.

　요루카는 일찍이 고도국의 공주이자, 타인의 감정을 이해하지 못하는 이질적인 존재로서 기피당한 과거가 있었다.

　기룡사로서의 실력만큼은 걸출했지만, 인간으로서『평범한』 행동을 하지 못했다.

　"저희도 어떻게 해야 할지 고민하고 있어요. 일단 오빠의 여동생인 제가 말하면, 어느 정도 들어주는 편이지만요."

　"Yes. 단순히 남이 하는 말을 듣고 싶어 하지 않는 건 아닌 것 같습니다. 요컨대 사관후보생이라는 신분으로 살아가는 방법, 타인과 더불어 사는 법을 모르는 것이겠지요."

　학원이라는 사회에서 살아가는 방식을 모르는 것이다.

　급우와 교감하는 법, 학원이라는 규율 속에서 살아가는 법.

　그런 사람으로서 당연한 요소를, 주인인 룩스가 가르쳐줄 필요가 있는 것이다.

　"그럼, 결국 내가 말해서 듣게 해야 하는 거야?"

　"Yes. 될 수 있는 한 학원에서, 요루카 씨와 평범한 시간을 보내며 가르쳐주는 게 좋을지도 모릅니다. 그녀와 너무 사이좋게 지내면 아이리가 토라질 테니, 그 부분은 조절해주셨으면 좋겠군요."

"녹트, 조금 전부터 자꾸 이상한 소리 하지 말라구요!"

녹트의 쿨한 대답에 아이리는 얼굴을 빨갛게 물들이며 소리쳤다.

룩스는 두 사람이 대화하는 모습을 흐뭇하게 바라보면서 작전을 생각했다.

우선 아이리와 녹트에게 매일 경과보고를 하기로 약속하고서 일단 방에서 나왔다.

요루카에게는 학원에서 지켜야 하는 규율의 중요함이나, 학생이나 교관과 원만하게 지내는 방법을 가르쳐주자.

그 방법을 생각하면서 의뢰받은 잡일을 하기로 했다.

"하지만 요루카와는 반 이전에 학년부터 다른데, 무슨 수로 접점을 만들지⋯⋯?"

방과 후 잡일에 어울려달라고 해봐야 룩스와 단둘이 있게 되므로 그다지 의미가 없다.

가능한 한 수업이나 공동생활을 통해서 그것을 전달할 기회를 얻을 수 있다면 좋겠지만⋯⋯.

"—어머나? 룩스 군이잖아. 표정이 되게 심각하구나. 또 무슨 고민이라도 있니?"

교사 뒷문을 빗자루로 쓸고 있는데, 낯익은 여성이 지나가다 불쑥 말을 걸었다.

"앗⋯⋯ 안녕하세요, 학원장님."

소꿉친구 피르히의 언니이자 학원장인 묘령의 여성, 렐리 아인그람.

오래전부터 알고 지내온 사이인 그녀는 후훗, 하고 친근하게 웃으며 말했다.

"얘도 참. 이런 곳에서 학원장님이라니, 편하게 렐리 씨라고 불러도 괜찮은걸?"

"그거, 보통 반대 아닙니까?"

학원 부지 안인데도 이런 느낌이었다.

사관 학원의 책임자라고는 생각할 수 없는 파격적인 태도에 룩스는 쓴웃음을 지었다.

기왕 이렇게 된 바, 아까부터 고민 중인 요루카 문제를 잠시 상담해보기로 했다.

"그렇구나. 확실히 그 방법은 재미있겠어. 무슨 일이든 체험해보지 않으면 모르는 게 있는 법이니까."

뜻밖에도 렐리는 요루카와 같은 환경에서 지내본다는 계획에 찬성해줬다.

"하지만 역시 무리가 있겠죠. 애초에 학년도 다른데, 같은 시점에서 학원 생활을 해본다니—."

"할 수 있단다."

룩스가 쓴웃음을 지으며 머리를 긁은 순간, 그런 대답이 날아왔다.

"그렇겠죠. 아무리 렐리 씨라 해도, 그런 건……. —아니 잠깐, 지금 뭐라고 하셨습니까?!"

"해보자꾸나. 다름 아닌 룩스 군의 부탁인데, 거절할 수야 없지."

확신을 담은 미소와 함께 렐리는 힘차게 고개를 끄덕였다.

이리하여 사소한 발상과 무서운 우연이 겹치면서 이번 소동이 시작되었다.

†

놀라움과 떠들썩한 분위기가 아침의 교실에 가득했다.

왕립 사관 학원 1학년 교실 안에서, 소녀들은 곤혹스러운 모습으로 술렁거리고 있었다.

아이리나 녹트까지 복잡한 표정으로 굳어 있었다.

"그, 그러니까…… 오늘부터 일주일 간, 2학년 룩스 군을 이 반에서 맡게 되었습니다. 여러분, 여, 여러모로 당황스러울 테지만, 사이좋게 지내세요."

가장 당황한 사람은 아무리 봐도 담임 여교사였다.

렐리와 상담한 뒤로 고작 하루.

룩스가 요루카와 같은 1학년 교실에서 일주일간 수업을 받는다는 특별 스케줄이 너무나도 간단히 실현되었다.

듣자하니, 표면적인 구실은 추후 남녀 공학화를 대비한 남학생과의 교류.

1학년들에게 그것을 체험시키기 위한 테스트라고 했다.

'아무리 그래도, 무리가 있다고 보는데……'

학원에 녹아들지 못하는 요루카에게 『평범한 학원 생활』을 가르치기 위해, 정말로 룩스도 일주일 동안 1학년으로서 보내게 된 것이었다.

당연히 그 동안 뒤쳐지게 될 룩스의 원래 수업이나 연습 등은, 다음 주에 가질 방과 후 보충수업에서 따라잡을 예정이었다.

크루루시퍼가 일반적인 수업을, 장갑기룡 연습은 세리스가, 백병전 등의 실기는 피르히가 보좌를 맡아주는 모양이었다.

『에에잇, 뭐든 좋으니 나도 룩스를 돕고 싶다!』

리샤는 그렇게 소리쳤다고 하지만, 그것은 또 다른 이야기다.

그렇게 이 무모하다고 할 수 있는 테스트가 갑작스럽게 시작되었지만, 정작 중요한 요루카는—.

"함께 지낼 수 있게 돼서 기쁩니다. 이젠 위험을 감지했을 때 주인님 곁으로 달려가는 시간을 아낄 수 있게 되었네요."

명백하게, 이 상황에 가장 동요하지 않고 있었다.

그뿐만이 아니라 옆자리에 앉은 룩스의 책상에 자기 책상을 붙이더니 슬그머니 몸을 기댔다.

"우왓?!"

교복 위로 느껴지는 체온과 부드러운 가슴.

동시에 코끝을 간질이는 소녀의 체취에 룩스는 당황했다.

치뜬 눈에서 요염한 색기가 흘러나왔고, 유혹하는 것처럼 몸을 꼼지락거렸다.

노출이 심한 평소의 검은 옷을 입고 있는 건 아니었지만, 그래도 충분히 남자의 이성을 녹여버리는 몸짓이었다.

"……요루카 씨, 지금 뭐 하는 건가요?! 여긴 교실이에요! 오빠도 뭘 쑥스러워하고 있는 건가요!"

당황한 아이리가 반대쪽 자리에서 몸을 내밀며 룩스의 팔을 잡아당겼다.

"어머? 아이리 씨, 질투하시는 건가요? 걱정 마세요. 저는 주인님을 빼앗아가지 않으니까요."

"그, 그런 뜻으로 한 말 아니거든요?! 장소를 가려주세요!"

평소에는 학원에서 내숭을 부리며 『규중처녀』를 연기하는 아이리가 평정심을 잃었다.

"……있잖아 녹트. 설마 이 반은 항상 이런 분위기야?"

룩스가 복잡한 표정으로 돌아보자, 바로 뒷자리에 있던 트라이어드 소녀가 고개를 끄덕였다.

"Yes. ……라고 대답하고 싶습니다만, No. 입니다. 룩스 씨가 온 지금이 더 소란스럽군요."

"……."

요루카와 같은 곳에서 수업을 받으면 얌전해질 거라고 생각했더니, 역효과였던 모양이다.

룩스의 존재를 의식한 탓에 요루카의 이상성이 더욱 두드러졌다.

학원의 유일한 남학생이 자기 반에 왔다는 갑작스러운 사건.

룩스가 이곳에 왔다는 이야기가 나온 직후에 1학년 여학생들은 호기심어린 시선을 보내며 환호성을 높였지만, 요루카와 아이리가 대립하는 이 상황에 당황하여 얌전히 있었다.

"오빠도 뭐라고 혼 좀 내보세요. 그러려고 온 거잖아요?"

평소와 다르게 거친 말투로 말하는 여동생이 채근하자 룩스는 고개를 끄덕였다.

"요, 요루카, 좀 떨어져 봐. 곧 수업이 시작된다고."

"네, 주인님."

요루카는 티 없이 맑게 웃으면서 순순히 따랐다.

역시 룩스의 말에는 절대복종인 것 같았다.

당장의 상황을 수습한 룩스가 안심하고 있는데, 교실 곳곳에서 작은 목소리가 들렸다.

"있잖아, 지금 그녀가 룩스 선배를 주인님이라고—."

"세상에, 두 사람 설마 그렇고 그런 관계인 걸까?"

"……."

뭘까, 이 분위기는…….

요루카가 반에 녹아들 수 있도록 도와주려고 왔는데, 오히려 소동이 더 커져가는 느낌이…….

'그나저나 분명, 다들 요루카의 자세한 사정은 모르는 거겠지…….'

요루카의 특별한 내력은 학원장 렐리나 『기사단』 멤버 및 교관 등을 포함한 일부 인원들만이 파악하고 있었다.

여학생 대부분은 요루카를 『구제국 시절부터 룩스를 섬겨 온 살아남은 시종』으로 알고 있었다.

그런데 이런 모습을 보여주니 두 사람의 관계가 더욱 신경 쓰이는 모양이었다.

그런 생각을 하는 사이에 강사가 크흠, 헛기침을 했다.

"그, 그럼 수업을 시작하겠습니다. 교과서를 펴고—."

"……아, 맞다."

갑작스럽게 1학년 반에서 수업을 듣게 된 상황이다 보니 1학년용 교재는 갖고 있지 않았다.

아이리에게 보여 달라고 부탁하려 했을 때, 눈앞에는 이미 교과서가 존재했다.

"여기 있사와요, 주인님. 제 것을 드리겠사옵니다."

"고, 고마워 요루카— 그런데, 통째로 나한테 주면 어떡해?! 네 교과서는?!"

"제 사명을 완수하는 데에는 필요하지 않으니까요. 주인님의 힘이 되어드리는 것이 제 행복이어요."

"……."

활짝 웃으면서 그렇게 대답하니 룩스로서도 대응하기 어려웠다.

"저기, 그건……. 요루카의 마음은 고맙지만— 그래도."

룩스가 머뭇거린 순간 아이리가 책상을 붙였다.

"자, 오빠. 제가 보여드릴게요."

덕분에 요루카에게 교과서를 돌려줄 수 있게 되어 무사……하다고 까지는 할 수 없지만, 어쨌거나 수업이 재개되었다.

"후우……."

룩스는 내심 가슴을 쓸어내렸지만, 옆에 있는 아이리가 도끼눈을 뜨고 흘겨보았다.

아이리는 톡톡 소리를 내며 집게손가락으로 자신의 노트 구석을 가리켰고, 거기에는 룩스에게 보내는 메시지가 작게 적혀 있었다.

『나중에 설교 들을 각오 하세요, 오빠.』

"……하아."

잉크가 번질 정도로 힘을 주어 쓴 그 문장을 보고 힘없이 고개를 숙이면서, 룩스는 첫 수업을 받았다.

†

갑작스럽게 1학년 학급에 편입하게 되어 어떻게 될지 걱정했지만, 그 뒤로는 의외로 평화로운 시간을 보냈다.

룩스가 온 직후에는 어쩐지 들뜬 분위기가 흐르고 있었지만, 요루카와 아이리가 대립하는 모습을 본 뒤로 룩스에게 말을 붙이는 학생은 거의 나오지 않았다.

두 사람의 싸움을 지켜보면서 티 나지 않게 쿡쿡 찔러보는, 그런 조심스러운 분위기였다.

"룩스 선배는, 왕도 모의전에 참가해보셨죠? 연습할 때 지도 부탁드려요."

"2학년 반과 이쪽은 인상이 다른가요?"

"연상과 연하 중에 어느 쪽이 취향이세요?"

이렇게 가끔 말을 거는 후배들은 있었지만, 그 대화에 요루카가 끼어드는 일은 없었다.

오히려 한 발짝 거리를 두고 멀리서 룩스를 지켜볼 뿐이었다.

동시에 아이리도 그런 그녀를 힐끔힐끔 곁눈질로 보며 경계했다.

이런 형국이었으니 동급생들도 무서워서 섣불리 손을 내밀 수 없었다.

룩스는 이럴 때 어떻게 해야 좋을지 몰라 곤란했지만—.

"그러고 보니, 룩스 선배의 취미는 무엇인가요?"

어떤 여학생이 갑자기 그런 질문을 한 차에, 룩스는 공세에 나섰다.

"글쎄, 늘 잡일만 하다 보니 취미라고 할 만한 건 없는데. 요루카는 어때?"

거리를 두고 있던 요루카에게 대뜸 물어보았다.

그것은 요루카를 대화에 끌어들여서, 그녀와 급우들 사이의 벽을 허물어보자는 의도였으나…….

"……딱히 없사와요."

"아, 그래……."

화사한 웃음과 함께 즉답이 돌아왔다.

그 모습을 본 녹트는 조용히 탄식했고, 아이리는 머리를 부여잡았다.

하지만 어째서일까?

룩스는 왠지 모르게 그 대답에서 평소의 요루카와는 다른 인상을 느꼈다.

"그보다 거기 당신, 오른쪽으로 조금만 더 비켜주시겠어요?

창문이 가려져서 외부 습격에 대비할 수가 없사와요."

"앗, 응. 미, 미안해."

요루카가 부드러운 말투로 지적하자 창가에 서 있던 소녀는 그 자리에서 물러났다.

아무래도 거리를 두고 지켜보고 있는 건, 룩스가 자객 등의 표적이 되지 않게끔 바깥을 경계 중이기 때문인 듯했다.

그 긴장감을 드러내지 않는 요루카는 과연 대단했지만, 이래서야 친구를 만들기란 요원한 이야기였다.

"있잖아, 요루카……. 여기는 학원 안이니까, 그렇게 걱정할 필요 없다고."

"그것도 그렇군요. 하지만, 만에 하나라는 것이 있으니까요."

"……그, 그래도, 지금은 쉬는 시간이니 다른 친구랑 이야기라도—"

「좀 더 강하게 나가세요.」

그런 표정을 짓고 있는 아이리의 시선이 따가웠다.

하지만 지금의 룩스에게는 어쩔 도리가 없었고, 오전 수업은 그렇게 지나갔다.

그 뒤로 이틀 동안 룩스의 노력은 별 성과를 거두지 못했다.

1학년 소녀들과 함께 점심을 먹게 되었는데 「마침 잘 됐네요. 독이 있는지 확인해보겠사와요」라면서 룩스의 식사를 조금 먹어본 다음에 건네주거나, 그 뒤에도 장의로 갈아입으려고 룩스가 자리를 비웠을 때도 호위해야 한다는 이유를 대며 함께 갈아입으려고 하거나, 심지어 룩스가 종이에 손가락을 베였을 때도 망설이지 않고 입에 물어 소독해주는 형편이었다.

당사자인 룩스조차 얼굴을 붉힐 정도의 충성심을 보여주었으니, 옆에서 보고 있던 1학년들은 그 자극적인 모습에 후끈 달아올랐다.

결과적으로— 요루카는 학급의 다른 학생들과 친해지거나 규율을 지키기는커녕, 오히려 악화일로를 향해 맹렬하게 돌진하고 있었다.

……이상하다.

요루카에게 사회성을 가르치기 위한 계획이었는데, 룩스가 곁에 있으니 요루카의 폭주는 더욱 심해졌다.

"오빠는 사람이 너무 좋아요. 좀 더 따끔하게 말해주세요."

"Yes. 아이리의 이성이 전부 끊어져버리기 전에, 저도 간곡히 부탁드립니다."

사흘 째 점심시간, 마침내 아이리와 녹트가 그런 말까지 했다.

하지만 어째서일까?

룩스는 그렇게 하고 싶은 마음이 전혀 들지 않았다.

"응. 확실히 그렇긴 하지만……."

주인이라는 위치를 이용하여, 명령으로 행동을 강제한다.

그것이 가장 빠른 길일지도 모른다.

하지만 무슨 이유에서인지 룩스는 그렇게 하기를 주저했다.

데에에엥— 종소리가 교사에 울려 퍼지며 점심시간이 끝났음을 알렸다.

다음 수업은 연습이었다.

문관 지망생인 아이리와는 강의 내용이 다른 까닭에 이곳에서 일단 헤어졌다.

"그럼 오빠. 제발 이상한 일이 일어나지 않게 조심하세요."

"응. 그럼 가자, 녹트."

룩스는 아이리의 당부에 고개를 끄덕이고 자리에서 일어나, 수업에 늦지 않도록 서둘러서 연습장으로 향했다.

†

오후— 연습장 중앙.

"오늘은 요루카에게 부탁할게 좀 있는데……."

"어머, 무엇인가요? 그렇게 조심스러워 하실 것 없답니다? 다름 아닌 주인님의 명령이라면, 지금 당장에라도 따르겠사와요."

장의로 갈아입은 학생들이 모인 장소에서 룩스는 요루카에게 어떤 지시를 하기로 했다.

"연습 중에는 내게 너무 다가오지 않게 신경 써줬으면 해. 그게, 아무래도 이 장소는 전망이 좋아서 호위는 그렇게까지 걱정하지 않아도 될 테니까."

"—그렇기는, 하네요."

요루카는 진지한 표정으로 고개를 끄덕인 후 잠시 생각하는 모습을 보였다.

"하지만 돌다리도 두드려 보고 건너야 한다고 생각하여요.

환신수에는 다양한 종류가 있는 데다, 적의 수법도 교묘해지고 있으니까요."

"그렇지. 하지만 오늘은 다른 사람들에게 요루카의 기술을 가르쳐주지 않을래? 물론 가능한 범위 내에서라면 충분해. 나만이 아니라, 다른 사람들도 신경 써줬으면 좋겠어."

"······."

룩스는 결국 확실하게 말했다.

그녀의 자주성에 맡기는 것이 아니라, 협조라는 행동을 재촉하는 방향으로 말이다.

요루카는 아주 잠깐 망설였지만, 이윽고 조용히 받아들였다.

"알겠사옵니다. 자신은 없지만, 주인님의 명령이라면 기꺼이 따르겠사와요."

웃으면서 대답하는 그녀를 보며 룩스는 살짝 죄책감을 느꼈다.

과연 요루카가 그렇게 할 수 있을까?

애초에 1학년 끼리 연습할 때는 페어 모의전조차 제대로 이루어지지 않는다는 보고를 녹트에게서 들었다.

단순히 요루카가 보조를 맞추지 못하는 탓이 아니었다.

1학년 사관후보생들에 비해 요루카의 실력이 너무나 뛰어난 것이 원인이었다. 그래서 페어 상대와 손발이 맞지 않았고, 상대도 순식간에 끝내버리는 것이다.

물론 연습할 때는 기본적으로 신장기룡 대신 범용기룡《드레이크》를 사용했지만, 그래도 그럴 만큼 실력 차이가 뚜렷했다.

'그래도 시켜볼 수밖에 없나······.'

일단 언제든 도와줄 수 있도록 곁눈질로 요루카를 지켜보면서, 룩스도 연습 훈련을 시작했다.

기본 동작의 확인, 기본 행동의 숙달.

무장 사용의 확인, 무장과 기본 동작의 조합.

1학년용 연습 메뉴는 기초가 중심인 만큼 룩스는 다른 소녀들에게 조언하는 위주로 수업을 진행했다.

그리고 신중하게 가르치면서 한 번씩 요루카 쪽을 확인했다.

"—그러니까 이렇게 움직이면 공중에서 연속 공격을 할 수 있사와요."

"하, 할 수 있다고 해도……."

"……응. 우린 애초에 평범하게 한 번 공격하는 정도가 고작인걸."

일단 요루카 나름대로 선처 중인 것처럼 보였지만, 잘 풀리지는 않는 모양이었다.

'그래도 내 말대로 열심히 하는 것 같네.'

룩스는 좋은 경향이라고 생각했다.

어쨌거나 시작하는 것이 중요한 법이다.

'나중에 어떻게 해야 좀 더 괜찮은 조언을 해줄 수 있을지 요루카랑 이야기를 해볼까?'

룩스는 소녀들과 페어 모의전을 하며 그런 생각을 하다가, 문득 자신과 조금 떨어진 위치에서 《드레이크》를 장착 중인 요루카와 시선이 마주쳤다.

"……어?"

그 직후— 다른 학생들처럼 모의전을 치르던 요루카의 시선이 살짝 옆으로 움직였다.

그 사고는 저마다 실전 스타일의 모의전을 치르는 상황에서 일어났다.

넓은 연습장 안, 모의전이 네 개가 동시에 진행 중인 특수한 상황.

각 경기의 전투 영역은 선으로 구분되어 충분한 거리를 두고 있긴 했으나, 극히 드물게 유탄 등의 트러블이 일어나곤 했다.

이번에는 옆에서 훈련 중이던 《와이번》이 캐논에 얻어맞은 충격으로 튕겨나가, 떨어져 있던 룩스 옆을 향해 일직선으로 날아오는 사고가 발생했다.

"룩스 선배?!"

관객석 쪽에서 여학생의 외마디 비명이 들렸다.

에너지 광탄이라면 장벽으로 막을 수 있지만, 장갑기룡 본체는 막을 수 없다.

그러나 왕도에서 개최되는 공식 모의전에서 『무패의 최약』이라는 이명을 얻은 룩스의 방어 실력이라면 그 예기치 못한 사태에조차 대응할 수 있었다.

'괜찮아. 피할 수 있어— 아니.'

날아오는 후배 소녀를 어떻게 다치지 않게 받아내는가.

룩스에게는 겨우 2초 남짓한 사이에 거기까지 생각할 여유마저 있었다. 그러나⋯⋯.

"⋯⋯윽?! 안 돼, 요루카?! 그건—"

시야 구석에서 갑자기 일어난 움직임을 확인한 룩스는 저도 모르게 외쳤다.

날아오는 장갑기룡이 룩스에게 충돌할거라고 보았는지, 옆 구획에서 모의전을 치르던 요루카가 《드레이크》를 움직여서 사이에 끼어들려고 했다.

"꺄아아아아악……?!"

막으려고 했지만 늦고 말았다.

요루카가 휘두른 기룡아검은 룩스를 향해 날아오던 소녀의 기체를 도중에 튕겨내 바닥으로 떨어뜨렸다.

"—큭?!"

큰일이다—. 룩스는 후회했지만, 이미 엎질러진 물이었다.

"거기 학생! 대체 무슨 짓인가?! 관성으로 날아오는 학생을 쳐내다니—."

요루카는 전혀 거리낄 것 없다는 표정으로, 그제야 알아차린 남자 교관에게 대답했다.

"저는 주인님을 지켜드렸을 뿐이어요."

룩스와 녹트가 다급하게 사정을 설명하러 갔지만, 그 자리에 있던 학생들 대다수는 상황을 제대로 이해하지 못했다.

어디까지나 룩스와 부딪칠 뻔했을 뿐인데, 날아온 장갑기룡을 굳이 때려 떨어뜨렸다.

태반의 학생들은 그런 사건으로 받아들이게 되리라.

"설마, 일이 이렇게 되다니……."

이 뒤에 교관들에게서 요루카의 행동이 위험행위로서 책망

받아 시말서를 쓰게 되었다.

　장탄식이 나올 것 같은 사건을 겪으며 사흘 째가 지나갔다.

†

　"하아……. 역시 말해야 하는 걸까?"

　예의 사건에서 하룻밤이 지나, 나흘 째.

　교관들에게 호되게 혼난 것 같았지만, 요루카는 여전히 반성할 생각이 없는 듯했다.

　애초에 그런 성격이라는 건 알고 있었지만, 그렇다고 해서 이대로 놔둘 수는 없었다.

　「오빠. 이제 그만 그녀를 혼내주세요. 오빠를 위해, 주위를 생각하지 않는 과격한 행동을 저지르지 않게끔 따끔하게요. 그걸 지키지 않는다면 체벌을 하세요. 만약 그렇게까지 했는데도 그녀가 지시를 따르지 않는다면, 그때는—.」

　이 이상, 큰 문제를 일으키기 전에 퇴학시켜야 한다고—.

　그것이 학원이나 요루카에게 최선의 길이라고, 이번 사건을 알게 된 아이리는 말했다.

　그 필요성은 룩스도 분명 알고 있었지만…….

　"체벌이라니……."

　솔직히 골치 아팠다.

　다른 사람에게 쓴소리 하는 것조차 고역인데, 체벌을 하라니…….

잡일로 제멋대로 구는 어린아이를 돌보는 일을 맡았을 때 말로 주의한 적은 있지만, 아무리 그래도 손을 든 적은 없었다.

"심지어 요루카는, 일단 나보다 어린 여자앤데……."

단순한 폭력으로 끝나지 않게끔 체벌하기란 어려운 만큼, 좀처럼 좋은 방법이 떠오르지 않았다.

그렇다고 해서 아무 것도 하지 않는 건 단순한 도피일 뿐이리라.

요루카에게 신왕국에서 지낼 안식처를 만들어주고 싶다고 바랐을 뿐, 구체적으로 그녀의 문제에 관여할 생각이 없다고 한다면 **주인으로서** 더없이 무책임한 행동이다.

그래도 룩스는 어째서인지 요루카를 따끔하게 혼내줄 마음이 들지 않았다.

"으…… 이러면 안 되는데. 요루카에게 확실하게 말해야……."

그렇게 혼자서 중얼거리며 방과 후의 복도를 걷고 있을 때.

"어머나, 무슨 말씀을 하려고 그러시나요?"

"우와아아악?! ―요, 요루카?! 언제부터 있었어?!"

갑자기 뒤쪽에서 누군가가 말을 걸어 룩스는 화들짝 놀랐다.

뒤돌아보자 거기에는 검은 옷을 입고 부드러운 웃음을 머금은 소녀가 서 있었다.

"네. 조금 전에 아이리 씨에게 들었사와요. 주인님께서 저를 찾고 계신다더군요."

룩스는 놀란 가슴을 진정시키고자 심호흡을 한 다음 진지한 눈빛으로 눈앞의 소녀를 보았다.

"있잖아……. 그게, 할 이야기가 좀 있거든. 여기서 하긴 그러니까, 내 잡일이 끝날 즈음에 웬만하면 사람들이 없는 곳에서—"

"그런가요? 그럼, 빌릴 수 있을 만한 장소를 찾아보겠사옵니다."

"그, 그래. 부탁할게."

그리고 일단 그녀와 헤어진 룩스는 한숨을 푹 내쉬었다.

될 수 있는 한 말로, 그래도 무리라면 다른 방법으로—

주인으로서 확실하게 그녀를 벌하고, 잘못을 바로잡는다.

"여기서, 어떻게든 해야—"

머리 한구석에서 각오를 다지며 룩스는 잡일을 시작했다.

†

그리고 밤이 되었다.

저녁 식사와 목욕 시간도 끝나, 여자 기숙사는 취침 시각이 되었을 무렵.

룩스는 녹트를 통해 들은 요루카의 전언대로 학원 부지 내의 지하 감옥으로 향했다.

지하 감옥—

룩스가 처음으로 학원에 왔을 때, 엿보기꾼으로 오해받아 간힌 장소다.

듣자하니 그곳은 요루카 본인이 희망하여 선택한 장소라는 듯했다.

춥고 어두운, 대화를 나누기에는 부적절한 장소를 굳이 고른 것에는 무언가 특별한 이유가 있는 걸까?

그런 생각을 하며 지하로 향하는 계단을 내려갔다.

나무문을 열자 그 너머로 쇠창살이, 그리고 그 안에 있는 요루카의 그림자가 보였다.

천장에 뚫린 채광창에서 달빛이 약하게 들어오고 있었지만, 어두컴컴해서 잘 보이지 않았다.

다만 요루카의 표정은 평소와 별반 다르지 않은 것 같았다.

"기다리고 있었사와요, 주인님."

친애를 담은 부드러운 목소리.

어둠 속에서 그녀의 특징인, 서로 색이 다른 두 눈동자가 옅게 빛났다.

"요루카…… 내가 무슨 말을 하려는지, 알겠어?"

룩스는 화난 것처럼 느껴지지 않게 조심하면서 진지한 목소리로 물어보았다.

그러자 요루카는 시선을 바닥으로 떨어뜨리며, 어딘지 모르게 고민이 묻어나는 목소리로 조용히 대답했다.

"네, 잘 알고 있사와요. 제가 주인님의 명령을 거역한 것에 대해서이지요? 아이리 씨에게서 들었사옵니다. 주인님께서, 저를 체벌하실 거라고 하더군요."

연습장에서 명령을 깨고 룩스에게 접근했다.

이미 위험을 파악하고 있던 룩스를 과도하다 싶을 정도로 보호하려 하다가, 다른 소녀들에게 위험한 짓을 저질렀다.

"그렇게 막 화난 건 아니지만, 나는 널 꾸짖어야 해. 학원에 서는 어떻게 행동해야 하는지 내가 말해도 듣지 않는다면, 그 때는……."

마지막 한마디를, 룩스는 망설였다.

그 틈에 요루카가 직접 그 대답을 입에 담았다.

"저를 체벌하시겠다는— 말씀이시지요? 괜찮사옵니다, 각 오는 되어 있사와요."

요루카가 대답한 직후에 감옥 안에 불이 켜졌다.

암흑에 약하게 걷힌 그 순간—.

"응. 하지만 나는…… 엇? 어어어어어어어억?!"

—룩스의 사고는 얼어붙었다.

놀라움으로 물든 절규가 감옥 내에 메아리쳤다.

요루카는 거의 알몸이었다.

그 윤기가 흐르는 흑발에 대비되어 하얀 피부가 요염하게 부각되었다.

밑에는 검은 속옷 한 장만을 입고 있을 뿐, 그것을 제외하면 머리카락을 묶은 리본 말고는 아무것도 걸치고 있지 않았다.

턱밑으로 보이는 가죽 목걸이에는 자그마한 짙은 회색 사 슬이 드리워져 있었으며, 두 손은 수갑에 구속돼 있었다.

알맞은 크기의 가슴은 요루카 자신의 두 팔 사이에 끼여 볼륨이 강조되어 있었다.

마치 감옥에서 능욕당하는 죄인, 혹은 노예 같은 분위기를 풍기는 아름다운 소녀.

그런 이상한 광경이 룩스의 눈앞에 펼쳐졌다.

"무, 무무무무무뭐 하는 거야, 요루카?! 대체 이게—?!"

얼굴이 시뻘겋게 달아오른 룩스는 반사적으로 뒤로 물러나며 소리쳤다.

"주인님께서 저를 체벌하시려 한다는 이야기를 듣고, 여러모로 준비를 해보았사옵니다. —자, 부디 자비를 베풀어주시어요."

그렇게 대답하며 채찍을 건네주는 요루카의 표정은, 어딜어떻게 보나 벌을 받는 사람의 얼굴이 아니었다.

뺨은 발갛게 달아올라 있었으며 하아하아, 열기를 띤 달콤한 숨결을 흘리고 있었다.

앞으로 일어날 일에 기대를 품고, 도취하여, 흥분하고 있었다.

그런 요염한 표정으로 주인의 체벌을 조르고 있었다.

"그, 그게 아니라, 아무리 봐도 이상하잖아?! 그 채찍은 뭐야?! 양초는 왜 이렇게 많은데?! 그것 말고도 어째 십자가 같은 것까지 있어?!"

용도는 알 수 없지만, 앉는 부분이 삼각형인 목마도 뒤쪽에 있었다.

참고로 이런 도구는 외따로 봉인되어 있는 창고에서 찾아낸 모양이었다.

학원은 본디 구제국의 군사시설이기도 했으니, 과거에는 죄인을 신문할 때 사용했을지도 모른다.

하지만 여기서 그런 물건이 나오는 것은, 아무리 그래도 예상 밖이었다.

"자아, 주인님. 저를 벌해주시어요. 저를 욕보이고, 그 채찍으로 때리고, 촛농을 떨어뜨리며 저를 길들여주시어요."

"—?!"

요루카는 빙글 돌아서서 등을 보이며, 수갑을 찬 두 손을 차가운 석벽에 댔다.

그리고 천천히, 속옷 한 장만으로 가려진 엉덩이를 쭉 내밀었다.

동시에 홍조가 드리운 얼굴로 미소를 지은 요루카가 뒤돌아보자, 룩스는 채찍을 손에 쥔 채 굳어버렸다.

어, 어어어어어떡하지?

아무리 요루카 본인이 바란다고 하지만, 정말로 이런 벌을 내려도 되는 걸까?

아니 잠깐, 애초에 이게 요루카에게 벌이 되긴 하는 걸까?

그 이전에, 학원에서 이런 짓을 했다는 사실이 들통나면 그 야말로 퇴학 확정이라고 생각한다.

그러나 체벌을 조르는 요루카의 달콤한 유혹에 심장이 터질 듯 맥동했고, 머릿속에는 새하얀 안개가 끼었다.

"……으?! 맞다, 갑자기 볼일이 생각났어! 뒷정리 잘 해야 한다!"

가까스로 그 말을 남기고 계단을 올라가 교사 밖으로 도망쳤다.

숨을 거칠게 헐떡이면서 룩스는 어깨를 축 늘어뜨렸다.

"내게는 조금, 벅찰지도 모르겠어……."

체벌을 받고 요루카가 달라지는 모습도 상상하기 어려웠지만, 설마 그런 행동까지 보일 줄은 생각지도 못했다.

그렇다기보다도, 요루카 본인이 그것을 원하는 느낌조차 들었다.

체벌을 받고 싶어서 이번 일을 저지른 건 아닐 거라고 생각하지만…….

"하아, 이를 어쩌지……."

안뜰에서 달을 올려다보며 룩스는 한숨지었다.

이대로라면 언젠가 요루카를 퇴학시켜야 할지도 모른다.

룩스가, 앞으로 학원에 있을 때는 자신에게 절대로 관여하지 말라고 명령하는 것도 한 가지 방법일지도 모른다.

"하지만, 나는—."

"수고하셨습니다. 룩스 씨."

"……녹트?"

룩스가 혼잣말을 한 직후, 뒤쪽에서 후배 소녀가 나타났다.

이번 사건에서도 협력해준 녹트는 평소처럼 냉정한 표정으로 이어서 말했다.

"Yes. 조금 마음에 걸리는 것이 있어서, 기룡 격납고에서 조사를 해보았습니다. 그 모습을 보아하니, 요루카 씨를 체벌하는 건 잘 풀리지 않았나 보군요."

"한심하지만 말이지. 하지만 아무리 그래도 그건……."

조금 전의 선정적인 광경을 떠올리며 룩스는 뺨을 붉혔다.

그러나 녹트는 차분한 표정으로 담담하고 조용하게 말을 계속했다.

"이해하지 못하는 겁니까? 아니면 그녀의 본심을 전혀 알지 못하는 탓에 이해할 수가 없는 겁니까?"

"……"

정곡이었기 때문에 룩스는 입을 다물었다.

그의 고민은 분명 그것이었다.

"그럴지도 모르겠네요. 그녀는 학원 생활에 어울리지 않습니다. 우리 쌍방의 득실을 생각한다면, 이대로 퇴학시키는 게 나을지도 모르죠. 하오나—."

녹트는 갑자기 말투를 바꾸더니 룩스의 눈을 똑바로 쳐다보았다.

"그녀의 본심을 알아볼 재료를 하나 입수했습니다. 그것에 관해 이야기해본 다음에라도 늦지는 않을 겁니다."

그렇게 말하며 녹트가 내민 것은, 기룡 격납고의 정비사를 통해 얻은 무장 수리 보고서였다.

"이건—?!"

룩스는 그것을 보고 저도 모르게 탄성을 질렀다.

거기에는 이번 소동의 진실이 기록되어 있었다.

†

그 다음날.

룩스가 1학년 교실에서 요루카를 비롯한 1학년들과 함께 보내기 시작한 뒤로 닷새— 마지막 날 방과 후.

수업 중에 평소보다 조용했던 요루카와 대화를 하려고 룩스는 학원 응접실을 빌렸다.

똑똑, 노크 소리가 들려와 룩스는 그녀를 안으로 불러들였다.

또 어마어마한 차림으로 오는 게 아닐지 내심 긴장했지만, 평소의 검은 옷을 입고 있었다.

"어서 와, 요루카."

"수고하셨사옵니다, 주인님. 오늘은 무슨 일로 부르셨나요?"

일렁이는 램프 불빛을 받으며 소녀의 모습이 떠올랐다.

서로 색이 다른 눈동자와 검은 머리카락, 매끄러운 하얀 살결.

요염한 아름다움을 지닌 나이어린 종자는 여느 때와 같은 분위기를 두르고 있었다.

"저기, 물어보고 싶은 게 있어서……. 엊그제 일어난 사고 말인데."

"네. 알고 있사옵니다. 어떤 벌이라도 달게 받아들이겠사와요. 설령 이 학원에서 떠나라고 하셔도—."

아무런 후회가 없어 보이는 미소를 지으며 요루카는 즉답했다.

그러나 룩스가 꺼낸 말은 달랐다.

"—그때, 눈치채지 못해서 미안해."

"네……?"

요루카는 드물게도 어안이 벙벙한 표정을 지으며 고개를 갸웃했다.

"사고를 피하려고, 내 쪽으로 날아온 《와이번》을 쳐낸 거지? 내가 그 여자애의 장갑기룡을 받아내려 한다는 걸 알고, 만에 하나 큰일이 일어나지 않게 도와줄 생각으로."

"……."

"기룡 격납고의 정비사한테서 보고서를 받았어. 그때 날아온 여자애가 가진 블레이드의 밑동에, 잘 안 보이는 균열이 있었대. 강한 충격을 받으면 부러질 수도 있었다고 하더라. 그때 내가 여자애를 받아냈다면, 그 충격으로 칼날이 부러졌을지도 몰라. 그리고 파편이 내게 꽂힐 가능성이 있었지. 그래서 그걸 막으려고 한 거지?"

"……."

요루카는 확실히 룩스의 안위를 중요하게 생각하지만, 룩스가 명령을 내리면 어느 정도 그의 뜻을 따라준다.

그때 과도하다 싶을 수준까지 반응한 것에는 역시 사정이 있었던 것이다.

그것을 녹트가 가르쳐줄 때까지, 룩스도 깨닫지 못했다.

"—주인님께서 사과하실 일이 아니에요. 명령을 어긴 것은 틀림없는 사실이니까요."

요루카는 곤란하게 느껴지는 웃음을 떠올리며 조용히 대답했다.

"그보다, 어째서 누이께서 하신 말씀대로 지난 며칠간 저와 거리를 두지 않으신 건가요? 그쪽이 더욱 의아했사와요."

「이야기를 듣고 있었나」라고 생각하며 룩스는 속으로 쓴웃음을 지었다.

기척을 숨길 수 있는 이 소녀에게, 무언가를 숨기기란 상당히 어렵다.

"경호 같은 건 관두라고, 신경 쓰지 말라고, 무시하라고— 제게 그렇게 한마디만 해주셨더라면 그렇게 했을 텐데, 주인님께서는 아무 말씀도 하지 않으셨사와요. 어째서 그러셨는지요?"

요루카가 고개를 갸우뚱하며 질문하자 룩스는—.

"그야 그렇게 하면, 분명 마음 아플 테니까."

—쓸쓸하게 미소 지었다.

"이것만큼은 꼭 하고 싶다고 생각하는 유일한 일을, 할 수 있다고 생각하는 일을 부정당하면 말이지. 그래서 요루카가 좋아서 하는 걸, 무조건 관두라고 할 수가 없었어."

"……"

자신을 도구로 규정짓고, 주인인 룩스를 섬기는 소녀.

그 내용이나 방식에 의견이나 주문을 제시할 수는 있다.

그러나 그 행위 자체를 관두라고 명령하는 것, 그것만큼은 도저히 하고 싶지 않았다.

주종의 계약을 따라 더욱 좋은 도구로 존재하는 것.

그것이 『인간성이 존재하지 않는다.』라는 말을 들어온 요루카의 유일한 유대임을 룩스는 알고 있으니까.

"하지만 말야, 나중에 또 이런 일이 생기면 꼭 말해줘. 내

실수가 되지 않게 감싸준 거겠지만, 무장이 부서지기 직전이었다는 건 말해주지 않으면 알 수 없으니까. 그러니까 그거 하나만은, 앞으로 약속해주지 않을래?"

요루카는 희미한 웃음을 입가에 머금고 공손하게 무릎을 꿇으며 절을 올렸다.

"—네. 맹세하겠사옵니다, 주인님."

그것으로 이번 사건은 일단락되었다.

룩스가 그렇게 생각한 순간—

"……하아, 어쩔 수 없네요."

문 밖에서 인기척이 나더니 목소리가 들렸다.

응접실에 들어온 사람은, 이번 일에 깊게 관여한 두 소녀였다.

"아이리?! 게다가 녹트까지, 여긴 어쩐 일로—."

"이러니저러니 해도 여자애한테 약한 오빠한테 그녀를 맡겨둘 수는 없잖아요? 그래서 상황을 좀 보러 왔을 뿐이에요."

"Yes. 두 사람이 걱정된다면, 그렇다고 말하면 될 거라고 생각합니다만."

"녹트는 좀 조용히 있어줄래요?!"

아이리는 멋쩍음을 감추려는 듯 허둥대다가 요루카를 향해 똑바로 섰다.

"뭐, 적어도 당신이 진심으로 오빠를 위해 행동한다는 건 알게 되었어요. 그러니 이번에는 특별히, 이 정도로 눈감아줄게요. 그리고—."

크흠, 헛기침을 하고서 계속해서 말했다.

"일단, 제가 형식적으로나마 친구가 되어주겠어요. 그렇게라도 하지 않으면, 당신이 제대로 된 학원생활을 보낼 수 있을 것 같지 않거든요."

"Yes. 제 생각도 같습니다. 저도 친구를 사귀는 건 서툰 편입니다만, 잘 부탁드립니다."

"……괜찮은가요? 주인님."

"응. 나도 부탁할게. 두 사람의 친구가 되어줘."

룩스가 미소 짓자, 요루카는 얌전히 두 소녀의 얼굴을 바라보았다.

"잘 부탁드리어요. 무얼 해야 좋을지, 저는 아무것도 모릅니다만—."

여느 때와 같은 요루카의 대답.

그래도 처음으로 친구라고 인정한 만큼 앞으로 나아간 것일지도 모른다.

"잘 됐다."

룩스가 안도의 한숨을 내쉰 직후, 요루카가 문득 그에게 눈길을 주었다.

살며시 몸을 기대며 가슴팍을 손가락으로 더듬더니 요루카는 요염하게 웃었다.

"하지만 조금 아쉽사와요. 주인님께서 친히 체벌해주시기를, 이번에는 기대했건만……."

"윽……?! 그, 그건 그, 이번에는 좀 그랬으니까…… 역시 다음번엔—."

룩스가 말을 얼버무린 순간—.

"오빠, 기회가 있으면 하고 싶다는 건가요? 그 저속한 체벌을, 요루카 씨에게?"

눈가에 그늘이 진 아이리가 미소 지으며 속삭였다.

"아니, 왜 그걸 알고 있어?! 거기에 간 건 나밖에 없는데?!"

"Yes. 뒷정리를 거들어준지라. 그건 룩스 씨의 취미는 아닐 거라고 생각했습니다만— 남성의 업보는 참으로 깊군요."

"아니거든?! 난 『다음에는 다른 방법으로 체벌을』이라고 말하려 했다고!"

"어머나? 저를 좀 더 욕보이는 방법을 생각하고 계셨나요? 그렇다면 즉시—."

"그러니까?! 아니라고 했잖아아아?!"

어째서인지 요루카까지 아이리, 녹트와 한통속이 되어 룩스를 놀리기 시작했다.

소녀들 사이에서 처음으로 친구다운 대화가 이루어졌다.

삼화음 편·
날품팔이 왕자의 휴일

트라이어드

"일어나세요, 마스터—."

흔들흔들, 누군가가 몸을 흔드는 감각.

소녀의 담담한 목소리와 숨결이 룩스의 귓가를 부드럽게 간질였다.

"……좀처럼 일어나질 않는군요. 아이리는 룩스 씨가 잘 일어나는 편이라고 했는데요."

'어라……?'

기분 좋은 꿈결 속에서 룩스는 작은 의문을 품었다.

잠에 취한 눈으로 바라보았지만, 그 소녀가 누구인지 알아볼 수 없었다.

다만 그 목소리에는 알기 쉬운 특징이 있었다.

"깨우는 방법이 잘못된 걸까요? 그럼, 아이리를 흉내 내봐야겠군요. 오빠야, 얼른 일어나."

냉정하고 억양이 없는 차분한 목소리.

어쩐지 아가씨다운 여동생 아이리와는 또 다른 독특한 말투는, 룩스가 들어본 적 있는 것이었다.

무거운 눈꺼풀을 천천히 뜨자 그 소녀의 얼굴이 보였다.

룩스는 마음을 놓고 긴장을 늦춘 순간, 강렬한 위화감에 사로잡혔다.

"뭔가 다른 것 같네요. 일어나세요, 룩스 씨—."

그 순간, 룩스는 침대에서 벌떡 일어나며 눈앞의 소녀에게 소리쳤다.

"……노, 녹트! 여기서 뭐 하는 거야?!"

순식간에 의식이 각성됐다.

같은 학원에 다니는 후배 소녀 — 여동생의 친구이자 학원의 명물 삼인조 — 트라이어드의 일원이, 당연하다는 것처럼 눈앞에 서 있었다.

짙은 녹색 눈동자를 지닌 흑발 소녀는 아주 살짝 눈을 동그랗게 떴지만, 이내 평소의 냉정한 표정으로 돌아와 살며시 뒤로 한 걸음 물러났다.

"Yes. 안녕히 주무셨습니까, 마스터."

녹트는 살짝 눈을 감고 룩스를 향해 꾸벅 인사했다.

"아, 어, 안녕……이 아니! 이게 대체 뭐야?!"

"보시다시피, 룩스 씨를 깨우러 왔을 뿐입니다만?"

"아니, 그게 아니라……. 그나저나 그 차림은—?"

그렇다.

잠시나마 눈앞의 소녀가 녹트임을 알아보지 못한 이유는, 그 복장이 원인이었다.

하얀 프릴 머리띠와 검은색을 기조로 한 무명 드레스.

청결한 순백 앞치마를 착용한 시녀 차림이 잘 어울렸다.

단아한 기품이 드러나는 모습이었지만, 은근히 소녀의 색기도 느껴져서 무심결에 가슴이 두근거렸다.

하지만 어째서 그런 차림을 하고 있나 싶어서 룩스가 빤히 쳐다보자—.

"No. 유감스럽습니다만, 치마 길이를 조금만 더 줄여달라는 마스터의 야한 요청은 들어드릴 수 없습니다."

"대뜸 무슨 소리야?! 대체 녹트 마음속에서 난 어떤 사람으로 설정되어 있길래?! 그, 그런 게 아니라, 왜 그런 차림을—."

"Yes. 설명을 듣기 전에, 우선 세수를 하실 것을 권장합니다. 아침 식사는 그 뒤에 하지요. 샤리스와 티르파가 밖에서 이미 대기하고 있습니다."

녹트는 룩스의 질문에는 고집스럽게 대답하지 않으며 담담하게 재촉했다.

"뭐……?"

잠옷 차림으로 커튼과 창문을 열자, 사복을 입은 티르파가 기숙사 문 앞에 서 있는 게 보였다.

룩스를 발견한 티르파는 밝게 웃으면서 그를 향해 친근하게 손을 흔들었다.

"루크찌, 안녕~!"

"……"

어색한 웃음으로 인사에 호응하고서, 룩스는 오늘 일정을 떠올리고 뒤를 돌아보았다.

"녹트, 있잖아."

"Yes. 말씀하세요, 마스터."

"녹트가 왜 그런 옷차림을 하고 있는지 도저히 모르겠거든."

게다가 평소의 『룩스 씨』가 아니라 마스터라고 부르는 이유도 수수께끼였다.

"Yes. 제게 옷 갈아입는 것을 도와달라는 말씀이십니까?"

"여자 후배 앞에서 갈아입을 순 없으니까, 일단 좀 나가줄래?!"

룩스가 뺨을 붉게 물들이며 소리치자, 녹트는 다소 아쉬워하는 것처럼 명령을 따랐다.

정신없는 하루의 예감이 드는 아침을 맞이한 룩스는 한숨을 크게 내쉬었다.

†

기상 소동으로부터 십여 분 후.

"―그럼 결국, 오늘 치 의뢰는 전부 다 끝났다는 건가요?"

교복으로 갈아입고 기숙사 밖으로 나간 룩스는 작은 마차 안에서 흔들리고 있었다.

함께 타고 있는 사람은, 역시나 트라이어드 멤버.

연장자이자 리더인 3학년 샤리스.

밝은 무드 메이커인 2학년 티르파.

그리고 여동생의 냉정하고 과묵한 친구, 녹트까지 세 명이었다.

"갑자기 이렇게 돼서 미안해. 잡일 의뢰가 사라져서 김이 샜을지도 모르지만, 우리도 너를 놀래주고 싶었거든."

룩스의 질문에 옆자리에 앉은 샤리스가 씨익 웃었다.

오늘은 오랜만의 휴식일이었다.

기룡사를 육성하는 학원에서는 그 생활 패턴 상 몸에 피로가 쌓이기 쉽다.

따라서 연속적으로 장갑기룡을 사용하는 것이 힘든 경우, 휴식일이라는 휴양 기간이 특별히 주어질 때가 이따금 있었다.

룩스는 현재 학원에서 학생이나 관계자들에게서 갖가지 의뢰를 받고 있었지만, 평소에는 그 양이 너무나도 많아 전부 해내지는 못했다.

그래서 오늘은 학생들의 의뢰서를 관리하는 티르파에게, 쌓일 대로 쌓인 의뢰를 받으러 가겠다고 약속했는데—

"Yes. 오늘자 의뢰는 우리 트라이어드가 정리해서 대신 해두었습니다. 물론 룩스 씨만 할 수 있는 의뢰는 따로 분류해 두었으므로."

아무래도 예전부터 제법 계획적으로 추진하고 있었던 모양이다.

"티르파와도 이야기를 해봤는데, 넌 평소에 좀 지나치다 싶을 만큼 일하는 것 같았거든. 모처럼 돌아온 휴식일에도 일할 생각이었지? 그래서 오늘은 친한 친구로서, 룩스 군이 휴식다운 휴식을 취할 수 있게 계획을 세워본 거라고."

룩스는 샤리스의 말에 고개를 끄덕이면서 물어보았다.

"……그건, 정말 기쁘긴 한데요. 다들, 그 옷차림은—?"

룩스는 평소처럼 교복을 입고 있었지만, 동행하는 트라이어드의 옷차림은 이유는 몰라도 전부 따로 놀았다.

샤리스는 생소하게 느껴지는 각 잡힌 집사복.

티르파는 가을에 입기에는 노출이 심하고 귀여운 사복.

녹트는 조금 전과 똑같은 정갈하고 정석적인 시녀복이다.

"그건 내 별장에 도착할 때까지 즐겁게 상상해보라고."

"아, 넵……."

어쩐지 의미심장한 샤리스의 미소를 보며 룩스는 뭐라고 형언할 수 없는 표정을 지었다.

그녀는 기본적으로 리더십이 있으며 남을 잘 돌봐주는 연장자이지만 묘하게 축제를 좋아한달지, 연극 같은 분위기로 행동하는 경향이 있었다.

트라이어드라는 팀을 만들어 학원의 자경단을 자처하는 것도 그렇고, 룩스가 편입했을 때는 리샤와 함께 환영회를 기획해주는 등 고마운 점도 있지만…….

"하지만 왜 굳이 밖으로 나가는 건가요?"

문득 떠오른 소박한 의문.

"제게 쉴 시간을 주고 싶었다면, 학원 안이어도 딱히 상관없는 게……?"

그렇게 묻자 샤리스가 의기양양하게 미소 지었다.

"후훗. 아무래도 룩스 군 본인보다 우리가 너를 더 잘 알고 있는 것 같구나."

"루크찌는 어차피 쉬는 날이라 할 일이 없어도, 갑자기 찾아온 사람의 의뢰를 받고 그러잖아? 사감님만이 아니라 다른 여자애들이 와도 말이지—."

"Yes. 마스터는 『거절』이라는 선택지에 좀 더 익숙해진 뒤에 말씀하십시오."

"……."

샤리스는 쓴웃음을 지었고, 티르파와 녹트는 도끼눈으로 흘겨보며 핀잔을 주었다.

'부, 부정 못 하겠어…….'

솔직히 자각은 있었다.

아무래도 굳이 의뢰가 이미 잔뜩 있다면서 룩스를 배려해 준 소녀들이 맞는 것 같았다.

느릿한 진동과 함께 네 사람을 태운 마차가 달린다.

이제야 막 사람들이 잠에서 깨어나기 시작한 이른 아침의 고요한 공기 속에서, 룩스는 해야 할 일을 내팽개치고 만 듯한 미묘한 죄책감으로 흔들렸다.

†

"—기다리고 있었습니다. 어서 오십시오, 샤리스 아가씨."

2번 지구의 거주구역.

그것도 호화 저택이 줄지어 서 있는 구획에 그 별장이 있었다.

정원과 연못이 딸린 새하얀 저택 문 앞에 경비와 시녀가 마

중 나와 있었다.

"아버지나 친족 등 우리 식구들이 성채 도시에 올 때 자주 이용하는 집인데, 오늘은 너랑 우리가 전세를 냈다고."

역시 학원 소녀들은 기본적으로 양갓집 아가씨라는 걸 룩스는 재차 확인했다.

특히 트라이어드 멤버 중에서도 샤리스는 신왕국군 부사령관의 딸이었으니, 당연하다면 당연한 것일지도 모르지만 말이다.

"수고들 했어. 뒷일은 우리에게 맡겨둬. 외부 경비는 한 명이면 충분해."

"네. 조심하시길."

샤리스가 노고를 치하하자 시녀와 문지기는 인사를 올린 후 그곳을 떠났다.

"어라—?"

오늘 하루 신세질 집의 고용인을 왜 벌써 돌려보낸 걸까?

상황이 이해되지 않아 룩스가 고개를 갸웃하자, 집사복을 입은 샤리스가 앞으로 나가 문을 열어주었다.

"자, 들어가시지요, 룩스 도련님. 오늘 이곳에서 느긋하게 쉬다 가십시오."

그야말로 연극을 하는 듯한 샤리스의 행동을 보며 룩스는 쓴웃음을 지었다.

"설마, 다들 그렇게 차려 입은 이유는……."

"Yes. 우리는 오늘 하루 룩스 씨의 고용인이 되어 돌봐드리기로 했습니다."

"와~ 부러워라~. 이렇게 귀여운 여자애 세 명이 돌봐준다니—. ……아무튼 그렇게 됐으니까, 루크찌도 부담스럽게 생각하지 말고 즐겨줘."

담담하게 긍정하는 녹트와 즐거운 듯 엄지를 세우는 티르파.

"모처럼 너를 초대해서 쉬게 하는 건데, 평범하게 하면 재미없잖아? 넌 전직 왕자님이니까, 이런 취향도 가끔은 나쁘지 않겠다 싶었어."

"……그래서 집사처럼 차려입은 겁니까?"

"그런 셈이지. 그리고 뭐냐, 크루루시퍼 아가씨의 시종 있잖아. 알테리제라고 했던가? 그녀의 옷차림을 한 번 따라 해보고 싶었거든. 잘 어울리는 것 같아?"

"그럼, 녹트는—."

"저는 본디 샤리스의 친가— 발트시프트 가문을 모시는 종자 가문 출신인지라, 학원 밖에서는 이것이 제 원래 모습입니다."

"……티르파만 사복인 이유는?"

같은 반 친구인 그녀만은 검은 이너웨어 위에 민소매 상의를 겹쳐 입은 러프한 복장이었다.

반바지에는 화려한 벨트를 두 개 감고 있었으며, 손목은 얇은 팔찌로 치장했다.

활동적인 티르파다운 모습이었으나, 대담하게 드러난 건강미 넘치는 어깨와 허벅지는 왠지 모르게 무방비한 느낌이 들어서 가슴이 꽤 두근거렸다.

"메이드 역할이 둘이나 있어봐야 재미없잖아~. 나는 뭐냐,

루크찌랑 놀아주는 아가씨 역할로 생각하는 건 어때?"

즐거워 보이는 모습으로 윙크하는 티르파를 보고 룩스는 확신을 품었다.

그리고 잠시 숨을 들이쉰 다음, 온 힘을 다해 태클을 걸었다.

"결국 다들, 단순히 그걸 하고 싶었을 뿐이죠?!"

"후— 들켜버린 이상 어쩔 수 없군."

어깨를 으쓱인 샤리스가 밝게 웃으며 대답했다.

뭐랄까, 정말 흥미로운 삼인조라 난처했다.

하지만 어쩐지 조금 즐겁기도 했다.

비슷한 나이대의 친구들과의 이런 『놀이』는, 지금까지 해보고 싶어도 할 수 없었으니까.

룩스와 이런 것을 할 수 있는 친구는 지금까지 없었으니까.

"하지만 너를 대접해주고 싶다는 마음은 진짜라고. 그러니까— 그래, 우리 한 사람당 한 번씩 쓸 수 있는 명령권을 줄게. 원하는 건 뭐든지 부탁하라고."

"명령권……이요?"

"참고로 오늘 하루만 쓸 수 있는 권리이니까, 알차게 쓰지 않으면 손해다?"

친구인 소녀들에게, 룩스의 개인적인 명령을 내린다.

솔직히 룩스에게 가장 고역이라 할 수 있는 행위였지만, 여기까지 판을 깔아주었다면 어울려 주는 것이 도리이리라.

무엇을 부탁할지 룩스가 생각하기 시작하자, 옆에 있던 샤리스가 갑자기 장난스럽게 웃으며 룩스의 귓가에 속삭였다.

"……하지만 야한 부탁은 정도껏 해야 한다? 어쨌거나 우리는 아직 숫처녀이니까. 네 기대에는 좀처럼 만족스럽게 부응해주지 못할 것 같거든."

"아침부터 무슨 소립니까?! 그, 그런 부탁을 하겠다는 생각은, 조금도―."

순식간에 귀까지 빨개진 룩스가 소리치자―.

"둘 다 잘 들었지! 룩스 군은 아직 순결한 몸인 것 같은데? 안심하고 그를 대접해보자고!"

샤리스가 회심의 미소를 지으며 티르파와 녹트에게 말했다.

"아니, 대체 뭘 확인하는 겁니까?!"

"아~ 다행이다~. 그 요루카라는 애가 있으니까, 요즘 들어좀 불안했거든―."

무슨 이유에서인지 진심으로 안심한 것처럼 티르파가 가슴을 쓸어내렸다.

"Yes. 아이리에게도 좋은 정보가 될 것 같습니다."

"그런 건 뭐 하러 메모해?! 그만 둬!"

룩스는 손에 쥔 종이에 깃털펜으로 척척 적어내리는 녹트를 보고 저도 모르게 소리쳤다.

"자, 슬슬 아침 식사를 준비해볼까. 룩스 군은 커피로 할지 홍차로 할지 고르고 나서 편히 쉬고 있으라고."

"이제야 고용인처럼 행동하는 겁니까!"

그런 떠들썩한 분위기 속에서 룩스는 별장 안으로 에스코트 받았다.

✝

네 명이서 아침 식사를 한 뒤에는 짤막한 휴식을 취했다.

룩스는 설거지 등 뒷정리를 도와주려고 했지만, 가사 담당 녹트가 부드럽게 거절했다.

"마스터는 편히 쉬십시오."

"아니, 평소처럼 룩스라고 불러주면 되는데……. 그보다 이 배역에 무슨 의미가 있는 겁니까?"

아무튼 평소처럼 대해주는 쪽이 룩스로서는 마음이 편했기 때문에, 무심코 그런 말을 꺼내고 말았다.

"있고말고. 룩스 군은 리즈샤르테 공주의 기사로 선택받았어. 아무리 네가 구제국의 전 황족이자 죄인의 신분이라고 해도— 그 직함이 붙으면 추후에 네가 부하를 거느리게 될 가능성은 높아. 그때를 대비한 예행연습으로 생각하면 된다고."

집사 차림의 샤리스가 룩스가 앉아 있는 소파 바로 뒤쪽에서 대답했다.

그녀의 말 자체는 확실히 일리가 있을지도 모른다.

하지만…… 어쩐지 핑계에 불과하다는 느낌이 없잖아 있었다.

"그렇게 된 거니까~. 우리를 부려먹으며 얼마든지 여가를 보내도 괜찮다구? 이래 봬도 난 노는 거 하나만큼은 남들보다 배 이상 할 수 있거든."

왠지 모르게 자랑스럽게 가슴을 펴는 티르파를 보며 룩스는 쓴웃음을 지었다.

결국, 상당히 느슨한 주종관계인 것 같았다.

"그렇구나, 고마워. 하지만 지금 당장은 없는데……."

"루크찌는 평소 쉬는 날엔 뭘 했어? 왕자님 시절엔든, 우리 학원에 오기 전에든."

"글쎄……."

티르파의 질문에 룩스는 말꼬리를 흐렸다.

실제로도 잘 떠오르지 않았다.

궁정 생활 시절에는 피르히 외에는 제대로 놀아본 기억이 없었으며, 그 뒤에는 기룡 훈련이나 공부 등으로 여유가 없었다.

쿠데타가 끝난 후 날품팔이로 생활하던 시절에는 지쳐서 잠든 것 이외의 기억이 거의 없었다.

룩스에게 휴일은 숫제 접객업의 대목이라는 인상이었다.

"그렇다면, 오늘 하루는 취미에 매진해보는 게 어때?"

팔짱을 끼고 고민하고 있으니 샤리스가 조언해주었다.

하지만 룩스는 어색하게 웃을 수밖에 없었다.

"그게, 마땅히 생각나는 게 없어요. 굳이 꼽자면 작업용 도구 찾기라든지—."

"……우와, 자유 시간마저 잡일 관련으로 보내는 거임까."

룩스의 대답을 듣고 티르파의 표정이 굳어졌다.

"Yes. 룩스 씨는 병인 것 같군요. 완전히 잡부 근성이 몸에 배어버렸습니다."

"말이 심하잖아?!"

"죄송합니다, 마스터. 저도 모르게 본심이."

"……."

셋이서 나를 대접해주겠다고 한 건 대체 뭐였을까……?

녹트의 말에 상처받았을 때, 룩스 뒤에 있던 샤리스가 불쑥 말을 건넸다.

"룩스 군, 취미는 찾아보면 되는 법이야. 지금까지 해본 놀이나 일 중에, 개인적으로 흥미를 느껴본 게 있지 않아?"

"그러니까……."

그런 말을 들어도 아무것도 떠오르는 게 없었다.

"우와……. 루크찌를 보면, 가끔 막연하게 그런 느낌이 좀 들긴 했지만―. 설마 자신의 즐거움 같은 거, 전혀 생각해본 적 없어?"

"그, 그런 건 아닌― 데……."

룩스는 급하게 부정하려 했지만, 단호하게 부정하지 못하는 자신을 보며 깜짝 놀랐다.

그런 이야기를 하는 사이에 설거지를 끝낸 메이드― 녹트가 옆으로 다가왔다.

"마스터, 뒷정리가 끝났습니다."

결국 무엇을 할지 정하지 못한 채 세 사람이 소파에 모이고 말았다.

"……."

곤란한 모습으로 룩스가 입을 다물고 있으니 트라이어드 세 사람이 속닥속닥 상담하기 시작했다.

이윽고 결론이 나왔는지 샤리스는 룩스의 어깨를 탁 쳤다.

"좋아, 오늘 스케줄이 정해졌어."

"네……?"

"룩스 군이 어느새 잊어버린, 여가를 즐긴다는 마음을 자극해줄게. —그런 고로, 오늘은 우리 세 사람의 취미에 어울려줘야겠어. 그래도 괜찮지?"

"아, 넵!"

샤리스가 자신만만하게 권유하자 룩스는 반사적으로 고개를 끄덕였다.

그리고 바로 외출 준비를 한 다음 네 사람은 2번 지구 시가지로 출발했다.

†

"—그럼 우선, 내 취미에 어울려주겠어?"

샤리스의 제안을 따라 향한 곳은, 상업 지구 내에서도 가게가 즐비하게 들어선 구역이었다.

작지만 어쩐지 고급스러움이 느껴지는 그 가게에 들어가자 신비로운 향기가 감돌았다.

선반에는 각양각색의 유리병이 진열돼 있었는데, 그 그릇만 해도 값이 꽤 나갈 것 같았다.

"이 가게는, 설마—?"

"어라, 룩스 군도 비슷한 가게에 와본 적이 있었나?"

샤리스는 그렇게 말하며 작은 병 하나를 골라 뚜껑을 열고 내용물을 종잇조각에 살짝 적셔 룩스에게 내밀었다. 룩스는 그게 무엇인지 바로 알아차렸다.

"—향수, 인가요?"

"향수, 그리고 향유야. 나는 장미 종류를 좋아해서 뿌리고 다니는데, 꽤 비싼 편이기도 하고 양을 생각하지 않으면 향이 독하게만 느껴지거든. 사용하는 법에도 요령이 있다고."

"『기사단』에서 훈련 등을 하면서 땀을 자주 흘리니까, 이런 건 꽤 유용하다구~?"

"Yes. 저와 티르파도 각자 다른 향수와 향유를 샤리스에게 골라달라고 부탁하고 있죠."

"헤에……."

룩스는 내심 의외라고 생각했다.

샤리스가 장미를 좋아하며, 그 향수나 향유를 선호한다는 건 알고 있었다. 하지만 티르파와 녹트도 그녀에게 도움 받고 있었을 줄이야.

"뭐, 우리는 샤리스만큼 자주 쓰는 건 아니지만~. 가끔 꾸미고 싶을 때나 쓰는 정도일까?"

"그랬구나……."

지금까지 눈치채지 못한 것이 조금 부끄러웠다.

은은하게 좋은 향기를 풍기는 다른 소녀들도, 사실은 남몰래 신경 쓰고 있는 것일지도 모른다.

'여자애들은, 고생이 꽤 많구나.'

감탄하는 동시에 그녀들이 어떤 향수를 쓰는지 궁금해서 옆으로 다가가자, 티르파가 다급히 거리를 두었다.

　"—으엑, 태연하게 냄새 맡지 말라구?! 무, 물론— 문제없게끔 신경 쓰고 다니긴 하지만! 만에 하나라는 게 있잖아?!"

　"미, 미안해……!"

　무엇이 만에 하나라는 걸까?

　내심 그런 의문을 품었지만, 가까이 다가가 냄새를 맡는 것은 실례되는 행동일 것이다.

　"마스터도 아직 머셨네요."

　황급히 사과하자 녹트가 그렇게 중얼거리며 두 개의 작은 병을 내밀었다.

　티르파는 오렌지 향수와 향유.

　녹트는 라벤더 종류를 애용하는 듯 각각 향을 맡게 해주었다.

　쾌활하고 활동적인 티르파, 침착하고 냉정한 녹트의 이미지에 딱 맞았다.

　"—자, 룩스 군에게도 향수를 선물해주고 싶은데. 마음에 드는 것을 다양하게 시향해보라고. 적절하게 사용하면 더욱 남자다워질지도 모른다?"

　"알겠습니다. 골라볼게요."

　샤리스의 배려에 룩스는 밝은 표정으로 대답했다.

　지금까지 다양한 잡일을 해왔지만, 이런 경험은 그다지 없었기 때문에 신선했다.

　"마음 같아선 화장품 종류도 시험해보고 싶지만 말야. 지난

번에 해본 여장과 합치면, 분명 변장에 도움 될 거라고 보는
데—."

"—그건 절대로 싫습니다!"

예전의 트라우마가 되살아난 룩스는 온 힘을 다해 거절했다.

결국 레몬그라스 향수를 고르고 다음 가게로 이동하기로
했다.

†

다음으로 향한 곳은 티르파의 친척이 경영하는 장식품 가
게였다.

"헬로~! 미리 연락해두긴 했는데, 시간 비어 있나요~?"

은은하게 세월이 느껴지는 가게 안에는 온갖 액세서리가
가득 진열되어 있었다.

"어머? 또 친구를 데려왔구나."

기품이 느껴지는 여성 점원이 웃는 얼굴로 룩스 일행을 환
영해주었다.

티르파의 집안은 세공사 가문으로, 왕도에 있는 본점 쪽이
제법 유명한 모양이었다.

"릴루미트 본점 쪽에서는 귀족가의 문장이나 신왕국군 완
장이나 스카프 등, 왕국에 납품하는 물건을 만들고 있어. 구
제국 시절부터 그것들의 제작을 일부 의뢰받아왔나 보더군."

"Yes. 우리 세 사람의 인연도, 거의 그 접점에서 시작되었죠."

기사의 명문 태생 샤리스, 그 집안을 모시는 종자 가문의 녹트.

그리고 군에서 일을 발주 받는 세공사의 딸인 티르파.

어렸을 적에 각자의 부모님을 따라왔다가 만났고, 당시 살던 곳이 가까웠기에 친해진 모양이다.

10년 전부터 소꿉친구이면서, 지금도 여전히 사이좋게 지내고 있었다.

나이가 다른데도— 그리고 엄밀히 말하자면 샤리스와 녹트가 주종관계임에도 불구하고 서로 편하게 이름을 부를 수 있는 건, 세 사람만 있을 때는 가문을 잊고 허물없이 지내자며 어렸을 때 나눈 약속이 지금도 유효하기 때문인 것 같았다.

"그랬, 군요."

의외의 사실에 놀라면서 룩스는 재차 가게 안을 둘러보았다.

왕국 수도에 오랜 역사를 자랑하는 가게를 갖고 있는 고명한 세공사의 딸.

그렇게 생각하자 티르파에 대한 인상이 조금 변했다.

"그럼, 역시 액세서리를 사는 게 티르파의 취미야?"

룩스가 솔직하게 질문하자, 마치 그것만을 기다렸다는 것처럼 장난스럽게 웃으며 티르파가 손가락을 좌우로 흔들었다.

"루크찌는 생각이 짧구나~. 그런 건 초보자나 하는 거지. 오늘은 말야, 직접 액세서리 디자인을 하러 왔어."

카운터 앞에 의자를 놓고 책상과 종이, 잉크와 깃털펜을 준비했다.

아무래도 직접 디자인 한 모형이나 그림을 그대로 은세공으로 만들어주겠다는 약속을 한 것 같았다.

"나도 견습 딱지를 달고 가끔 디자인 일을 하고 있거든. 어때? 놀랐지?"

"······응. 티르파는 대단하구나."

룩스가 솔직하게 칭찬하자 샤리스와 녹트가 작은 목소리로 중얼거렸다.

"만든 뒤에는 이 가게 주인이 대폭 수정해주는 모양이지만 말야."

"Yes. 그리고 티르파가 디자인한 제품은 그다지 팔리지 않는 것 같더군요."

"이봐요들?! 남이 모처럼 어필하고 있는데 초치기야?!"

티르파의 자만이 순식간에 무너지는 모습을 보고 쓴웃음을 지으며, 룩스도 시험 삼아 시안을 그려보았다.

별 생각 없이 그린 토끼 그림이 꽤 서툴러 티르파는 그것을 보고 웃고 말았다.

"—그럼, 이번에는 제 취미를 마스터께 소개해드리겠습니다."

마지막으로 2번 지구 중앙 부근에 있는 서점에서 녹트의 취미에 어울리기로 했다

책은 값비싸고 귀중한 물품인 까닭에, 판매만이 아니라 대여도 해주는 회원제 가게였다.

학원에 있는 도서관보다 좁았지만 서가가 무수히 늘어서 있었으며, 독특한 냄새가 가득했다.

독서는 원래 녹트의 이미지에 잘 어울리는 취미이긴 했으나—.

"그런데 어째서일까? 녹트가 학원에서 책을 읽는 모습은 거의 못 본 것 같은데?"

"Yes. 저는 남들 앞에서는 책을 거의 읽지 않으니까요."

태연하게 그런 대답이 돌아왔다.

"평소에는 고용인으로서 할 일을 우선하고 있습니다. 제가 모시는 마스터를 위해, 자연스럽게 다양한 지식을 섭렵해두는 것이 제 사명이니까요."

"……."

확실히 녹트는 종자 가문의 딸일지도 모르겠다.

그러나 적어도 지금은 아직 사관후보생이라는 신분이건만, 그 철저한 태도에는 탄성이 절로 나왔다.

어쩌면, 평소에는 과묵한 그녀의 행동도, 거기에서 비롯된—.

"참고로 제 성격은, 그저 타고난 천성이므로."

"……."

내 표정, 그렇게 파악하기 쉬운 걸까……?

평소처럼 도끼눈을 뜨고 룩스의 마음을 읽은 뒤, 녹트는 조용히 앞으로 나섰다.

"마스터도 무언가 관심 가는 책이 있으시다면, 모쪼록 부담 없이 말씀해주십시오."

"으, 응……."

'언제까지 그 호칭으로 부르려는 거지……?'

약간 기세에 눌리면서 룩스는 서가에 쭉 꽂혀 있는 책등을 확인하고 뽑아서 펼쳐보았다.

과거에는 궁정의 서고에서 전술서나 철학서, 장갑기룡에 관련된 책을 읽었지만—.

거의 전부가 혁명에 필요한 지식을 얻는 것을 목적으로 읽은 것이지, 순수한 호기심에서 독서 해본 적은 거의 없었다.

"그런데 녹트는 요즘 어떤 책을 읽고 있어?"

"Yes. 최근에는 주로 관엽 식물이나 텃밭에 관련된 서적을 읽고 있습니다. 학원에서도 꽃을 가꾸고 있으니까요."

힌트라도 얻어볼까 싶어서 물어보았더니, 바로 그런 대답이 돌아왔다.

그것도 나쁘진 않을 것 같았지만, 역시 확 와닿지는 않았다.

서가 앞에서 우왕좌왕하고 있으니, 카운터에 있던 중년 남성이 말을 걸었다.

"이봐, 거기 형씨. 어떤 분야에 흥미가 있나?"

"아뇨, 그게—."

서점 주인치고는 흔치 않게도 덩치가 크고 인상이 우락부락한 점주는 몸을 쭉 내밀고 룩스를 향해 손짓했다.

당황한 룩스의 귓가에 얼굴을 가까이 가져가며 점주가 씨익 웃었다.

"그나저나 형씨도 여간내기가 아니구먼."

"네……?"

"저 메이드 차림의 아가씨는 예전부터 단골손님인데, 남자를 데려오는 건 처음이라고. 솜씨가 제법이야?"

"……아뇨, 녹트는 그냥 후배일 뿐이고, 그런 관계가 아닌데요."

"크하핫. 뭘 쑥스러워 하고 그러나! 나도 소싯적에는 여자를 몇 명이나 끼고 다녔다 이거야!"

점주는 아픔을 느낄 정도로 룩스의 등을 찰싹찰싹 때려댔다.

"……."

룩스는 이 점주의 기세를 감당하기 버거웠지만, 트라이어드는 조금 떨어진 곳에서 책을 찾을 뿐 그를 신경 쓰는 기색은 없었다.

"좋아! 어떤 책이 필요한가? 이 아저씨한테 뭐든 말해봐!"

"저기, 제 또래의 남자한테 인기 있는 책은 뭐가 있나요?"

곤란해 하던 룩스가 이곳에 온 목적을 말하자, 잠시 생각하던 점주는 히죽 웃고는, 카운터 안쪽에서 책 한 권을 꺼냈다.

"좋아! 이걸 읽어보라고. 저 아이들과 사이가 가까워졌을 때, 분명 도움 될 거야. 그리고 남자 혼자 있을 때도 쓸 수 있는 물건이고, 공부가 되지."

사이가 가까워진다는 걸 보면, 교우관계에 관련된 책인 걸까?

"그, 그럼 그것으로 부탁합니다."

"―옛다, 부디 선생들 눈에 안 띄게 조심하라고!"

점주는 영문 모를 소리를 하면서 책을 건네주었다.

"어라? 책값은―."

"아아…… 돈은 조금 전에 저 아이한테 받았어. 그 금액 이내의 책이니 안심하라고."

"네……?"

룩스가 약간 떨어진 곳에 있는 녹트 쪽으로 시선을 돌렸다.

시녀 차림의 소녀는 그의 시선을 깨닫고 고개를 작게 끄덕였다.

"—고맙습니다."

점주에게 인사를 하고서 룩스는 트라이어드와 합류했다.

잠시 쉬기 위해 근처 찻집에 들어가, 이번에는 녹트에게 감사 인사를 했다.

"고마워, 녹트. 나를 위해 책을 선물해줘서."

"종자로서 당연한 일을 했을 뿐입니다. 그보다 룩스 씨, 어떤 책을 사셨나요?"

"응응. 나도 궁금해~."

녹트가 살짝 미소 짓자 티르파도 룩스를 재촉했다.

"자. 여기."

룩스가 점주에게 추천받은 책을 건네자 녹트는 페이지를 펼쳤다.

하지만 그 직후, 어째서인지 후배 소녀의 표정이 딱딱하게 굳었다.

"……."

십여 초 정도의 기이한 침묵 후, 왠지 모르게 뺨이 발갛게 달아오른 녹트가 도끼눈을 뜨고 룩스를 쏘아보았다.

"저기, 룩스 씨."

"왜? 듣기로는 나한테 무척 도움 되는 책이라고 하던데—."

"이 소설, 주인과 메이드의 정사를 소재로 쓴 작품입니다만?"

"푸핫?!"

룩스는 입에 머금고 있던 홍차를 자기도 모르게 성대하게 내뿜고 말았다.

"앗, 어디어디— 켁, 이거, 온통 야한 내용뿐이잖아?!"

옆에서 책을 낚아챈 티르파가 뺨을 붉히며 소리쳤다.

"자, 잠깐만?! 뭔가 착오가 있었나 봐. 나는 그런 책—."

룩스는 말하다 말고 퍼뜩 떠올렸다.

『저 아이들과 사이가 가까워졌을 때, 분명 도움 될 거야.』

점주의 말을 떠올린 룩스의 등줄기를 따라 식은땀이 흘러 내렸다.

"설마— 그런 의미였던 거야?!"

맞은편에 앉은 채 도끼눈을 뜬 녹트는 그 사이에 룩스를 밑에서 위로 노려보았다.

"저는 룩스 씨를 대접해드리려고 이런 야한 책을 사드리고만 것이로군요. 룩스 씨는 이 이야기의 메이드를 저와 겹쳐보신 겁니까?"

"오해니까 그런 말 하지 말아줄래?! 그리고, 아이리한테는 꼭 비밀로 해줘!"

"하오나, 그것이 주인님의 바람이라면 어쩔 수 없지요. 이 책은 돌려드리겠습니다. 부디, 즐겨주시길."

"아니, 됐거든?! 필요 없어! 이건 뭘 모르고 샀을 뿐이니까!"

"정말로 필요 없으십니까? 꽤 대단한 내용이 실려 있는 것

© 2013 Ayumu Kasuga

같습니다만?"

"……"

"룩스 씨가 머뭇거리셨다고, 아이리에게 전하겠습니다."

"아니래도?! 진짜로 필요 없다니까!"

같은 테이블에 앉아 있던 샤리스와 티르파는, 다급하게 고개를 가로젓는 룩스를 히죽히죽 웃으며 지켜보았다.

"후후후. 아는 남자애의 성적 취향을 알게 된다는 건, 어쩐지 묘한 기분이군."

"루크찌도 그런 부분이 있었구나아."

"그, 그러니까 오해라고—"

"그럼 이 책은 제가 맡아두지요. 기회를 봐서 그 변태 점주에게 환불을 요구하겠습니다. 대신에 적당한 책을 골라드리죠."

"아, 응, 그래……"

아쉬움을 드러내는 말은 할 수 없는 분위기였다.

네 사람은 간단히 차를 마신 후 가게에서 나왔다.

그리고 시장에서 물건을 사고 샤리스의 별장으로 돌아가기로 했다.

"마스터, 저녁 메뉴로 특별히 드시고 싶은 건 있으신가요. 미리 준비할 필요가 없는 요리라면 얼추 만들 수 있습니다만—"

"……그러니까, 모두가 좋아하는 음식이면 돼."

녹트의 질문에 그렇게 대답하자, 트라이어드 멤버들은 한숨을 푹 내쉬었다.

"너도 참 한결같구나. 신경 써주는 건 고맙지만, 조금 더 이기적으로 굴어도 괜찮다고? 우리도 뭐, 그럭저럭 알고 지내온 시간이 있잖아."

"하지만—."

룩스가 샤리스의 말에 대답하려고 한 찰나—.

"……어이! 거기 너!"

시내로 이어지는 2번 지구의 큰길에서 한 남자가 호통을 질렀다.

낡고 꾀죄죄한 외투를 걸치고 있었고, 투박한 얼굴에는 수염이 텁수룩하게 자라 있었다.

시큼한 체취에 섞인 강렬한 술 냄새가 코를 찔렀다.

어딜 어떻게 보나 전형적인 주정뱅이였다.

"……저, 말인가요?"

룩스가 살짝 당황하며 자신을 가리키자, 남자는 더욱 위태로운 걸음걸이로 가까이 다가왔다.

"너 말고 또 누가 있겠냐, 이 죄인 자식! 네가 신왕국 따위에 진 탓에, 나는 직장에서 잘렸단 말이다! 네가 이 나라에서의 남자의 가치를 바닥으로 끌어내렸잖아! ……딸꾹!"

남자의 얼굴은 목까지 새빨갰고, 걸음걸이는 불안했다.

그래도 룩스는 침착하게 대답했다.

"무슨 일이 있었나요?"

이런 부류의 주정꾼은 5년 동안 날품팔이 생활을 하며 자주 상대해봤기 때문에 대처법은 몸에 익어 있었다.

트라이어드 세 사람에게 폐를 끼치지 않도록 원만하게 끝내고 싶었다.

"나는 계속, 평소에 하던 대로 했을 뿐이라고! 모처럼 채굴조합장 보좌까지 올라갔는데, 고작 그 정도 문제로―. 옛 제국 방식이었다면, 나는 이런 꼴을 겪지 않았을 거라고…… 빌어먹을!"

"……"

종잡을 수 없는 주정뱅이의 말을 요약하자면, 남자는 술버릇이 나빠 늘 직장의 여성들에게 폭언이나 폭력을 일삼았고, 감사에 나선 관리가 그 죄를 묻는 바람에 바로 얼마 전에 해고당했다는 것 같았다.

강한 남존여비 풍조에서 벗어나 지금의 신왕국으로 변화한 것.

그것이 원인이라고 생각한 주정뱅이는, 마침 눈에 들어온 전 황족 룩스를 보고 분노가 폭발한 모양이었다.

후우, 룩스는 심호흡을 한 다음 부드러운 목소리로 말했다.

"저를 미워하는 건 이해하지만, 그런 행동을 해본들 나아지는 건 아무것도 없어요."

하지만 룩스의 태연한 반응을 보고 더욱 화가 치밀었는지, 남자는 갑자기 빈 병을 들어 올리더니 대뜸 달려들었다.

"닥쳐, 죄인 놈아! 네놈 때문에 나는―."

"큭……?!"

예기치 못한 그 일격에 룩스는 숨을 삼켰다.

그러나 룩스가 샤리스 일행을 지키기 위해 반응했을 때, 세 소녀들은 이미 번개 같은 기세로 앞으로 뛰쳐나가고 있었다.

"크헉?!"

티르파가 저녁밥 재료로 산 밀가루 포대를 남자의 얼굴에 던지고, 주춤한 틈에 녹트가 남자의 다리를 부츠로 후렸다.

마지막으로 샤리스가 칼집에 꽂힌 기공각검을 바닥에 나자 빠진 남자의 눈앞에 매섭게 내밀었다.

"이, 이년들이 무슨 짓을—"

물 흐르는 듯한 콤비네이션에 당한 남자는 상황 판단이 되지 않는 것처럼 눈을 동그랗게 뜨고 있었다.

"다치기 싫으면 조용히 있으라고. 지금부터 위병을 부를 거니까 조금만 기다려라. 그리고 지금 그에게 손을 대는 건 좋은 생각이 아니라고? 신왕국군 부사령관의 여식인, 이 나의 동행이니까."

"크, 으……!"

권력을 내세우는 사람일수록 자신보다 강한 권력에는 약하다.

남자는 분한 듯 신음을 흘리며 그 이상은 저항하지 않았다.

"……."

놀랐다.

룩스는 백병전은 자신이 더 뛰어날 거라고 생각해서 그녀들을 지켜주려 했지만, 오히려 보호받고 말았다.

출동한 위병에게 주정뱅이를 넘긴 후 샤리스가 불쑥 질문했다.

"주제넘은 행동이었을까?"

"아뇨, 도와주셔서 고맙습니다. 하지만……."

"신경 쓸 것 없어~. 우리에게 이런 일은 꽤 익숙하니까~. 학원에 침입한 엿보기꾼이나 치한, 유괴범 따위의 범죄자는 몇 번이나 붙잡아봤는걸—."

"Yes. 하오나 마스터도 익숙하신 것처럼 보였습니다. 전혀 동요하지 않으시더군요."

"……그렇지 뭐."

녹트의 말에 룩스는 어색하게 웃었다.

"요즘에는 많이 줄어들긴 했지만— 5년 전, 여기저기에서 잡일을 막 하기 시작했을 때만 해도 이런 일이 자주 있었거든."

"……."

"내 거처를 조사해서 노리는 사람도 있었으니까 온갖 장소를 전전해야 했어. 그러다보니 비슷한 나이대의 친구를 만들어볼 엄두는 전혀 낼 수도…… 아, 미안해. 어째 어두운 이야기가 되어버렸네."

룩스가 당황하며 쓴웃음을 짓자 샤리스가 룩스의 어깨를 탁 때렸다.

그리고 시내로 향하는 길을 다시 걷기 시작했다.

"오늘은 미안하게 됐어. 평소처럼 소란을 피우고 말았으니. 좀 더 진지하게 너를 대접해주고 싶었는데, 아무튼 우린 이런 사람들이라 말이지."

"아니에요. 세 사람을 보고 있으니 저도 즐거워졌거든요."

룩스가 웃으며 대답하자 샤리스도 씨익 미소 지었다.

"그런가. 그거 다행인걸. 그런데 넌 아직 우리에게 명령권을 사용하지 않았지? 어떻게 쓸지 결정했어?"

"아⋯⋯."

별장에서 출발하기 직전에 들은 이야기를 지금까지 까맣게 잊고 있었다는 것을 깨달았다.

기대를 담아 빤히 바라보는 세 소녀의 시선을 느끼며 망설인 룩스는 잠시 생각한 다음— 입을 열었다.

"저기, 그러면— 앞으로도 저랑⋯⋯ 그, 친구로서 사이좋게 지내주시겠어요?"

조금 창피하다고 생각했지만, 룩스는 그렇게 말하고 말았다.

룩스의 순수한 본심.

룩스는 전 황족이자 죄인인 자신이 원하는 관계를, 부탁하려고 했지만—.

"안 돼."

"에에엑⋯⋯?!"

샤리스는 씨익 웃으며 즉시 거절했다.

"나도, 그 요청에는 좀 아닌 것 같은데—."

"Yes. 그 점에 대해서는 동의합니다."

'이, 이 흐름에서 거절당하다니⋯⋯!'

내심 경악한 룩스가 자기도 모르게 힘없이 고개를 숙이자—.

"후후, 너는 여전히 귀엽구나. 그렇게 충격 받은 표정 짓지 말라고."

샤리스가 장난스럽게 말하며 룩스의 어깨에 팔을 둘렀다.

부드러운 가슴이 어깨에 닿는 감촉과 장미 향수의 은은한 향기에 가슴이 두근거렸다.

당황하는 룩스의 뺨을 손가락으로 살짝 찌르며, 샤리스가 미소 지었다.

"우리랑 너는 이미 둘도 없이 친한 친구잖아? 그리고 우린 앞으로도 너랑 사이좋게 지낼 거라고 결정한 지 오래야. 그러니까…… 그런 명령은 처음부터 받을 필요가 없는 거지."

샤리스가 대답하자 티르파와 녹트도 미소 지었다.

그것만으로도 이 세 사람의 마음이 같다는 게 전달되었다.

"—다들, 고마워요."

룩스는 안도한 것처럼 웃으며 대답했다.

오랫동안 목적을 달성하기 위해 바라지 않았지만.

그럼에도— 마음속 어딘가에서 줄곧 바라왔던 관계.

그것을 그녀들이 말해주었다는 사실이 무척 기뻤다.

"그럼, 우리 세 사람에 너를 추가해서 4인조 팀을 만들어볼까? 하지만 한 사람만 남자인 것도 좀 그러니까— 활동할 때는 여장을 해도 괜찮다고?"

"그 이야기는 이제 그만하세요!"

과거의 상처를 찔린 룩스가 황급히 소리 질렀다.

역시 이성 친구만 많다보면 여러 가지로 고생하게 될지도 모르겠다고 생각하며 룩스는 쓴웃음을 지었다.

Episode 8 　　　코랄 편·재회와 약속

　머릿속을 찌르는 듯한 통증과 함께 시야가 모래바람에 뒤덮였다.

　"—뭐야, 이건. 몸이, 나른해……."

　감기라도 걸렸나 싶어 불안했지만, 머리를 누르고 있는 동안에 나아졌다.

　어젯밤에는 기묘한 지진 때문에 한밤중에 잠에서 깨고 말았다.

　그게 영향을 좀 미친 걸지도 모른다.

　"어디보자…… 준비는 이 정도면 충분하려나?"

　성채 도시 크로스 피드, 휴일 아침.

　지금은 혼자 사용하고 있는 여자 기숙사의 자기 방에서 룩스는 이마의 땀을 닦고 있었다.

　2인용 실내에는 짐이 가득 차 있었다.

　꾸린 짐 속에는 식량과 귀중품, 며칠 동안 갈아입을 옷 등이 들어 있었지만, 그것만 있다고 하기에는 양이 많았다.

　짐의 절반 이상이 렐리가 준비해준 위장용 상품이었기 때문이다.

내용물은 주로 귀금속이나 장갑기룡에 관련된 값비싼 물품이었다.

그것을 헤이부르그 공화국의 수도에서 거래하러 가는 것으로 되어 있었다.

물론 진짜 목적은 따로 있었다.

헤이부르그 공화국 상층부의 주도하에 진행 중이라는 어떤 사건의 잠입 조사였다.

"하지만 이런 일을, 나 혼자서 제대로 할 수 있을까……?"

룩스는 침대 위에 앉아 진지하게 혼잣말했다.

조용히 심호흡을 하며 눈을 감고, 약 일주일 전에 있었던 일을 떠올렸다.

†

학원 부지 안, 도서관 지하.

중요 기밀을 기록한 서류가 빽빽이 꽂힌 서가. 그리고 수많은 기구가 널려 있는 공방 같은 분위기의 그 공간에서, 룩스는 『칠용기성』 대장인 마기알카에게서 뜻밖의 임무를 하달 받았다.

『아티스마타 신왕국 「칠용기성」 룩스 아카디아. 귀공에게 대장으로서 특명을 내리겠네. 우리 세계 연합에 존재하는 배신자를 찾아— 말살하게! 그놈이 어디에 나타날지는 이미 짚이는 데가 있다네.』

약 2주일 전에 모습을 드러낸 유적의 고대 종족, 『창조주』의 황녀 리스테르카의 제안을 받아들여 연무전을 치른 결과, 신왕국 영토 내에 존재하는 유적인 『탑』은, 헤이부르그의 손에 떨어지고 말았다.

1개월이라는 장기간에 걸쳐 유적을 조사하고자, 헤이부르그가 파견한 원정군이 신왕국 영내에 있는 항구 도시에 주둔하기 위한 절차를 밟기 시작했다.

사대 귀족의 한 축을 맡는 세리스의 아버지, 디스트가 통치 중인 영내의 항구 도시—『트라이포트』.

『탑』에서 가장 가까운 그 도시는, 아마도 큰 소동에 말려들게 되리라.

유적 공략을 통해 얻을 수 있는 보물을 빼앗기는 데다, 그 과정에서 출몰한 환신수가 초래하는 주변 지역의 피해는 신왕국이 받게 된다.

게다가 만약에 최대급 환신수인 라그나뢰크를 『탑』 밖으로 놓치게 되면, 영내의 도시나 마을 몇 개가 지도상에서 사라질 가능성조차 있었다.

그래서 신왕국은 기룡사 혼성군을 트라이포트에 파견했고, 신장기룡을 사용하는 학원의 학생들도 몇 명씩 교대로 그 도시에 투입되게 되었다.

룩스도 그 일원으로 뽑힐 가능성이 있었지만, 렐리가 신왕국 영내에서 《바하무트》를 사용하는 건 삼가야 한다면서 다른 임무에 집중하라고 말했다.

『룩스를 보좌하지 못하는 건 아쉽지만, 저는 제 소임에 전념하겠습니다. 제가 없는 동안 조심하세요.』

세리스는 그런 말을 남기고 한 발 앞서 트라이포트로 출발했다.

한편 룩스는 마기알카에게서 하달 받은 특명을 수행하기 위해, 헤이부르그 공화국의 수도인 에그제스탈로 떠날 준비를 시작했다.

어째서 마기알카는 그곳에 세계 연합의 『배신자』가 나타날 거라고 확신하는 걸까?

그 이유는 룩스가 보기에는 반신반의한 것이었으나, 어쨌든 여행 중인 상인으로 위장해서 잠입하기로 했다.

그래서 렐리가 마련해준 상품을 정리하며 떠날 준비를 시작한 것이다.

11월— 가을의 끝자락에 접어든 이 열흘 남짓한 시간을, 룩스는 수업을 들으며 소녀들과 충실하게 보냈다.

다시금 느꼈지만, 그녀들과 함께하는 일상은 정말 즐거웠다.

그래서— 앞으로 반년 뒤에 이 세계가 끝나게 놔둘 수는 없다고, 룩스는 결의를 새로 다질 수 있었다.

앞으로 며칠이 지나면 룩스는 이 성채 도시를 떠난다.

그 전에 못 다한 일은 없는지, 여자 기숙사 밖으로 나가 생각했다.

"지금까지 하지 못했던 학원의 의뢰도 최대한 처리했으니, 당분간은 괜찮을 것 같은데—."

혼자서 중얼거리며 안뜰을 산책했다.

오늘은 여행 준비를 위해 잡일 의뢰도 거의 받지 않아서, 오후부터는 시간이 비었다.

"아이리라도 불러서 동네 산책이나 해볼까?"

그런 생각을 하던 룩스는 학원 여학생들과 맞닥뜨렸다.

"아, 룩스 씨. 안녕하세요."

"어라, 오늘도 잡일 중이야? 국경일인데 고생이 많네."

동급생인 두 소녀는 스스럼없이 말을 걸었다.

룩스가 뭔가 특별한 일은 없는지 물어보자, 두 소녀는 잠시 생각해본 후…….

"그러니까, 맞다. 그게…… 조금 전부터 어떤 애가 학원 주위를 살금살금 돌아다니더라구. 그것도 이상하다면 이상하겠지."

"어, 그건—."

바로 얼마 전에 물리친 인간형 환신수 『성식』은 아직 부활하려면 멀었을 터.

그러니 큰 문제는 아닐 테지만, 살짝 마음에 걸렸다.

"고마워. 그럼 잠깐 보고 올게."

학생들과 헤어진 룩스는 교문 밖으로 나가 주위를 둘러보았다.

학원제 때 룩스 일행을 습격한 겔다프 같은 무리가 잠복 중인 게 아닐지 경계했지만, 아무래도 괜한 걱정이었던 모양이다.

요루카가 정기적으로 경계하긴 했으나, 그녀에게 너무 그런 일만 시키고 싶지 않았으니 마침 잘 된 일이었다.

"지금 당장은 괜찮아 보이는데."

룩스가 눈앞의 평화에 안심하고 있는데, 갑자기 고양이 한 마리가 그 앞을 가로질렀다.

"야옹."

어디선가 본 듯한 모습과 입에 물고 있는 작은 가방.

의아하게 생각한 룩스가 무심결에 뒤로 물러선 순간, 뒤쪽에서 발소리가 들렸다.

"얘?! 거기 서어어어어?! 누가 그 고양이좀 잡아주세요오오옷!"

"엇……?"

룩스는 깜짝 놀라 목소리가 들려온 쪽으로 고개를 돌렸다.

청초한 레이스 원피스를 입은 소녀가 필사적으로 고양이 꽁무니를 쫓고 있었다.

"설마 이거— 또야?!"

그렇다.

룩스가 학원에 편입하는 계기가 된, 그 고양이다.

아무래도 저 도둑고양이는 사람의 물건을 훔치는 버릇이 있는 모양이었다.

어쨌거나 이번만큼은 그렇게 쉽게 놓칠 수 없었다.

"좋아! 반드시 붙잡아주마!"

룩스는 순식간에 각오를 다졌다.

첫 술래잡기 때는 고배를 맛본 상대지만, 그때와는 다르다.

지금의 자신이라면— 따라잡을 수 있다.

"냐아아아앙!"

룩스를 숙적으로 판단한 것인지 확실하진 않았지만, 도둑고양이도 기운을 실어 날카롭게 울더니 가속했다.

그러나 룩스는 뒤쳐지지 않았다.

야생동물의 교묘하고 날렵한 움직임을, 룩스의 경험이 바짝 뒤쫓고 있었다.

'역시, 예전에 뒤쫓았던 그 고양이야─. 도주 스타일은 변하지 않았어.'

장갑기룡 모의전을 치르며 연마한 룩스의 통찰력과 수를 읽는 기술.

그것을 고양이의 움직임에 적용해서, 선택할 수 있는 도주로를 하나씩 줄여나갔다.

처음으로 학원에 왔을 때라면 몰라도, 룩스는 이제 부지 안의 구조를 숙지하고 있다.

고양이가 도망치기 쉬운 장소는 어디인가?

혹은, 나중에 몰아넣기 쉬운 장소는 어디인가?

룩스 자신도 전력으로 달리면서 그런 선택지를 좁히고, 유도하며 바짝 뒤쫓았다.

"좋아! 여기까지 온 이상─ 헛……?!"

담벼락 구석에 몰아넣었다고 생각했을 때, 고양이가 벽을 박차고 높이 도약했다.

의표를 찔렸다.

룩스만이 아니라 고양이도 기술을 갈고 닦은 것이다.

룩스도 한 박자 늦게 점프하며 손을 뻗었지만, 붙잡지 못했다.

"기다려! 나도……! 아니, 저도 있으니까요!"

치마를 입은 채 고양이를 쫓아온 소녀의 목소리가 뒤에서 갑자기 들렸다.

그 기척을 느낀 룩스는 공중에서 흔들리는 가방끈에 손가락을 걸어, 어찌어찌 고양이의 자세를 무너뜨리는 데 성공했다.

"야오옹?!"

고양이는 공중에서 밸런스를 잃고 떨어졌지만, 룩스도 가방은 빼앗지 못했다.

룩스는 착지하는 동시에 뒤로 자빠지는 바람에 결국 고양이를 붙잡지 못했지만—.

"에잇!"

뒤쫓아온 프릴 원피스 소녀가 보기 좋게 가방을 가로챘다.

고양이의 움직임을 멈추는 데 전력을 다한 룩스와 가방을 노린 소녀.

두 사람의 연계가 정확히 맞물리며 멋지게 작전을 성공시켰다.

"해냈다! 되찾았어! 룩스 군, 고마워!"

소녀는 함박웃음을 지으며 팔을 번쩍 들었다.

바닥에 드러누운 채 웃으며 대답하려던 룩스는 헙 하고 숨을 삼키며 굳었다.

"……얼레? 지금? 내 이름을…… 앗, 우왓?!"

룩스는 급하게 몸을 일으키려다가 자신이 처한 상황을 깨달았다.

가방을 되찾아 웃고 있는 소녀.

룩스는 그녀의 허벅지 사이에 드러누워 있었다.

순백색 원피스를 입은 소녀가 그 위에 올라타고 있는 만큼 룩스의 시선은 필연적으로 치마 안쪽을 향했고— 화창한 가을 하늘이 연상되는 색조의 천이 눈동자에 반사됐다.

"꺄아아아아아악?!"

순식간에 목까지 새빨개진 소녀가 온 힘을 다해 비명을 질렀다.

"자, 잠깐만?! 그렇게 소리 지르면—."

룩스는 잽싸게 일어나 소녀의 손을 낚아채고 근처 그늘로 끌고 갔다.

"무, 무슨 짓이야?! 서, 설마 나한테— 야, 야야야한 짓을 하려고?!"

"그런 거 아니거든?! 여긴 일단 군사시설 안이니까, 관계자 눈에 띄면 혼난단 말야!"

"아……."

소녀는 그제야 깨달았는지 룩스의 손이 잡아끄는 대로 얌전히 수풀 속에 숨었다.

그 뒤에 안뜰에서 조금 떨어진 그 장소에 트라이어드 멤버가 나타났다.

"……흠. 여자애의 비명이 들린 것 같았는데, 기분 탓이었나 보군."

"샤리스도 참 예민하다니까~. 학원제도 막 끝났으니, 신경

쓰이는 건 이해하지만."

"Yes. 의외로 룩스 씨가 또 누군가가 옷 갈아입는 상황과 조우했을 뿐일지도 모르죠."

샤리스, 티르파, 녹트가 순서대로 한마디씩 꺼냈다.

그대로 가볍게 주위를 둘러본 후 다른 곳으로 떠났다.

"휴우, 살았다······."

룩스가 함께 있다면 발각당해도 용서해줄 거라고 생각하지만, 되도록이면 자경단을 자처하는 트라이어드 소녀들이 규율을 위반하게 하고 싶지 않았다.

가슴을 쓸어내리던 룩스는 등 뒤의 기척에 퍼뜩 생각이 미쳤다.

뒤돌아보니, 부끄러움을 참는 듯한 표정으로 굳어있는 소녀의 손을, 룩스는 여전히 붙잡고 있었다.

"아, 아니, 그런 게 아니라고?! 조금 전에 속옷을 본 것은 오해— 가 아니라, 사고다?! 훔쳐볼 생각은 전혀 없었는데····· 어, 어라?"

손을 잡고 변명하던 룩스의 몸에 기묘한 감각이 엄습했다.

눈 안쪽에 찌릿, 약한 통증이 느껴지더니 눈앞에 모래바람이 보였다.

혈관을 따라 피가 흐르는 소리가 고막을 두드렸다.

겨우 몇 초도 채 되지 않는 현상을 겪은 후, 눈앞의 소녀의 모습에 어떤 얼굴이 겹쳐졌다.

"넌 설마, ·····코랄?"

"어……?"

룩스의 입에서 흘러나온 한마디를 듣고 소녀는 당황했다.

룩스도 그럴 리는 없을 거라고 생각했다.

반하임 공국의『칠용기성』그라이퍼의 보좌관이자, 룩스와도 다소 친분이 있는 온화한 성격의 소년.

코랄은 약 2주 전에 세계 회의가 끝난 후 그라이퍼 일행과 함께 반하임 공국으로 돌아갔을 것이다.

게다가 지금 룩스 눈앞에 있는 인물은 복장도 머리모양도 소녀 그 자체였다.

산뜻한 밝은 녹색 장발과 순백색 원피스.

어떻게 된 일인지 룩스는 그 모습에서 강한 기시감을 느꼈다.

아무리 코랄이 중성적인 외모라고 하지만, 한 번도 본 적 없을 터인 소녀의 모습에서…….

"큭……?!"

그 직후 날카로운 통증이 머릿속을 관통해서 룩스는 무릎을 꿇었다.

그대로 이마를 짚고 가만히 있자, 통증은 이내 사라졌다.

"루, 룩스 군, 괜찮아……? 몸이 안 좋으면, 의무실에라도—"

소녀가 불안한 목소리로 물어보았지만 룩스는 일어나서 고개를 저었다.

"아니야. 이젠 괜찮으니까 걱정 하지 마. 그보다, 역시 코랄 맞지?"

"엇……?! 아, 아니, 나는…… 이 아니라 저는, 아니라고 생각해……요."

무슨 이유에서인지 소녀는 자신 없는 모습으로 시선을 피했다.

'엄청 수상해……. 하지만—.'

실제로, 그녀가 코랄이라는 확실한 증거는 없었다.

머리카락과 눈동자 색이 같은 만큼 가능성은 높다고 생각하지만—.

"방금 의무실이라고 했지? 여기에 그게 있다는 건 어떻게 알았어?"

"으…… 아, 아니, 이렇게 규모가 큰 군사시설이라면, 그 정도는 있을 거라고 생각했어요. 그 뭐야, 아까 당신이 그랬잖아요? 여긴 군사시설이라고."

그리고 소녀는 어색하게 웃었지만, 역시 미묘하게 수상했다.

"그, 그럼, 저는 외부인이니까 이만 나가볼게요. 가방, 찾아줘서 고마워요."

소녀는 그렇게 말하고 슬금슬금 뒤로 물러나 룩스에게서 거리를 벌렸다.

그 모습을 본 룩스는 급하게 언성을 높였다.

"잠깐만! 아까 문 쪽을 보니까 경비병이 있더라고. 그러니 뒷문으로 나가는 게 나을걸? 돌아다니는 학생들도 늘어나기 시작했으니, 서두르는 게 좋을거야—."

"그, 그래요? 알겠습니다. 조심할게요. 그럼 이만!"

미소 지으며 손을 흔든 후, 소녀는 재빨리 걸음을 뗐다.

이 안뜰 외곽에서는 꽤 멀리 있는 뒷문으로 가는 최단거리를, 일직선으로—.

"……."

하지만 몇 초 후에 소녀는 딱 멈춰서더니, 쓴웃음을 지으며 뒤돌아섰다.

"저, 저기요……. 뒤, 뒷문이 어디 있죠?! 물어보는 걸 깜빡했네요!"

"아……."

룩스가 판 두 번째 함정에 드디어 걸려들었다.

애초에 뒷문의 존재는 학원 관계자들만 알고 있다.

그런데 그녀는—아니, 그는 어떻게 그것을 순식간에 파악했을까?

요컨대 뒷문이 있는 장소를 알고 있던 것이다.

아마도 성채 도시에 체류하는 동안에 아이리가 가르쳐준 것이리라.

그 점을 뒤늦게 깨달은 듯했지만, 증거는 이미 남고 말았다.

"저기…… 역시 눈치 챘어? 나에 대해서……."

코랄은 원피스 자락을 꽉 쥔 채 시선을 돌리고 부끄러워했다.

그 머리모양과 옷차림 탓에 이제는 중성적인 소년이 아니라 꽃다운 나이의 귀여운 소녀로밖에 보이지 않았다.

"뭐, 확신이 있었던 건 아니지만. 그런데 왜 아직도 성채 도시에 있는 거야? 그리고 그 모습은—."

"아, 아하하하……. 이건 사정이 좀 있어서……. 그보다 룩스 군. 내 모습, 지금은 어떻게 보여?"

"어떻게 보이냐니— 당연히 귀여운 여자애로 보이는데."

"엣?"

룩스의 대답에 코랄은 눈을 동그랗게 뜨더니, 그 직후 뺨이 발그레 달아올랐다.

그 반응을 보고 말을 꺼낸 룩스도 당황했다.

"아, 아니, 그런 뜻으로 한 말이 아니야. 잘 어울린달지, 변장에서 위화감이 안 느껴진다고."

일단은 소년인 만큼 『귀엽다』라는 표현이 과연 적절할지 고민했지만, 아무래도 코랄은 그다지 개의치 않는 것 같았다.

"이, 일단 나는 남자라고?! —아니, 중요한 건 그게 아냐. 머리색이나 눈동자 색은 평소의 나랑 똑같게 보이는 거 확실하지?"

"으, 응. 하지만 그 가슴은—."

딱 한 곳, 이해할 수 없는 부위가 있었다.

원피스 위로도 확실하게 알 수 있는 두 개의 언덕은, 예전의 코랄에게서는 볼 수 없었던 것이었다.

"이, 이거?! 이건 그러니까— 가, 가짜야. 변장을 해야 해서, 일단은."

코랄은 당황한 모습으로 쓴웃음을 지으며 그렇게 해명했다.

그 가슴이 마음에 좀 걸렸지만, 너무 빤히 보기도 꺼려졌기에 그 이상은 묻지 않기로 했다.

"아무튼 그 차림은 어떻게 된 거야? 게다가 학원 주위를 서성이다니—."

"그, 그게 말야, 이야기 하자면 길어지는데……."

다소 당혹스러운 듯 머뭇거리는 코랄을 보고 룩스는 한숨을 내쉬었다.

분명 여기서 대놓고 말하기에는 무리가 있는 내용이리라.

그것을 알아차린 룩스는 한 가지 제안을 했다.

"그럼 학원 밖에서 이야기할래? 성채 도시 안이라면, 내가 안내해줄 수 있거든."

"아, 응. 부탁, 할게……."

그리고 여전히 얼굴이 빨간 코랄과 함께 학원 밖으로 나갔다.

†

"그래서 대체 무슨 일이 있었는지, 여기서라면 말할 수 있겠어?"

청초한 원피스를 입은 코랄을 데리고 룩스는 천천히 큰길을 걸었다.

십자형 도시인 성채 도시 중앙에 위치한 1번 지구.

휴일이라 그런지 북적이는 중앙 광장 벤치에 앉자, 코랄은 그제야 입을 열었다.

"그게…… 너무 대놓고 말할 수는 없지만, 이건 반하임 공국에서 내린 임무야. 그래서 이런 모습으로 변장한 거지. 창피하지만……."

"그랬구나……. 하지만— 대체 어떤 임무이길래?"

룩스는 그렇게 물어보며 코랄의 얼굴을 보았다.

평소의 세 갈래로 꼬아서 땋은 머리가 아니라, 자연스럽게 펼쳐진 긴 머리카락과 옆모습.

윤기 있는 입술이 살짝 열리며 소프라노 음색으로 말했다.

"바인 아셰토스. 『용비적』삼두목 중 한 명이자 《와이엄》부대를 지휘하는 지룡 사단장인데, 아직 열여섯 정도밖에 안 됐지만 뛰어난 실력자야."

"『용비적』?! 설마, 아직도 학원 근처에―."

각국의 왕후귀족들과 적대하는, 유적을 어지럽히는 용병 부대.

게다가 현재는 『대성역』을 노리는 세계 연합의 강적.

나중에 들은 이야기에 따르면, 바로 며칠 전에도 학원을 습격했다고 하지만―.

"아니, 지금은 이렇다 할 움직임을 보이고 있지 않아. 아니, 여기서 그의 모습을 보았다는 의혹만 남아있을 뿐이지. 반하임 공국에서 함께 온 근위기사 하나가, 그의 모습을 목격했다고 하더라. 그래서―."

"그래서 코랄이 여자로 변장하고, 혼자 이곳에 남았다는 거야?"

주위를 경계하면서 코랄은 고개를 끄덕였다.

한창 붐비고 있는 시장.

그 안에서 적의 모습을 찾는 것처럼 시선을 바쁘게 움직이고 있었다.

"하지만 왜 하필 코랄이 남은 거야? 만약 『용비적』 사단장이 정말 이 도시에 잠복 중이라고 한들—"

그 혼자서 임무를 수행할 필요는 없다.

설사 위험이 찾아온다 해도, 그건 반하임 공국이 아니라 신왕국 영내에서 일어나는 사건이다.

그러니 신왕국군에 주의를 준 다음 물러나면 그것으로 끝날 터였다.

"응. 우리끼리만 있으니 하는 이야기인데…… 그 사단장에게는 빚이 있거든. 그는 반하임 공국의— 그것도 나처럼 왕가의 먼 친척에 해당되는 사람이야."

"……뭐?!"

그 말을 들은 룩스의 얼굴에 긴장감이 살짝 드러났다.

전 왕족인 바인이라는 소년은, 공표되진 않았지만 사실 코랄이 섬기는 밀미에트 공녀의 친척이었다.

따라서 될 수 있는 한 비밀리에 처분하고 싶을 터였다.

"그렇게 된 거니까, 나는 신경 쓰지 마. 내 몸 하나쯤 혼자서도 지킬 수 있으니까. 뭐, 원래는 이 사실도 신왕국 측에 알리는 게 맞다고 생각하긴 하지만……."

쓴웃음을 짓는 코랄을 보며 룩스는 잠시 생각에 잠겼다.

어디까지나 반하임 공국의 밀명이라면, 학원이나 신왕국 측에 이번 일을 알릴 수는 없다.

다시 말해—

"그럼 말야, 내가 좀 도와줄게."

"……뭐?"

룩스가 제안하자 코랄은 멍하니 입을 벌렸다.

"잘 모르는 동네에서 혼자 돌아다니는 건 여러모로 힘들 거 아냐? 게다가 『용비적』과 맞붙기라도 한다면 코랄도 위험할 테고."

"하, 하지만—."

특명이라 그런지 코랄은 난처한 표정을 지으며 섣불리 대답하지 못했다.

"학원 주위를 살피던 걸 보면, 적이 이 근처에 있을지도 모르는 거지? 나도 이 도시 사람들이 위험에 처하는 건 원치 않거든."

"으, 응. 그건 그렇지만…… 나는."

우유부단한 대답.

예기치 못한 상황이었는지 코랄은 룩스의 제안에 당혹스러워 했지만—.

"걱정 마. 계속 함께 다니진 않을 거니까. 시간을 정해서 거리를 돌아보자. 사관후보생도 아닌 여자애가 이 주변을 혼자 어슬렁거리면 오히려 눈에 띌걸?"

"그, 그런가?! 내가 그렇게 수상해 보여?"

코랄은 놀란 표정으로 물어보았지만, 실상은 그것과는 조금 달랐다.

고귀함이 느껴지는 꽃다운 나이의 미소녀가 학원 주위를 혼자서 방황하는 게 문제인 것이다.

다만 중성적인 소년인 코랄에게 정말 소녀답다고 직접 말하기가 어려웠기 때문에 돌려 말한 것이었다.

'나도 이거랑 비슷한 경험을 해봤으니까……'

예전에 트라이어드의 손에 강제로 여장당한 경험 덕분에, 룩스는 친절함을 발휘할 수 있었다.

"―알았어. 그럼 룩스 군, 나한테 이 도시를 안내해줄래?"

룩스의 호의가 전해졌는지, 코랄은 뜻을 정한 것처럼 고개를 끄덕였다.

그리고 룩스와 함께하는 단둘만의 임무가 이날부터 시작되었다.

†

"이 근처가 밀미에트 님의 근위병이 바인을 목격했다고 제보한 장소인데……"

학원 부지를 에워싸는 넓은 외벽.

그 주위를 크게 한 바퀴 돌아보는 도중에 코랄은 룩스에게 주의를 주었다.

"학원에 너무 접근하지 않는 게 좋을 것 같아. 그 뭐야, 학생들이 우리를 발견하면 어떻게 오해할지 모르니까."

"코랄을 오해해? 그건 걱정 하지 마. 어쨌든 둘이 같이 다니면 부자연스러워 보이지도 않고, 학생들의 눈에 띄더라도 내가 적당히 무마할 테니까."

"······나 말고, 룩스 군 말이야. 여자애로 변장한 나랑 단둘이 돌아다니면 위험하지 않아?"

"······응? 위험하다니?"

"······."

룩스가 진지하게 되묻자, 코랄은 드물게도 그를 흘겨보며 한숨을 쉬었다.

"아이리의 고충을 조금은 이해할 수 있을 것 같아. 룩스 군은 가끔 정말 모자라 보인다니까"

제법 노골적인 코랄의 독설을 들으며 룩스는 복잡한 표정을 지었다.

잠시 반박하고 싶은 마음이 들었지만, 어느 정도 짐작 가는 구석이 있었기에 아무 말도 할 수 없었다.

"『용비적』사단장 바인의 목적은 아직 몰라. 학원제 전이라면 드라켄을 탈환하기 위한 습격 작전의 예비조사를 하러 왔을 가능성이 높겠지만, 지금은―."

"학원 학생들이나 관계자라도 유괴하려는 걸까?"

"그건 아니다······. ―라고 단언할 수 없긴 해. 하지만 아무리 사단장인 그가 뛰어난 기룡사라고 해도, 너희가 있는 이 학원을 공격하는 건 상책이 아니야."

룩스를 시작으로 평소에 학원에는 정예들이 모여 있다. 리샤, 크루루시퍼, 티르파, 세리스, 그리고 요루카.

신장기룡 사용자가 여섯 명이나 있는 걸 알면서도, 단독으로 습격할 것 같진 않았다.

"게다가 지난 며칠 동안은 바인의 동향을 확인하지 못했어."

"감시의 눈을 눈치챈 게 아닐까?"

"글쎄? 하지만 앞으로 조금만 더 이곳에 머물면서 조사해보고 싶어."

"그렇구나……."

이야기가 일단락 된 후 짧은 침묵이 생겨났다.

코랄은 룩스의 반응을 살피며 미안한 것처럼 쓴웃음을 지었다.

"아무튼 그렇게 된 거니까, 룩스 군도 무리할 것 없어. 이건 반쯤은, 내 독단 비슷한 거거든."

확실히 그 말이 맞을지도 모른다.

룩스에게 미안……하다기 보다도, 반하임 공국의 기밀에 관련된 문제이니 동행하는 건 역시 바람직한 행동이 아닐지도 모른다.

일단 눈에 띄지 않고 학원 주변을 감시할 수 있는 방법은 가르쳐주었으니 혼자서도 충분하리라.

"알았어. 그럼 무슨 일이 있으면 언제든 말해."

"응. 그럼…… 으?!"

코랄이 룩스의 말에 대답하려 한 찰나, 꼬르륵— 작은 소리가 들렸다.

"윽……?!"

룩스에게서 난 소리가 아니었다.

배가 고프다는 신호를 다른 사람에게 들려준 코랄은 다시 뺨을 발갛게 물들였다.

"시, 신경 쓰지 마, 룩스 군?! 이건 딱히 체류 비용을 절약하려고 굶은게 아니라, 끼니를 깜빡 거를 정도로 임무에 열중했을 뿐—."

아무래도 예기치 못한 임무인 까닭에, 여비를 그다지 넉넉하게 준비하지 못한 모양이었다.

꼼꼼한 코랄로서는 흔치 않은 실수에 룩스는 저도 모르게 입가가 느슨하게 풀렸다.

"그래? 그럼 코랄은 먹성이 꽤 좋나 보구나."

"룩스 군, 못됐어……."

소녀로 변장한 채 부끄러워하며 원망스러운 말투로 투덜대는 코랄은 무척 귀여워서 가슴이 두근거렸다.

"아하하…… 미안해. 마침 나도 배가 고팠는데, 뭐라도 좀 먹으러 갈까?"

룩스는 그렇게 대답하며 코랄에게 제안했다.

"으…… 아까 학원에서 저지른 일을 사과하는 셈 치고 한턱 내줬으면 좋겠는걸."

역시 배가 고팠는지 코랄은 부끄러워하면서도 룩스를 따라갔다.

뒷골목에 있는 한 술집은 낮 동안에는 식당도 겸하고 있었다.

그곳에서 닭고기 버섯 크림 스튜와 갓 구운 빵, 훈제 연어를 먹었다.

코랄과 반씩 나눠서 주문했는데, 아직 젊은 가게 주인의 호의로 직접 만든 피클과 베이컨 에그가 서비스로 나왔다.

룩스가 예전에 의뢰를 받아 일했던 가게인지라, 그 인연으로 덤을 준 것이었다.

"이거 참, 네가 아가씨 학원에 다닌다는 소식을 들었을 때는 이게 무슨 일인가 싶었는데……. 이렇게 귀여운 여자애를 데리고 올 정도라니, 룩스도 많이 컸구만."

"아뇨, 그…… 그녀는 그냥 친구인데—."

콧수염을 멋들어지게 기른 가게 주인은 요리를 내놓으면서, 룩스가 가게에서 일하던 시절의 추억담을 이야기했다.

몇 년 전, 가게를 막 개업했을 무렵. 룩스가 2주일 정도 일해준 덕분에 크게 도움 되었다는 이야기였다.

가게 주인과 담소를 나누며 식사를 마친 두 사람은 가게를 나서기로 했다.

룩스는 의자에 놓아둔 코랄의 가방을 들어서 건네주며 어떤 사실을 깨달았다.

"자, 잘 먹었어. 무척 맛있었어. 그럼 난 이만—."

코랄이 급하게 그렇게 말하려 했을 때, 룩스가 싱긋 미소 지었다.

"입에 맞았다니 다행이야. 그럼 다음 가게로 가볼까? 이곳에서 당분간 더 머물 거라면, 여러 모로 필요한 게 있을 거 아냐?"

"어, 뭐……?!"

"가방 무게를 보니까 생활용품이 들어있지 않은 것 같았거든. 제대로 준비하지 않으면 감기 걸린다?"

그래서 룩스는 코랄을 데리고 옷가게로 가 저렴한 속옷과 잠옷을 고르게 했다.

그 뒤에는 수건이나 손수건, 물통 등의 잡화를 시장에서 적당히 사서 코랄에게 주었다.

물건 값은 전부 룩스의 주머니에서 나가긴 했지만, 어떤 가게든 예전에 룩스가 일을 도와준 적 있는 곳이라 지인 할인을 받았다.

그리고 마지막으로 상대적으로 저렴한 숙박비에 비해 깔끔하고 안전한 여관으로 데려다 주었을 무렵, 시간은 이미 밤이 되어 있었다.

"미안해. 온종일 돌아다니느라 힘들었지?"

"아, 아냐……. 덕분에 살았는걸."

코랄과 간단히 이야기를 나눈 다음 룩스는 방에서 나가려고 했다.

"─있잖아, 룩스 군."

그 목소리에 룩스는 멈춰 서서 뒤돌아보았다.

그러자 어쩐지 초조하게 느껴지는 표정을 지은 코랄이 룩스를 바라보았다.

"저기, 폐가 되지 않는다면……. 역시 내일부터 당분간만 내 임무를 도와줄 수 있을까? 아직 학원 밖의 지리나 상황을 잘 모르기도 하고……."

어딘지 모르게 불안하게 들리는 목소리.

친한 소년을 보며 룩스는 흔쾌히 고개를 끄덕였다.

"응, 얼마든지. 그럼 내일부터 방과 후 잡일이 끝나면 찾아갈게."

"부탁할게. 그럼 조심해서 돌아가."

웃으며 인사말을 주고받은 후 문을 닫았다.

룩스는 코랄에게 도움이 된 것에 만족하면서 귀갓길에 올랐다.

†

밤, 여관의 어떤 방.

"내가 왜, 그런 말을 꺼내버린 걸까……?"

홀로 실내에 남은 코랄은 멍하니 중얼거렸다.

여성용 원피스를 벗고, 지금은 하얀 속옷만을 입은 채 조용히 천장을 바라보고 있었다.

룩스에게 도움을 요청하지 말았어야 했다.

반하임 공국의 밀명을, 신왕국의 룩스와 공유하지 말았어야 했다. 애초에— **코랄에게는 다른 목적도 있었으니까.**

그런데 어째서, 그때 룩스를 불러 세우고 만 걸까?

성채 도시의 사정을 잘 아는 그의 힘을 빌린다면 더욱 안전하게 목적을 달성할 수 있으며, 코랄이 받은 또 다른 사명도 룩스와 함께 행동하면 동시에 달성할 수 있다.

그렇게 생각하면 확실히 이상하진 않았다. 그러나…….

"내가 어떻게든 하고 싶은 건『용비적』뿐이지, 다른 쪽 명령까지 들을 생각은 없었는데……."

결국 자신도 룩스를 믿지 않는다는 것일까?

아니, 그건 아니었다.

"룩스 군을, 좀 더 자세히 알고 싶은 걸까?"

자신의 마음을 확인하는 것처럼 가슴에 손을 댔다.

거기에는 **가짜**라고 해명한, 두 개의 부드러운 덩어리가 있었다.

신기한 감각이었다.

자신은 지금 남자인데. 아니―.

그렇게 인식되도록 해두었을 텐데…….

"『성식』이 출현하면서 『대성역』의 기구에도 이변이 생긴 걸까? 지금의 룩스 군에게 내 비밀을 들킨다면……."

어떻게 될까?

피할 수 없는 파국이 기다리고 있을지도 모른다.

그런데 어째서, 그에게 먼저 다가가 말을 걸고 말았을까?

"나는 악인이 되기 싫은 걸까……? 아니면―."

아무리 혼잣말을 해봐야 답은 구할 수 없다.

코랄이라는 소년의 밤은, 그저 조용히 흘러갈 뿐이었다.

†

다음날 방과 후부터 룩스와 코랄의 공동작전이 시작되었다.

방과 후의 잡일을 간단히 마친 룩스는 코랄과 여관에서 만나 합류한다.

반하임 공국 근위병의 목격 증언을 토대로, 먼저 학원 주변에 사는 주민들의 이야기를 들어보았다.

노점에서부터 큰길의 가게, 그리고 오가는 마차의 마부까지.

여기서도 룩스의 넓은 발이 도움이 되어, 대략적인 정보를 얻어낼 수 있었다.

아무래도 바인이 출몰하는 시간대는 일몰 후. 그리고 학원 주위를 멀리서 서성이는 이해할 수 없는 행동을 매일 반복하는 모양이었다.

그러나 그 이상으로 수상한 움직임을 본 사람은 없었다.

탐문을 개시한 후로 이틀이 지났지만, 바인의 뒷모습조차 구경하지 못했다.

"계속 성채 도시에 머무르고 있는데도, 어떤 행동도 일으킬 낌새를 보이지 않아……. 오히려 더 부자연스러운 느낌이 드는걸."

룩스와 코랄은 포장마차에서 산 간식을 먹으며 중앙 광장에서 휴식했다.

룩스는 향긋한 소스를 바른 꼬치구이.

코랄은 체리파이를 골랐다.

계속 돌아다니느라 배가 텅 비어서 그런지 괜히 더 맛있게 느껴졌다.

"미안해. 순찰하는 데 별로 도움 되지 못해서."

룩스가 입가에 묻은 소스를 닦으면서 말하자, 코랄은 황급히 고개를 저었다.

"그렇지 않아. 그, 나 혼자였다면 지금까지 실마리조차 파악 못했을 테고, 게다가— 요즘, 룩스 군 덕분에 즐겁거든."

"즐거워?"

룩스가 되묻자 코랄은 조금 부끄러워했다.

"응. 이 상황에 안 맞는 말일지도 모르지만, 즐거워. 이렇게 남자애랑 둘이서 돌아다녀 본 적은 거의 없거든."

"반하임 공국에서는 어땠는데?"

"아쉽게도, 신통치 않아. 그라이퍼는 사교적인 성격이 아니고, 애초에 난 밀미에트 님의 측근이 되기 전까지는 계속 좁은 세계에서만 살았거든. 누나나 여동생조차 거의 만나지 못하는 상황에서, 그저 내 일족의 사명을 완수하기 위해 장갑 기룡 훈련을 했지."

"일족의, 사명……?"

"룩스 군은 자신이 어떤 사람인지 알아? 어디에서 왔는지, 사실은 무엇을 해야 하는지—"

"……."

코랄의 갑작스러운 질문에, 룩스는 생각에 잠겼다.

지금 자신은 학원의 사관후보생 중 하나이자 『칠용기성』이다.

이 나라를 바꾸려고 했다가 실패했고, 그럼에도 불구하고 나라에 관여하는 길을 선택한 기룡사다.

"나는 아직 모르겠어. 누나랑 여동생은 모두 답을 찾고 움직이고 있어. 나도 그래야 한다는 건 알아. 하지만—."

코랄은 소녀의 모습으로 고개를 숙였다.

그러자 룩스는 부드럽게 미소 지으며 그의 어깨에 손을 올렸다.

"나쁠 것 없잖아? 길을 헤맨다 해도."

"응……?"

"나도, 너랑 똑같았어. 난 황족으로 태어났지만, 어렸을 적부터 구제국에서 어떤 방식으로 살아야 하는지 고민했고…… 무엇을 해야 하는지 줄곧 알 수 없었어. 내 감정을 억눌러왔지."

어딘가 애달프게 느껴지는 미소를 지으며 룩스는 계속해서 말했다.

"하지만 이제는 납득했어. 이게 내 운명이라고. 리샤 님이나 다른 사람들과 함께 있는 것만으로도, 나는 안심할 수 있어."

"……그렇, 구나. 부러워."

확신을 담은 룩스의 대답에 코랄은 표정에서 힘을 뺐다.

그리고 손에 쥐고 있던 체리파이를 한 입 먹은 다음 작은 목소리로 불쑥 중얼거렸다.

"자신을 이해해주는, 상담에 응해주는 동료나 친구들……. 그런 사람들이랑 함께 할 수 있다면— 나도 답을 찾을 수 있을까?"

쓸쓸한 듯한, 그리고 왠지 모르게 부러운 것을 보는 듯한 코랄의 옆모습.

그것을 본 룩스는 저도 모르게 그에게 물어보았다.

"있잖아…… 우리, 친구 할래?"

"어……?"

갑작스런 룩스의 질문에, 코랄은 멍하니 눈을 깜빡였다.

소녀의 모습인 채 뺨을 붉게 물들인 그는, 룩스의 눈에는 완전히 소녀로밖에 보이지 않았다.

"나는 지금까지 동성 친구가 없었어. 아주 최근에 생길 뻔했지만, 잘 안 풀렸지. 그래서 저기, 이번에 처음으로 또래 남자애랑 거리를 돌아다니는 게 즐거웠거든. 괜한 참견일지도 모르지만—."

"그렇지 않아. 룩스 군은 내게도 무척 좋은 남자…… 친구, 인걸."

룩스는 코랄의 말을 듣고 놀라 그대로 굳었다.

그대로 잠시 가만히 있으니, 형언할 수 없을 정도로 낯간지러운 분위기로 발전했다.

신기한 분위기의 침묵이 찾아왔다.

그래도 두 사람의 표정이나 태도를 보고 서로 동의하였음을 알 수 있었다.

"그, 그럼 지금부터 친구라는 내용으로, 계약……할래?"

침묵을 깬 코랄의 한마디를 듣고 룩스는 고개를 갸웃했다.

"계약……?"

"……응. 친구라면 할 만한 일을, 해보자. 나는 체리파이를 줄 테니까, 룩스 군은 꼬치구이 한 입만 줘."

"나, 나는 상관없지만……."

그 말에 힘입어 룩스는 코랄에게 꼬치구이를, 코랄은 룩스에게 체리파이를 내밀었다.

그리고 서로 한 입씩 먹어본 두 사람은 마주보면서 쑥스러워했다.

"이, 이런 건, 친구다운 행동이지? 처음 해보는 거지만—."

"그, 그러네. 어쩐지 꽤, 창피하지만……"

어째서일까?

친한 친구 사이에서는 흔히 있을 법한 상황일지도 모른다.

하지만 코랄이 여장을 하고 있다 보니 룩스는 묘한 느낌이 들었다.

'으, 내가 무슨 생각을 하는 거지?! 코랄은 남자잖아?!'

외모만 보면 도저히 그렇게 생각할 수 없지만, 그럴 터였다.

그런데 가슴이 멋대로 쿵쾅거렸다.

그리고 코랄 또한 소녀다워 보이는 가련한 표정으로 룩스를 바라보았다.

어딘지 모르게 도착적인 분위기가 그 자리를 가득 채운 순간, 룩스의 시야 구석에 어떤 것이 들어왔다.

"—앗?!"

표정이 진지해진 룩스가 코랄의 손을 붙잡고 벤치 위로 쓰러뜨렸다.

돌발적인 그의 행동에 눈앞의 소년은 놀란 목소리로 말했다.

"와앗……?! 루, 룩스 군?! 이, 이런 건 아직 이른— 게 아니라, 우리는 남자……"

"쉿! 역시 있었어. 우리 모습은 보지 못했고. 지금부터 뒤를 밟자."

"……설마, 바인이야?!"

코랄이 살짝 목소리를 낮추고 질문하자 룩스는 고개를 끄덕였다.

그 시선 끝에는 검은 외투를 걸친, 몸집이 작은 소년이 있었다.

어린 티가 남아있으면서 은연중에 기품이 느껴지는 태연한 모습은 코랄에게서 들은 이야기와 일치하는 풍모였다.

"……신중하게 쫓자. 나는 변장 중이니까 최대한 붙어서 추적할게. 룩스 군은 배후와 주위를 경계해줄래?"

"알았어."

코랄이 유독 경계하는 이유는, 얼마 전 학원제에서 겪은 일 때문이리라.

그때는 헤이부르그 공화국의 암살 부대, 『육형사』의 젤다프의 함정에 빠져 코랄은 납치당할 뻔했다.

코랄은 저 바인 자체가 두 사람을 유인하기 위한 미끼일지도 모른다는 추측도 염두에 두고 있었다.

미행은 전반적으로 코랄에게 맡기고, 룩스는 배후와 주위를 경계했다.

탐문하며 얻은 정보대로 바인은 학원 주위를 일주한 다음, 마지막으로 뒷골목에 들어갔다.

"룩스 군, 저 장소는─."

"저기는 분명 폐가일 텐데…… 설마."

"또 환신수의 알을 준비하고 있는 건……?"

가능성 자체는 있었다.

준비 중인 장소를 발견한 이상, 일단 잠시 후퇴하는 게 좋을지도 모른다.

"일단 돌아가서 모두에게 알리자. 증원을 부르는 게 확실하니까."

"응. 룩스 군은 그렇게 해. 하지만 난 여기서 그를 놓칠 수 없어. 도주하기 전에 지금 바로 붙잡을래."

"코랄?!"

룩스가 깜짝 놀라 소리친 순간, 소녀의 모습을 한 소년은 폐가 안으로 뛰어들었다.

폐가의 부서진 침대 위에는, 아직 외투를 걸치고 있는 바인이 있었다.

코랄은 그와 마주친 동시에 신속하게 기공각검을 뽑아 눈앞에 칼끝을 들이댔다.

"꼼짝 마! 조금이라도 묘한 낌새를 보이면 찌를 거다! 얌전히 바닥에 엎드려!"

좁은 실내에서는 장갑기룡을 불러낼 공간이 없는 까닭에 기공각검을 검으로 활용하는 백병전 쪽이 적합하다.

특히 근거리라면 기룡을 불러낼 틈조차 주지 않고 베어서 결판을 낼 수 있다.

"……"

그러나 이 상황에서도 바인은 놀라기는커녕, 미동조차 하지 않았다.

그저 검게 칠한 듯한 어두운 눈으로 코랄을 바라보며, 광기에 물든 외마디 괴성을 질렀을 뿐.

"─키, 샤아아아아악!"

"······?!"

그 이상한 움직임에 반응한 코랄은 재빨리 바닥을 박찼다.

체중을 실은 최단거리 일직선의 찌르기는 무자비하게 적의 목을 꿰뚫었다─.

─그러나 『용비적』 사단장 바인은, 아무 일도 없었다는 양 제 몸에 박힌 칼날을 붙잡았다.

동시에 그는 기공각검을 뽑아 들더니, 역으로 코랄을 향해 힘껏 내리쳤다.

"큭······?! 이런?! 녀석들이, 유적의 힘을 이 정도까지─."

기공각검의 하얀 칼날이 바람을 가르고 호를 그리며 덮쳐들었다.

하지만 그 일격이 적중하기 전에 바인의 팔이 검과 함께 하늘을 날았다.

"룩스 군······?!"

룩스가 휘두른 기공각검의 일격이 바인의 팔을 절단해서 공격을 막아냈다.

하지만 팔 하나를 잃었음에도 바인의 기세는 죽지 않았다.

오히려 남아 있는 다른 팔 하나를 뻗어 룩스의 목을 거칠게

졸랐다.

"이건……?! 이 녀석은 역시, 인간이 아니야."

"그를 건드리지 마!"

그 직후 코랄의 고함이 룩스의 고막을 때렸다.

심장이 있는 위치의 반대편인 오른쪽 가슴에서 생소한 어두운 칼날이 튀어나왔다.

"크……아."

그 순간, 지금까지 전혀 반응을 보이지 않았던 바인의 두 눈이 위쪽으로 돌아가더니 입에서 파란 거품을 토해냈다.

그의 온몸은 순식간에 타오르는 듯한 빛에 뒤덮였고, 이윽고 재가 되어 부스러졌다.

"이건— 대체?!"

해방된 룩스가 중얼거리자, 코랄은 옆에서 안도의 한숨을 내쉬었다.

"이 녀석은 『섀도』야. 인간으로 의태하는 타입의 소형 환신수인데, 아마도 아직 다른 나라에서는 발견되지 않았을 신형이지. 이곳에서 마주치게 될 줄이야……."

그 뒤에 코랄의 설명을 듣고, 이번 사태를 파악했다.

섀도는 특수한 타입의 환신수로, 기본적으로 자아가 존재하지 않는 소모품인 모양이었다.

뿔피리로 명령을 한 번 입력하면 그것을 잊지 않고 죽을 때까지 충실하게 수행하며, 매우 정교한 의태 능력을 가진 대신에, 힘은 인간과 별 차이가 없었다.

원래는 인간의 동료로 위장해서 유인하는 유사 미끼 같은 존재라고 했다.

바인이 이 근처에 왔을 때, 무사히 도주하기 위한 미끼로 두고 간 개체에 걸려든 것 같았다.

"그렇, 구나."

"우선 여기서 나가자. 이런 것을 남겨둔 걸 보면, 바인은 이미 다른 장소로 이동했을 거야. 아마도 신왕국의 항구 도시, 트라이포트 같은 곳으로."

그리고 룩스 일행은 폐가 밖으로 나갔다.

늦가을의 바깥은 이미 해가 완전히 저물어 있었다.

†

"그럼, 지금까지 고마웠어. 정말 많이 도움됐고, 즐거웠어."

그날 당장에라도 신왕국을 떠나기로 한 듯한 코랄은 여장을 풀고 작별 인사를 꺼냈다.

어둠이 드리우기 시작한 석양 속에서 룩스는 소년을 향해 똑바로 섰다.

"천만에. 그리고 나도 고마워. 친구가 되어줘서."

룩스가 부드럽게 대답하자 코랄은 어색하게 웃었다.

"그 얘기 말인데…… 있잖아, 나 룩스 군에게 사과해야 할 게 있어……. 여기에 혼자 남은 이유, 내 진짜 사명은—"

"지룡 사단장 바인만이 아니라, 나를 포함한 신왕국의 감시, 맞지?"

"—!"

룩스가 선수 쳐서 말하자, 코랄은 놀라서 눈을 깜빡이며 헛숨을 삼켰다.

그 반응이 룩스의 예상이 적중했음을 알려주었다.

"언제부터, 눈치챘어?"

조심스러운 표정으로 묻는 코랄을 보며 룩스는 쓴웃음을 지었다.

"처음부터 조금 이상하다고 생각하긴 했는데, 중간부터 확신을 품기 시작했어. 『용비적』의 바인이 학원 주위를 멀리서 지켜보고 있을 뿐인데, 코랄은 저번에 나랑 만났을 때 학원 안을 엿보고 있었잖아? 용건이 있다면 『칠용기성』 보좌관으로서, 평범하게 남자 모습으로 들어오면 되는데 말야."

다시 말해, 반하임 공국에서 지령을 받았으리라.

밀미에트 공녀의 지령은 아닌 듯했지만, 아마도 그런 명령을 받았을 것이다.

바인을 조사하는 김에 신왕국도 경계해야 한다는 명령을……

실제로 『칠용기성』 대장 마기알카는 룩스와 접촉하여 특명을 하달했다.

『창조주』의 주도로 유적 조사를 건 경쟁관계가 성립되었으니, 피차 누군가 앞지르지 않을지 경계하는 것이다.

"……숨겨서 미안해. 하지만, 내가 친구가 되고 싶다고 한 건—"

"알아. 친구라고 해도, 나 역시 리샤 님이나 다른 사람들에게 말 못 한 게 있는걸. 그러니 신경 쓰지 마. 코랄도 아까 날 도와줬잖아."

"룩스, 군⋯⋯."

룩스의 대답에 코랄은 고개를 숙였다.

그리고 망설이는 것처럼 몇 번이나 몸을 꼼지락거리다가 환하게 미소 지었다.

"그때의 빚은 갚았다고 생각했는데, 또 네게 빚지게 됐네."

쓴웃음을 지으며 코랄은 룩스 쪽으로 살며시 다가갔다.

그리고 진지한 목소리로 그의 귓가에 속삭였다.

"─헤이부르그에는 예전부터 『악한 왕』이라는 존재가 숨어 있었어. 군사부를 장악해서, 지금까지 표면적으로는 나서지 않은 채 구제국의 잔당을 선동해서 헤이즈와 손잡게 한 것도 그 녀석이지. 그 녀석을 빨리 처리하지 않으면 신왕국은 불리해질 거야. 아니, 아마 한 달이 채 지나기도 전에 녀석의 손에 멸망하게 될 거야."

"─?!"

"이건 내가 어떤 루트로 입수한, 아무에게도 말하지 않은 정보야. 네 동료들에게도 전해줬으면 해. 시간이 없어. 『성식』 문제도 있지만, 만약 그들을 추격하고 싶다면, 더욱."

헤이부르그 공화국에서 악행을 저질러온 『악한 왕』.

지금까지 그늘에 숨어서 신왕국을 멸망시키고자 암약해온 존재라는 이야기를 듣고, 『칠용기성』인 로자 그랑하이드의 얼굴이 떠올랐다.

그녀가 이 기회에 신왕국을 쳐부술 생각이라면, 최대한 경계해야 했다.

"……명심할게. 조언, 고마워."

"고맙기는. 그보다 몸 조심해. 네가 살아있지 않으면, 나는……."

무언가 말하려던 코랄은, 퍼뜩 깨달은 것처럼 작게 고개를 저은 다음 다시 말했다.

"……아무 것도 아니야. 이번에는 정말 고마웠어. 또 보자."

그 말을 끝으로 코랄은 손을 흔들며 떠났다.

그 뒷모습이 보이지 않을 때까지 눈으로 배웅하고 나서 룩스는 한숨을 푹 내쉬었다.

"내 사정도 알아차린 걸까……. 아니면, 우연일까?"

마기알카가 하달한 극비 임무. 배신자의 존재를 찾기 위해서, 룩스는 바로 내일 헤이부르그 공화국으로 출발한다.

그 준비는 전부 끝났다. 그 사실을 코랄도 눈치챈 걸까?

"신왕국의 위기, 인가……."

세계를 멸망시킨다는 『성식』.

그 전에 자신이 싸워야만 하는 적이 있다.

『대성역』에서 얻을 수 있는 보물과 『배신자』의 존재가 시사됨에 따라 경쟁구도가 생겨나, 국가 간의 긴장감이 높아지게 된 현 정세.

싱글렌 말마따나 역시 『창조주』들의 노림수인 걸까?

"모르겠어……."

생각해봐도 답은 나오지 않았다.

지금은 그저, 믿을 수 있는 타국 친구가 생겼다는 사실에 안도하며, 내일을 위해 일찍 잠자리에 들기로 했다.

"응, 으응……."

새들이 지저귀는 소리가 들리고, 햇빛이 커튼 사이로 살짝 들어왔다.

어젯밤 잠자리에 들 때만 해도 춥다고 생각했는데, 지금은 어째선지 몸이 따뜻했다.

그래서 푹 잘 수 있었던 것 같았다.

"흐아암, 잘 잤다……."

눈꺼풀을 살짝 연 순간, 하얀 살갗이 눈에 들어왔다.

동그랗고 커다란 두 개의 덩어리.

우유처럼 부드럽고 달콤한 향기에 끼인 기분이 좋아서 녹아 버릴 것 같았다.

"따뜻하고, 기분 좋아……. 조금만 더 이대로…… 헉?!"

그러나 그것이 무엇인지 알아차린 순간, 의식이 순식간에 각성한 룩스는 침대에서 벌떡 일어났다.

"피, 피이?! 여기서 뭐 해?!"

"……응. 안녕, 루우. 후아암……."

눈을 감고 살짝 꼼지락거리면서 피르히는 귀엽게 하품을 했다.

가을이라 그런지 역시 얇은 옷이 아니라 따뜻한 색조의 귀여운 잠옷을 입고 있었지만, 그래도 부드러운 신체 곡선이 그대로 드러났다.

어린 티가 남아있는 순진한 잠든 얼굴, 그리고 육감적인 가슴이나 허벅지의 밸런스가 실로 절묘하게 노출되어 막 잠에서 깬 룩스의 본능을 살살 자극했다.

"아, 응. 안녕……이 아니지?! 피이, 착각하면 안 돼. 여기는 내 방이고, 게다가 같이 자는 건 역시 안 된다고 몇 번을—."

"같이, 안 잤는걸?"

평소처럼 느릿한 말투로 피르히는 대답했다.

"뭐……?"

룩스가 나사 빠진 모습으로 되묻자, 피르히는 멍한 표정과 말투로 이어서 말했다.

"루우를 깨우고 오라고, 언니가 시켜서 왔을 뿐, 이라구?"

"전혀 못 깨웠잖아?! 왜 나를 깨우러 왔는데 옆에서 자고 있는 거야?! 그것도 잠옷 차림으로!"

"루우가, 좀처럼 일어나질 않아서, 나도 잠이 쏟아졌어. 후아암……."

피르히는 눈을 감은 채 작게 하품했다.

여전히, 피르히는 대단한 마이페이스를 자랑했다.

그 몸짓 자체는 무척 귀여웠지만, 룩스는 당황하고 있었다.

잠옷이 흘러내려 가슴골이나 하얀 살갗이 드러난 피르히의 색기도 한 원인이었지만, 시계를 보고서 룩스는 어떤 용건을 떠올렸다.

"마, 맞다! 피이! 난 오늘 낮이 되기 전에, 이 학원에서 출발해야 해. 어서 서둘러야—."

"응. 나도 알아. 스승님이랑 언니가, 어제 알려줬으니까."

"엑……?"

졸린 눈을 문지르는 피르히의 말을 듣고서 룩스는 의표를 찔린 표정을 지었다.

어떻게 된 걸까?

이번에 룩스가 맡은 헤이부르그 공화국 조사 임무는 어디까지나 『칠용기성』 대장 마기알카가 하달한 특명이다. 다른 학생들에게도 일부는 나중에 통보하겠지만, 기본적으로는 아무와도 동행하지 않을 터였다.

그런데 어째서 피르히가 그 이야기를 알고 있는 것인가?

룩스가 멍하니 서 있는데, 방문이 벌컥 열리며 묘령의 여성이 들어왔다.

"—어머나, 아침부터 뜨거운걸. 내가 방해했니?"

"으악……?! 렐리 씨?!"

피르히의 언니인 학원장 렐리였다.

"룩스 군, 준비는 다 끝났단다. 이제부터 너는 마기알카 산하에 있는 딜라이트 상회의 젊은 주인으로 분장해서, 헤이부르그의 수도에 잠입해야 해."

잠입 첩보 활동을 통해 배신자의 증거를 찾아낸다.

그것이 룩스의 목적이며, 단독 임무라고 들었는데—.

"하지만 역시 룩스 군 혼자 보내야한다고 생각하니까 걱정되지 뭐니. 하지만 리즈샤르테 님이나 세리스 양에게는 중요한 임무가 있으니까……. 그래서 마기알카한테 물어봤어. 룩스 군을 도와줄 사람을 준비해도 괜찮겠냐고."

"저기요?! 그, 그럼 설마—?!"

안 좋은 예감이 들었다.

이미 뻔히 보이는 대답이 룩스의 머릿속에 떠올랐다.

하지만 렐리가 웃으면서 꺼낸 대답은, 그것을 훨씬 뛰어넘었다.

"그래. 여행하는 동안에 룩스 군의 호위 인력으로 피이를 같이 보내려고 해. 물론 동행하는 게 부자연스러워 보이지 않도록 신혼부부로 위장해서 말이지."

"그건 아니죠?! 헤이부르그의 수도에서, 위험하다는 걸 뻔히 알면서— 아니 잠깐, 부부라고요?!"

그 한마디에 룩스는 뒤늦게나마 깨달았다.

그저 단둘이 조사 하는 것만이 아니라, 상가의 부부로서 각자의 상황을 연기한다는 것의 의미를…….

"……그렇구나. 잘 부탁해, 루우."

렐리의 말에 피르히는 살짝 미소 지으며 고개를 끄덕였다.

그 직후, 사실을 이해한 룩스는 소리 질렀다.

"—에에에에에에에엑?!"

예정된 『성식』으로 인한 세계 붕괴 기한까지 앞으로 5개월 반.

룩스와 소꿉친구 소녀의 결혼 전 신혼여행이 시작된다.

■작가 후기

수고하셨습니다.

예전부터 읽어 오신 독자 여러분, 항상 고맙습니다.

애니메이션으로 입문했다가, 궁금해서 여기까지 읽었다! 라고 하시는 분들은 처음 뵙겠습니다.

본작을 구입해주셔서 감사합니다.

하드한 스케줄 때문에 지난 반년 간 지옥을 경험한 아카츠키 센리입니다.

자, 이번에는 『바하무트』 첫 단편집을 보내드렸는데 어떠셨나요?

본작은 서브 캐릭터를 포함하여 히로인의 수가 몹시 많은 게 특징이죠. 그런데 첫 3권 까지는 그래도 괜찮았으나, 5권 이후부터는 적 아군 할 것 없이 캐릭터가 계속 늘어나, 스토리 진행에 페이지를 할애해야 하는 이상 아무래도 일상적인 모습이나 장면의 비율을 줄일 수밖에 없다는 게 최근 고민이었습니다.

그런 와중에 이번에 처음으로 캐릭터별 단편을 집필하게 되었습니다. 덕분에 평소에는 거의 묘사하지 못한 히로인의 생각이나 룩스와의 관계를 자세히 쓸 수 있었으니 개인적으로는 참으로 기쁩니다.

평소에 좋아하는 캐릭터의 등장이 적어! 라고 한탄하시는 분들도 재미있게 읽을 수 있는 내용으로 완성되었다면 좋겠는데⋯⋯!

드디어 이 시리즈도 반환점에 돌입하였으니, 지금까지 따라와 주신 분들도, 애니메이션을 계기로 이 책을 구입하신 독자 여러분들도 만족하실 수 있도록 더욱 노력하겠습니다(빈사).

그럼 감사 인사를 올리겠습니다.

본작의 일러스트를 담당하시는 카스가 아유무 님.

이번에는 1월, 3월이라는 하드한 스케줄 속에서, 단편을 게재할 때부터 기대했던 많은 일러스트를 그려주셔서 감사합니다.

평소에는 일러스트에서 메인을 꿰차지 못하는 트라이어드 멤버들을 잔뜩 볼 수 있어서 정말 좋았습니다.

그리고 본작을 끝까지 읽어주신 독자 여러분.

현재 방송 중인 애니메이션과 코믹스도 포함하여 모쪼록 앞으로도 『바하무트』를 응원해주세요.

2016년 2월 모일 아카츠키 센리

최약무패의 신장기룡 9

초판 1쇄 발행 2016년 12월 10일

지은이_ Senri Akatsuki
일러스트_ Ayumu Kasuga
옮긴이_ 원성민

발행인_ 신현호
편집부장_ 김은주
편집진행_ 최은진 · 김기준 · 김승신 · 원현선
편집디자인_ 양우연
국제업무_ 정아라
관리 · 영업_ 김민원 · 조인희

펴낸곳_ (주)디앤씨미디어
등록_ 2002년 4월 25일 제20-260호
주소_ 서울시 구로구 디지털로 26길 111 JnK디지털타워 503호
전화_ 02-333-2513(대표)
팩시밀리_ 02-333-2514
이메일_ lnovelpiya@naver.com
ㄴ노벨 공식 카페_ http://cafe.naver.com/lnovel11

SAIJAKU MUHAI NO BAHAMUT vol.9
Copyright ⓒ 2016 Senri Akatsuki
Illustrations copyright ⓒ 2016 Ayumu Kasuga
All rights reserved.
Original Japanese edition published in 2016 by SB Creative Corp.

This Korean edition is published by arrangement with SB Creative Corp., Tokyo
in care of Tuttle-Mori Agency, Inc., Tokyo.

ISBN 979-11-278-3858-4 04830
ISBN 978-89-267-9873-7 (세트)

값 6,800원

*잘못된 책은 구매처에 문의하십시오.

중고라도 사랑이 하고 싶어! 1~2권

타오 노리타케 지음 | ReDrop 일러스트 | 이진주 옮김

"웃기지 마! 이 비처녀가!" 고등학생 아라미야 세이이치는
교내에서 제일가는 불량 학생 아야메 코토코의 말썽에 휘말린 사건을 계기로
아야메 코토코가 끈덕지게 따라다니는 상황에 처하게 되고, 심지어 고백까지 받는다.
그러나 세이이치는 신념에 따라 그것을 거절한다.
"야겜의 히로인 말고는 흥미 없어." 미인이지만 중고라는 소문이 도는
코토코는 아예 논외였다. 그것으로 포기하리라고 생각했건만…….
"반드시 네 이상이 돼주겠어."
그렇게 선언한 코토코는 게임의 히로인과 같은 트윈테일 미소녀로 변신!
이건 대체 무슨 야겜? 인가 싶을 만큼 억지스러운 방법으로 세이이치에게 접근한다!!
불량소녀와 오타쿠.
얽힐 일이 없을 터였던 두 사람의 이야기는 어디로 향할 것인가?!

『소설가가 되자』에서 화제가 된,
「사실은 일편단심 순정 소녀」계 러브코미디!!

변변찮은 마술강사와 금기교전 1~4권

히츠지 타로 지음 | 미시마 쿠로네 일러스트 | 최승원 옮김

알자노 제국 마술 학원의 계약직 강사인 글렌 레이더스는 수업 중
자습 → 취침 상습범.
그러다 웬일로 교단에 서나 싶으면 칠판에 교과서를 못으로 고정해놓는 등,
그야말로 학생들도 기가 막혀 하는 변변찮은 강사다.
결국 그런 글렌에게 진심으로 화가 난 학생,
「교사 킬러」로 악명이 자자한 시스티나 피벨이 결투를 신청하지만—
이 해프닝은 글렌이 허무하게 패배하는 안타까운 결말로 막을 내린다.
하지만 학원에 닥친 미증유의 테러 사건에 학생들이 휘말리자,
"내 학생에게 손대지 마!"
비로소 글렌의 본성이 발휘된다!

제26회 판타지아 대상의 〈대상〉을 수상한
전대미문의 신세대 학원 액션 판타지!